民国
掌故

一士类稿

徐一士 著

李吉奎 整理

中华书局

图书在版编目（CIP）数据

一士类稿/徐一士著;李吉奎整理. —北京:中华书局,2023.6
ISBN 978-7-101-16238-7

Ⅰ.一… Ⅱ.①徐…②李… Ⅲ.笔记小说-小说集-中国-
现代 Ⅳ.I242.1

中国国家版本馆 CIP 数据核字（2023）第 092297 号

书　　　名	一士类稿
著　　　者	徐一士
整 理 者	李吉奎
责任编辑	欧阳红
责任印制	陈丽娜
出版发行	中华书局
	（北京市丰台区太平桥西里 38 号　100073）
	http://www.zhbc.com.cn
	E-mail:zhbc@zhbc.com.cn
印　　　刷	河北新华第一印刷有限责任公司
版　　　次	2023 年 6 月第 1 版
	2023 年 6 月第 1 次印刷
规　　　格	开本/880×1230 毫米　1/32
	印张 10¾　插页 2　字数 200 千字
印　　　数	1-1500 册
国际书号	ISBN 978-7-101-16238-7
定　　　价	48.00 元

前　言

　　《一士类稿》(以下称《类稿》)是著名掌故历史大家徐一士的首部文章结集。它于 1944 年 11 月由上海古今出版社刊行;同月再版。据说,是书在 1948 年曾经再版,具体情况不详。20 世纪 60 年代,台北文海出版社发行、由沈云龙主编的《近代中国史料丛刊》,刊印了《一士类稿》与另一部掌故文集《一士谭荟》(1945 年版)的合集。之后,山西、北京等地的出版社,先后出版了单行本或合编本的《一士类稿》。此次中华书局重加整理,予以出版,也是考虑到它具有丰富史料价值。

　　徐一士,1890—1971,名仁钰,字相甫,一士原为笔名。原籍江苏宜兴。其祖徐伟侯(道光丁未进士,与李鸿章为同年,李徐有通家之好)因赴京应试,落籍宛平,后裔遂为北京人。伟侯子致靖暨其子仁铸等俱为戊戌变法重要人物,政变后遭重谴。致靖弟致愉中举后分发山东任知县,携家属赴鲁,民国二年返京。一士先生于 1910 年毕业于山东客籍高等学堂,经清廷学部考试,赏举人出身。一士先生官历不显,最高仅在北京政府农工商部矿政司任主事,1928 年以后在中国大辞典编纂处任编纂员,迄 1955 年退休。期间,曾在北平平民大学(新闻系)等高校兼任讲师或教授。退休以后，任北京市政府文史研究馆馆员。1937年"七七"卢沟桥事变后，因曾在香港《大风》杂志发表有反日内容的文章，在北平被日本占领军拘捕，系狱三个月，遭受拷打，经各方人士营救，始得出狱。为维持家口生计，仍继续撰写无关时政的掌故文章。

一士先生家学渊源，中西贯通，民初居京后，任《新中国报》编辑，且任"报界同知会"编辑主任。在《新中国报》发表有关近代中国史料文章后，引起知识界注意。刊文既多，影响益大，京、津、沪、宁、港等地报刊纷纷约稿，相继担任京、津地区《京津时报》《京报》等报的编辑，任《时报》《大公报》等多家报纸的通讯员，以及《国闻周报》《逸经》《大风》《中和》《古今》等期刊的特约撰述。值得一提的是，从1929年7月至1937年7月的8年时间里，一士先生与他的四兄凌霄，在上海《国闻周报》上连续发表题为《凌霄一士随笔》(下称《随笔》)的掌故文章。这些文章，经台北文海出版社逐篇影印编为四册，收入沈云龙主编《近代中国史料丛刊》上。20世纪90年代中期，山西古籍出版社引进后加以整理，作为《民国笔记小说大观》之一出版。一士先生的哲嗣泽昱先生据山西版《随笔》复加整理，全书120万字，由中华书局于2018年编为三册付梓。从1941年开始，一士先生在《中和月刊》连载《近代笔记过眼录》(下称《过眼录》)。文海出版社曾予以影印，收入沈编《近代中国史料丛刊》中，山西古籍出版社则将之整理刊世。《随笔》和《过眼录》是著者分别在两个刊物上连续发表的文章,迹其用意,是想在结束后将文章结集出版,但囿于主客观条件,未能实现。对于该二书在一士先生身后能整理刊世,非但是先生一人之幸事,对广大读者而言,亦未尝不是一桩快事。

《一士类稿》篇名,顾名思义,是以类相从,将文章按类编排结集。1944年11月初版时,该书校阅者周黎庵(劭)未及序跋,迨同月再版,修订了初版的若干错字,同时增加了校阅后记(《周跋》)。不过,未悉出于何种原因,再版时该书虽然收入了《周跋》(及一士先生照片),但是《周跋》二字却未出现在目录中。有关《类稿》的出版情况及校阅者对该书的评价,见之于他序、自序及《周跋》,不赘。需要指出的是,据著者自述,书稿原编有三十余篇。但成书后,《类稿》全书正文仅收24篇,其中有一半以上是取自《凌霄一士随笔》中,其余各篇,自然是从发布在各报刊的文字中挑选出来的了。《类稿》编辑时,著者所刊文章,当在二百篇内外;若这种估计大体属实的话,《类稿》所收文章,是刊文中十里挑一。由此说来,所收文章,应是著者认为属于自己研究的精品。

细心的读者不难从《类稿》目录中发现,该书前边九篇文章,是介绍二位标格奇异的著名学者:王闿运、李慈铭与章太炎(王四篇,李两篇,其一兼王,章四篇)。其后是比较年青中举未能进士及第而文武两途、结果志大业大的左宗棠与梁启超。第三类是五位志业不同的士人:柯劭忞、陈三立、廖树蘅、隆观易、吴士鉴。第四类是曾在中央或地方掌控实权的大吏武人:陈夔龙、段祺瑞、徐树铮与孙传芳。第五类是清季红顶商人(胡雪岩)。第六类是以中医名世(薛福辰、汪守正)与最早反中医的知名学者(吴汝纶)。第七类是以诗记述杭州旗人旗事者(三多)。第八类是记述晚清京郊发掘银窖的太监(苏德)。林林总总,可谓照顾到了晚清时期各界具代表性的人物。体例严谨,文字洗练,所记或可补以往清史传记中所收各该人物纪事之不足。

书后的《周跋》除了对一士先生及其作品高度评价,还月旦并世另外两位历史掌故高手瞿兑之与黄濬(哲维)。瞿兑之与徐一士先生及黄濬均是知友,瞿还是黄氏《花随人圣庵摭忆》得以出版的出力者之一。徐、黄二人长期同居一城,皆致力于掌故之业,彼此曾有交集,如《花随人圣庵摭忆》中所收《龙膊子之役首功公案》,即是黄氏与"友人徐一士"讨论谁是攻陷天京首功的问题。在《一士谭荟·陈宝琛》中,徐对黄濬有关周公瑾、孙伯符年龄之事,亦有所讨论。因为黄氏于全面抗战开始后即以通敌伏法,为国家民族所共弃,与因撰文涉及反日被捕系狱的一士先生殊科,尽管他们有过往来,但是,关系者一般也不愿重提旧事了。《周跋》提及黄氏,也是寄斧钺于文字之中,谓黄著"文胜于史","所著书多不经语及矛盾处",与徐之"学胜于文",大异其趣,可谓二人高下立判了。不过,瞿兑之则对黄濬与徐一士似不分轩轾,他分别为《花随人圣庵摭忆》与《一士类稿》作序,并为之促成出版,颇事推重。对于黄濬与其书,陈寅恪先生别有所见,持人书分论观点,认为黄濬其人当诛,其书则可传;但未见他对《一士类稿》表态。中华书局已将《花随人圣庵摭忆》《凌霄一士随笔》整理出版,中华版的《一士类稿》《一士谭荟》及《近代笔记过眼录》也将问世。史学著作是传承文化的重要载体。读者浏览之余,相信都会有自己的评价。

本书整理,以1944年11月再版本为底本,参校台北文海本(此本缺《周跋》)及中国大陆出版的若干版本。文中较长段落,予以适当分段起行。使用通行标点符号。订正错字用〔 〕号附在原字后,增补脱字用〈 〉号,衍文用[ ]号,缺字用□号。正文行间夹注,移至页末。各该文发表时间原为民国纪元,未予改动,惟由题下移至篇末。本版书中个别地方,整理者有注。

整理未尽妥善之处,敬祈读者赐正,以期再版时修订。

李吉奎

2022年5月于中山大学

目 录

瞿　序

　　徐一士先生最近就他的历年撰述抽编一部《一士类稿》，要我作一篇序，这是极荣幸而且极有意义之事。

　　因徐先生的文章而想到，所谓掌故学究竟是怎么一回事，应当先加以讨论。我以为中国正史与杂史的分途自宋始。我们读《史记》《汉书》，觉得史家叙述一个重要人物，每从一二节上描写，使其人之性情好尚，甚至于声音笑貌跃然纸上。即一代兴亡大事，亦往往从一件事故的发生、前后经过，着意叙述，使当时参加者之心理，与夫事态之变化，都能曲折传出。而其所产生之果，自然使读者领会于心。例如《史记》写郦食其劝立六国后张良谏止一事。郦食其的话是有理由的，而张良的话举不出理由。但看他入见高祖时的偶然事态，以及仓促间借箸代筹的神情，挽回千钧一发的局势，就在他临机应变的几句话，可知当时彼此间的微妙心理。这样关系千古治乱的大事，就是这样诙谐似的被决定了。所以不但高祖与张良两个人的个性暴露无遗，而且可以将当时主张恢复封建与主张沿袭秦制的两派人心事和盘托出。司马氏之所以为良史，正在于这些地方。后来史家每办不到而渐趋于官样文章之形式,所以然者,秉笔之人多少有一点公务的史职在身,而后代的文网较为苛密,加之私家的传说太多,不是公认的话不敢说,不是官式的史料不敢依据。因此虽然极好的史裁,也受了限制,不能像《史记》那样活泼泼地了。不过唐以前的史家,虽或不能尽情发挥,犹能于翦裁去取之间示其微意,使后人善于读书者自己去领会。例如陈寿《三国志》记高贵乡公讨司马昭一事,在本纪里面一字不提,而但载太后令及大将军上言,便是明明告诉后人,这两篇文章是一种掩饰之词,更足见高贵乡公之为冤死。所以照这样看来,后世史家所依据之官式史料,竟多难于置信,愈是史料完全的,愈恐难于置信。若是并完全史料而无之,则更不用说了。良史之苦心,不是细心体会,又有谁知道呢?

有许多的史料,不是史家所能亲眼看得到的,这种史料,不知埋没掉多少而成为千余年的煨烬尘土了。《文选》载陆机《吊魏武帝文》一篇,自云元康年中游于秘阁而见魏武帝遗令。据其所采用者而观之,则当时史臣所收录者不但是一篇口传的令,而且将弥留顾命时的情形也都记了下来。甚至关于遗令的事后情形,也都有一贯的记载,这是很自然的道理。当其大渐时的言语,必不暇自己动笔作书,而必是尽职的侍臣,据实笔录,以供他日参考。而所说的话,又不是都可以公开以示四方的。所以只可存于秘阁,而成为一种秘密文献。

这一段记载,显示曹操的真性情以及其私人生活家庭状态之一斑,较之任何纪载更有价值。而陈寿作《三国志》时竟未采入,不知是未曾检阅到这件档案呢,还是认为无关于政治而略去不载?总而言之,不能不说史家对于史料之去取,虽良史亦不免有失当的地方。

正史杂史之分途,也可以说就从《三国志》启其端。《三国志》固以文笔严洁见长,而叙写事实亦不免有简略之失,为后世官修史书之徒,以勾勒轮廓为尽职的开一先路。至于杂史之多,也就起于三国。因为地方既然分裂,自然各处的纪载不同。有本处的事,非本处不能知的。有甲处的事,自己纪载不详,而转见于乙处、丙处的。其时宣传与反宣传的工作,都很厉害。例如《曹瞒传》是吴国人作来骂曹操的,我们知道他有作用,不敢十分相信,然而多少可以看出曹操之为人。又如陈群、华歆、王朗一般人寄书与诸葛亮,明明是代魏国劝降的文字,然而可以反映当时中原士大夫对于流亡在西南者之一种同情。推而至于一切琐屑的遗闻佚事,都有其所涵之意义。所以陈寿不采而裴松之采以为注。现在拿裴注与陈志合看,觉得有许多隐情,是陈志所未显言,而裴氏以一片深衷极周慎地博引群书,替他衬托出来的。杂史之不可废有如此。

自来成功者之纪载,必流于文饰,而失败者之纪载,又每至于淹没无传。凡一种势力之失败,其文献必为胜利者所摧毁压抑。如三国事实之见于裴注所收，已经极不容易。这是因为三国鼎峙次第灭亡。到了晋武平吴，回顾汉末以来之史事，其间恩怨已经消泯，没有很多避忌，所以才能如此。且私家记载，总不容易流传久远。尤其在刻书之风未盛之时，零篇断简，靠着传钞，最难持久。但看司马光修《通鉴》，所采唐及五代之事实，见于杂史者多半，今无传本。足见采撷群书，是一种极可贵的著述事业。然而这些杂史，若一种种单独地看来，大都不免彼此抵牾而生出疑问，又须加以抉择比较审慎而存录之。所以裴氏《三国志》注，与司马氏《通鉴考异》，为功于史学真不小。

唐人修晋以后的史，很喜欢采录故事，往往琐屑至于类似笑谈，前人颇有不以为然的。这诚然不是史的正裁。然而史家得不着更好的材料，又将如之何呢？就是以故事为史，也还可以考见一时的社会风俗、时代心理，这也不是无益的呀。自宋以后，私家的碑传文字盛行，于是一个人的仕履世系、言论著述，倒可以瞭如指掌，而其人之性情好尚，以及其行事之实迹，往往不能窥见。于是宋以后之史，多是钞录些诔墓之文。一传之中，照例是某某字某某，某处人，某科出身，历官某职，某事上疏如何，某年卒，著某书，子某某，几乎成了一种公式，千篇一律，生气全无。这样的史，还能算史么？

宋以后的史，是必须连同家乘、野史、小说、笔记之流读的。不但事的曲折隐微,人的性情风格,在正史几乎全找不着,就是政治社会制度之实际状况,也必须靠着另外的书来说明。譬如宋元丰之改官制前后种种,在正史上只能知道一个大概。至于究竟怎样运用的,读了庞元英《文昌杂录》、洪迈《容斋随笔》,方才能知道得多一点。

照史例的原则说来,纪传体是以人为纲的史,编年体是以时代为纲的史,纪事本末体是以事为纲的史,通典体是以制度门类为纲的史。严格地注重体例组织,则详于此必略于彼。若要打破这个藩篱,将四者通而为一,则必须另有一种新的史裁,融会前人之长,为后人辟一途径。这是现在尚办不到的。为救济史裁之拘束,以帮助读史者对于史事之了解,则所谓掌故之学兴焉。

掌故之学究竟是什么呢?下定义殊不容易。但从大体说来,通掌故之学者,是能透彻历史上各时期之政治内容,与夫政治社会各种制度之原委因果,以及其实际运用情状。要达到这种目的,则必须对于各时期之活动人物,熟知其世系渊源,师友亲族的各种关系,与其活动之事实经过。而又有最重要之先决条件,就是对于许多重复参错之琐屑资料具有综核之能力,存真去伪,由伪得真。这种条件,本来是治史者所当同具,但是所谓掌故学者,每被人看作只是胸中装有无数故事的人,则掌故之学,便失去真价值。所以既称治掌故,则必须根据实事求是的治史方法才对。然而仅有方法,而无实践的经验,也是不行的。中国的社会,本来是由于亲族、乡党、举主、故吏、座主、门生、同年、同学,乃至部曲、宾僚种种关系错综而成。六朝人讲究谱学,但能将这本帐记在心中,已经成为一种专门技能。后世的人事更加複杂,一本账也记不清楚,必须会合无数本账方能足用。最好是一生致力于此,若仅恃临时检阅,岂能得当?所以掌故学者之职务,乃是治史者所不能离手的一部活词典。

寻常的解释,又以为掌故之学即是典章制度,这种解释,自然不是全无理由。关于这一方面的知识,尤其需要实践的经验。许多书策上关于典章制度之纪载,因为名物之变迁,习惯之变迁,每不易于索解。宋初的人,为了一个入阁仪的讨论,费了无数唇舌。考其经过,乃是因为唐朝的入阁,是便殿、召对的一种简单仪礼。后来连这简单仪礼,也变成稀有的事,因之入阁仪,反成朝仪之正了。同一入阁,在某时期是这么一回事,过了这个时期,又另是一回事了。这还是名物具在的说法。若在明清两代,则并名物也不是了。苟非博通书史,而又能以后来的习惯参较而推测之,又安能了然于胸中。宋朝的许多制度,元朝人已经不得其解。元朝的制度,我们也很多不得其解。就是清朝的制度,虽然老辈还在,也有许多知其然而不知其所以然的地方。凡是书策上所不见的,将来必至终古无传。而书策所已载的，也还待后起之疏通证明，方得其用。

即以彰彰于书策者而论，比如侍郎一官，汉朝人所谓官不过侍郎，断不是唐朝的侍郎。这是有历史常识的都知道的了。唐朝的侍郎，又与宋元丰以前的侍郎不同。宋初的六部侍郎，不管本部的事。而明清的侍郎，又与宋的侍郎不同。宋的尚书、侍郎都算从官，少有参与政务的机会。明清的尚书、侍郎，则均成为共同处理政务之一员。至于民国各部的次长，虽与清朝的侍郎近似，实际上亦尚有分别。次长是部中次官，而侍郎则虽名为卿贰，实在与尚书同为一部的长官（部中同称为堂官）。这些都是易于混淆的地方。所贵于掌故之学者，就在能把握其意义，而因之豁然贯通，不致于对史事有误解。

治近代掌故学之资源，所谓笔记一类书，占大部分。明代这种书较多，而传于今者已经有限。清代的名著如王士禛《池北偶谈》、刘廷玑《在园杂识》、查慎行《人海记》、王应奎《柳南随笔》、赵翼《簷曝杂记》、阮葵生《茶馀客话》、昭梿《啸亭杂录》、英和《恩福堂笔记》、潘世恩《思补斋笔记》、姚元之《竹叶亭杂记》、梁章钜《归田琐记》、陆以湉《冷庐杂识》、周寿昌《思益堂日札》、陈其元《庸闲斋笔记》、陈康祺《郎潜纪闻》、薛福成《庸庵笔记》……他们多半生当文网严密之时，下笔不敢不慎重，所以大致没有什么无稽之谈。而且他们所处的地位，又多是便于考究朝章国故之类的，所以隶事立言，大都能不悖于著述之例,决不是泛泛传闻可比。在这几点上,是后人胜于前人的一种事情。加以耳目较近,研究起来易感兴趣,而且易于着手。按春秋三世之义,所见所闻所传闻,递远则递略,愈近则愈详。然则治掌故必从清代始,这是极自然的。有清末叶,文字之禁骤然失效,从前闷着不敢说的,一切历史上疑案,渐都成为好事者之谈助。于是谈佚闻的纷然而起。数十年来私家刊行的专著,以及散见于报章杂志一鳞片羽不胫而走者,不可胜数。人人感觉兴趣,遂成一时风尚,至今还是方兴未艾。

如果将这些书的内容分析起来,则大概不外乎三类:一是记制度风俗的变迁,或是记某种特殊制度风俗。一是记某人的事迹,或是关于某人的佚话。一是记某事的经过,或是关于某事的特点。此外固然还有,而直接有关于史学者,如此而已。这些书大半是拿零星的材料随意写来,以资谈助。最普通的缺点,是不曾注明出处,所以材料的正确程度,大都不易于断定。

至于正经谈到掌故,则有必须注意的以下几点。

第一是作者的问题。寻常人的见解,以为凡是身历其境的必然正确,这诚然是比较可取的方法。但是据以往的种种经验看来,实不尽然。著者本身如果与本事有关,则其下笔或不免以下三种意义:一因恩怨而淆乱是非;一因辟谤而加以饰词;一因表襮而多加渲染。三者有一于此,即不能视为正确。

唐人关于李、牛之纪载，宋人关于熙宁、元祐及洛蜀之纪载（实则宋人一切纪载都不能说无作用），其例比比，无烦征引。稍有史学常识者也都知道，愈到近代，著书之方法愈工，掩饰变乱之技巧愈进步，意在彼而言在此的不可胜道。其内容所涵之意义，决不是疏浅的读者所能遽察。

第二是时代的问题。以同时人记同时事，虽然其动机能影响其正确程度，但是舍此以外还有什么可依据呢？我们无论如何也只可取其比较可信而已。可是要知道同一亲历其境之人，其所纪述是否不错，还大有分别。就以我们设身处境而论，亲历的事，虽然其情景大致尚在心目，而事实发生之前后，当时在场之人物未必能一一记忆真确。动笔的人如不细心推敲，则信笔所至必不免错误。这是确有证据的。《通鉴考异》于晋天福四年下云："五代士人撰录图书，多不凭旧文，出于记忆及传闻，虽本国近事亦有牴牾者。"不经《通鉴考异》之考订，读者又何从一望而知其错误呢？

第三是著述能力的问题。同一记事而有工拙之不同，工于记事的，能把握一事的中心，自然易得其真相。不然则所记者皆枝叶零星，而离事实愈远。近人每以为就某一个有名的人作一番问答，便可得到些掌故。譬如赛金花的生前，就很有人喜欢向她打听她的身世，笔录下来，便成好材料。殊不知赛金花这样的人，不是真能谈"天宝遗事"的人，倘竟以她的信口所谈为根据，则未免离题远矣。著作的高低，不仅在秉笔之人，也要看他所从听受的人，是否够得上供给良好的著作材料。

第四是文字正误的问题。文字上少了小小的一画，便可以引起意外的误会。西洋人记明末的中国海上英雄Limafong在吕宋与西班牙人战争的事，从前中国的译者因其原文于 m 与 a 之间未曾隔断一小画，遂误译为李马奔。而不知方志中固赫然有林凤之名也。（闽广人多于名上加阿字，故人称之为林阿凤。而西人译其音如此，又粤语林字为闭口音，故读为 Lim，而非 Lin。）又如根据西文记载而言台湾史事的，谓清初有高星楷，其人占领台湾奉明正朔。按其事乃是郑成功，郑曾蒙赐姓朱，故其部下称之为国姓爷。由音译译回，乃使大名鼎鼎的郑成功变为面生可疑的高星楷了。两事相类，姑举以为一种特例。至于寻常文字上的舛错，更是往往而有。凡干支数字之类，下笔最易致误，在下笔者出于无心，而考证者遂费无穷唇舌矣。向来考据家都说碑版可以证史文之阙误，诚然这是常有的事。但是必以碑版所有均可补史之阙，碑版与史不同均可正史之误，那也是很危险的。（大概碑志往往根据本家的行状，而行状或出于子弟仓促撰成，甚或丐人代撰，其不符事实者，每不暇详究。又近代习气，专以文词为重，并不求其成为信史。故碑志更不可深恃。）以我个人所经历，碑版之误倒有出人意表的,所以误不误须就多数的记载加以鉴别,而不能凭单文孤证。

所以严格的谈掌故,往往将其所记之事,与其时其地其人,参互钩考起来,而发现彼此之间有无数的扦格矛盾。然则这种记事,竟绝对不容其存在了么,却又不然。知道他致误的病根而去其误,再从其他方面以证其所余之真,则又不但通此一事,而且可因此会通许多事。在掌故学者看来,可有不可信的材料,而没有不可用的材料。乃至平凡而零碎的片纸只字,都是很可宝贵。在某种适当的地方,必有用的。这真需要有老吏断狱的能力,头脑要冷静,记忆要丰富,心思要灵活,眼光要锐敏。不从辨证为目的而却能尽辨证之用,这才是所需要的掌故学者。

我很感觉到掌故学者,殊不容易养成。这种学问凭实物研究是不行的,凭书本的知识是不够的。不是有特殊修养,必致于事倍功半。我们现在需要年高阅历多见闻广的人,将他们的知识经验,以系统的方法津逮后学,使后来的人可以减少冥行摘埴之苦。

但是,世上没有样样俱全的人。假如他本是一个史学家,而又深受老辈的熏陶,眼见许多旧时代的产物,那是最好的了。不然则本其超群绝伦之智慧,从故纸堆中一一研究出来,凭着智慧的想象以搏挠而成一个真的活动事实,这也是极难能可贵的。但是除了他本身的能力而外，还须有传授他人的能力，使人人可以得其沾溉。这更要紧，更值得我们的宝贵尊重。

徐一士先生的谈掌故出名，由于三十年来，在各报纸各杂志所发表的各种稿件。他的号原不是这两字，因为笔名出了名，大家都不大叫他的号了。大家知道他是掌故家，于是他的职业也被埋没了。以我所知，他决不是像普通人所想象的那样掌故家，然而就其治掌故学的能力而论，的确可以突破前人而裨益后人的地方不少。这是值得疏解的。

第一，他富于综合研究的能力。他能将许多类似的故事集中一起，而辨别其孰为初祖，孰为苗裔；何者相异，何者相同。

第二，他能博收材料。他的谈掌故，好像取之于笔记及小说者甚多。然决不仅以此为对象。其所驱遣自正史以至集部，旁及外国名著，时人杂纂，凡有所见均能利用。甚至旁人视为毫无价值的，经他的利用，也无不恰当。

第三，他有极忠实的天性。学问的成就，朴诚是第一条件。无论何种学问，自欺欺人，总要露马脚的。他的读书作文，不肯一字放过，不肯有一字不妥，是天赋以治掌故的极好条件。所以他的根柢极充实，而一下笔一开口的时候，都显示极沉着慎重的态度。这不是他的迂阔，而是他最聪明不失败的地方。但是这个道理，别人虽然也知道，却未必像他那样自然。所谓仁者安仁，诚哉其不可及也。

第四,他有绝强的记忆力。他的博综固然不必说,若无好的记性,决不能触类旁通,这也不是读死书所能办得到的。他需要记忆古今多少人的名字、籍贯、世系、年代、仕履、师友,尤其近代的人乡会科分、名次、座主、房师,乃至于某科的什么题目,率能有问必答,如响斯应。这不能不说先天后天都有关系,寻常人所不易及。(以我所知,留滞诸友之中,胶西柯燕舲君,于正史稗史各人物,亦均能如数家珍。乃至金石图录、载籍流略、推步占象、州郡山川,种种难于记忆之事,皆罗于胸中。尤熟于历代之特殊制度。凡是别人认为诘屈聱牙不能句读的典章文物,都能疏通证明如指诸掌。与徐君可谓一时二妙,惟柯君不屑意于著述为可惜耳。)

第五,他有侦探的眼光。每于人所不经意的地方,一见即能执其间隙。他人纪载之真伪是非,何处是无心之误,何处是征引之误,何处是传闻之误,必难逃其锐目。我们朋友所作的文章,凡是请他过目的,必能看出许多漏洞,使人不得不心悦诚服。我们最易犯的毛病,是长篇文字前后不能照顾,以致语气失去连贯。又据他人的话,往往不及考察其有无舛误,他却必能替我们指出。

有了这些特长,所以他的成就可以说是掌故家从未到过的境界,也可以说自有徐君,而后掌故学可以成为一种专门有系统的学术,可以期待今后的发展。

徐君出自江南世家，久居蓟北。科第簪缨，人伦冠冕。戊戌政变，他的伯父子静先生父子因主维新而躬罹党狱，更是众所共知的。所以他的家世环境，又是这样给予他许多便利，能以身当新旧之交，而饱闻当世之事。他又随宦外省，兼历京曹，而于各种政治制度皆亲见其实地运用情形。不但此也，还有一件。他虽是五十以上的人，而早年曾受近代式之教育。他长于英文，富于近代学识，所以他的治学，条理绵密，态度谨严，的确是渊源于近代科学思想，以及欧文的技术。至于旧学的修养，更不必说。旧知识与新训练，是不容易备于一身的。徐君这一点资格，更是可贵了。

徐君与我，虽有世交的关系，而情谊则完全是从学问来的。旧学新知，时常互相瀹发，十余年来株守的踪迹相同，思古之幽情也相同。然而只是以彼此讨论为乐而已，也并未曾计议过，预备从事于何种学问，何种著作。岁月如流，相顾皆成老悫。往者已不可谏，来日更复难知。不免想到他的笔记丛稿，恐怕日久散失，未免可惜。于是极力怂恿他早些整理出来，设法先行出版。这话也说了几年了，直至最近方有成议，居然第一部的《一士类稿》可以出书了。出书之后，必能风行一时，不消说得。我所愿在这里唤起读者注意的，则有以下几点。

第一，请看他所运用的材料，有许多已经不容易看见的。或是手迹，或是孤本，在当时都是各方面送来借来抄来的，而藏有这些手迹孤本的人,亦必极愿意使它能以长久公之于世。所以这部书之出版,不仅是徐君个人之幸,也是多数人所引以为幸的。

第二,请看他的选材,真合于所谓无一字无来历,一句话,决不会有一条不注明出处。不但著述的体裁理应如此,而且徐君之心重在存公是公非,而并不是欲成一家之言。其微意亦可概见。

第三,请看他的严正公平态度,个人恩怨固不消说绝对没有,就是有所抑扬,也必先有一番众好之必察焉,众恶之必察焉的手续。实在是众恶的了,也只有哀矜弗喜,而决无投井下石。像这样的谈掌故,真可以成为绝学而信今传后了。

最后,论到文字上的技术,也有他的特长。他所写的各稿,行文不事华藻,而措词善合分际。文从字顺,看似平易,却是下字均有斤两。虽喜考证,而笔端不流于沉闷枯燥,仍有含毫邈然之致。不多发议论,而衡断则甚精核,耐人寻绎。大凡繁征博引,往往照顾难周。他却能以一丝不苟的精神,处处顾到,左右逢源,妥适周匝。头绪虽多,而组织严密,条理秩然。有时也纵笔题外,如所谓"跑野马"者,然若六辔之在手,操纵自如,归宿仍在题中,绝无散漫脱节的毛病。至如涉笔成趣,也每有之,皆能出以自然。余味曲包,而又保持文格,不落鄙猥。荦荦诸端,略如上述。

文字技术与学识经验相副相得,以成其作风。他对于作品的责任心极重，所以字句上每煞费推敲。读者若不留心，或者但觉其平易，以为写来不甚费力，所谓"成如容易却艰辛"也。诚然有时很像只是钞录的工作，但决不为读者所嫌恶，反觉引人入胜，读之惟恐纸尽。不是材料与技术两样都臻绝选，何能如此。

我还敢大胆的说，徐君这部书出版以后，或者分批出版以后，其中所征引的书，有许多已经极不易得见，而又是读者所极渴想的，恐怕要依赖徐君的书而幸传。将来的人，或许会从徐君所征引者辑出许多未见的书。如同四库馆臣从《永乐大典》辑出许多佚书一样。（我曾经感觉近人刊布的笔记很有些有价值的，可惜铅印、石印的有很多已经绝版。就是木版书，也因为刷印不易，流传有限。而且这类书，往往被人看作茶余酒后的消遣品，不是藏书家学问家所重视。甚至于图书馆也不收，也没有人拿来著录作提要，也没有人替他翻版登广告卖钱。久而久之，就是风行一时的书，也就可以无影无踪。若是本来不多见的，并书名也必至于湮没了。然而这种书，是普通人所极愿意看的，只是苦于看不到。于是怂恿徐君，将他所见过的这类书，尽量将内容介绍于读者。仿佛作一部笔记选的样子，前一二年曾经发表若干在《中和月刊》，很得读者赞许。）

但是徐君的著述事业，岂得以此为其封域，中国史学上待豪杰而兴起的，应作的事业尚甚多。如徐君者既受社会的尊敬,则应致之于宽闲静穆的环境,供给物质上种种便利,趁他未至甚老之时,尽其能力,作一更大的史学上贡献,庶几不负天生此材。而徐君犹矻矻穷居,家无长物,参考书籍,每仗旁求;钞缮辛劳,又乏助力;还要较量米盐,奔走衣食,使无一日之闲暇,以尽其所长。读者又岂能不于展卷之余,为之浩然而生无限之同情耶。

徐君平日的态度,既然是那样的谦虚而谨慎,则我也不敢在他的面前恣意作溢美之词。不但不应作溢美之词,就是恭维也不是我的意思。我意中所要说的主要之点,还是治掌故学之甘苦。谈掌故或者可以信口乱道,但博听者一时好奇,徐君却不是这样的谈法。他最初固然是为着兴趣。据他说自幼喜欢听人谈旧事,喜欢看小说笔记,也喜欢讨论小说笔记中的故典,而抉发其得失。但是书看得多了,自然而然地引导他走向综合研究的道上。尤其近年谈掌故的书如此之多起来,每每更使他对于这些书,有比较辨别之必要。日积月累,便成功他的一种专门。而我们看了他的文章以后,也觉得掌故学的确可以成为一种学问,像他所用的方法,是极对的。

假如我是在这里恭维的话,却并不是恭维徐君一个人。我认为这宗学问,将来必要更进步,而后起之秀,必有突过前人的地方。为什么呢?

第一,过去的人,生在那个环境当中,觉得一切是当然的,是平淡无奇的，是不值一谈的。环境嬗变之后，便又成为陈迹而无从把握了。中国人向来很少保存当代史料的习惯，所以事过境迁，都只剩些雪泥鸿爪。今后的人，经过从来未有的剧烈变动，历史的观感，较前人定觉深切，保存史料的常识，亦必较为普遍，于是应用的材料必然较多。虽说近年各种天灾人祸的摧毁，损失不少的文献。然而较之前人呢，增广见闻，交换信息的机会，究竟容易得多了。凭这一点，也就有无限的宝藏，足供今后的学者的开发。

第二，因为近代交通方式的便利，社会各层声气的豁露，事实究竟不容易变乱。纵然人类的感情冲动，一时的政治作用，不免有时操纵着，然而完全颠倒黑白是不行的。加以今后的人，能运用科学方法来治史，其鉴别判断发挥的能力，必非前人所能及。

第三，学问以专而愈精，掌故学范围既如是之广，其中有某种人认为极易了解，不需解释的，而另一种人，则又认为不得其解；有看似平淡明白的，而细按起来，却又说不出其中的委曲。总而言之，需要系统的整理，使每一名词得有正确详尽的解释。时代隔着愈远，则了解愈难，而愈不肯轻易放过。其推求之方法，亦必愈精。譬如颜师古离汉朝比我们近，然而颜注《汉书》便有许多疏陋的地方，不及近代人之考证精确。并不是说近代人的学问，一定胜过颜君；不过近代人读《汉书》

之苦,甚于颜君,所以不得不认真考究而已。所以将来关于国学的一般趋势,都要比现在进步。但是必须经过若干年之后,有多数专门学者苦心整理出来,使之成为大众能了解能欣赏的东西。在这青黄不接之际,感觉到学术人才之尚不足用,这是有的。以掌故学而论,我与徐君都常常觉得前途很有乐观的气象。而近来同志之多,各有所长,而且能互通声息,毫不隔阂。因之而交换见闻的机会不少,实有从前所不及料所不敢望的。这是何等可喜的事。

最后,再谈到材料的问题,从前的人,固然不甚注意保存史料。就是注意到,也苦于没有好的方法,靠着私家抱残守缺,终于不中用。近年来风气渐开,大家也知道人事之不可测,惟一的方法,是用传播的方法拿来公开。能拿来制成副本,或刊印成书,固然最好。就是用间接的方法流传,也终胜于黯然无闻。有了《古今》这一类的文史刊物,时常介绍点珍贵的文献,真是极有益的事。我与徐君都酷好收集笔记、年谱、日记、书札、家乘一类的书,可是靠着冷摊的踯躅,所得极为有限。有许多收藏家,又是不肯轻易以所得示人的。我想徐君之书出版以后,或者有人愿意以其珍贵的家藏借与应用。借此得供学术界的研究,与一般的欣赏,免我们有孤陋寡闻之憾,那又是何等可欣幸的事。

古往今来一切的事,真是浪淘沙一般。依然是这些沙,却被浪一推而又变了一种地位与形式。如是反复无穷,循环不已,而推陈出新。所谓掌故,当作如是观;所谓治掌故学的方法,也当作如是观。

以上所说,质之徐君,不知以为如何?因再作二诗以当题词,并为此篇作结。

> 书供谈助老潜夫,穿穴功深九曲珠;
>
> 万卷罗胸竟何益,漫夸肉谱与书厨。

> 厚诬自昔叹符生,笔录东轩每任情;
>
> 赖尔然犀被幽隐,谤书休更不平鸣。

甲申秋日　兑之

孙　序

　　江都汪氏之言，有诙诡可观者，尝论荐绅某不在不通之列，旋谓更读书三十年，可望不通。又论扬州通者三，不通者三。然奇不通之数，如程晋芳、任大椿、顾九苞三子，皆赅博负重名，疑此非尽汎剽时彦之谓。不然者，不通之训，果如流俗所讥议，此其人固更仆难数，乌得以三尽之，又何待更读书三十年？意者，不通云者，特言其明别相而暗共相。此庄周所谓自细视大者不尽；通者有进于是，更能明其共相，此庄周所谓大知观于远近，证向今故之旨欤。湘乡曾氏，有精明高明之说，将无同斯。窃尝持此说枚量人物。宜兴徐君一士，当世通学也，从事撰述，多历年所，先后分载杂志之属。凡所著录，每一事，必网罗旧闻以审其是。每一义，必纠察今昔以观其通。思维缜密，吐词矜慎，未始有毫末爱憎恩怨之私，凌杂其间。于多闻慎言之道，有德有言之义，殆庶几焉。而有清一代掌故，尤所谙熟。盖其强识颖悟，有绝人者，故能殚见洽闻如此。至造次笔札，皆雅驯可诵，闲撷俚语新词，而味弥隽永也。读者莫不倾心，往往有篹而不见，争以专刊请，近始辑成《一十类稿》一编，付之剞劂，以飨海内。曩禹县王角山、陈井北两先生亦尝论之,谓所述多朝章国故,闻人雅谭,盖选订成书,取备一代掌故,上剟唐《国史补》、宋《齐东野语》、《龙川志》之类。后有为清史注如裴松之者,必见甄录。曾以此转质一士,为所乐闻。何幸今日,克践斯言,惟所蓄美富,斯编数十篇,犹憾其少。既欣然为之序,更愿继是而有请也。孙思昉谨序。

谢　序

有一天的下午，一士给我打电话，因为好久不见了，约我在一个地方谈话。一士住在宣南，我又住在西城，就约会个适中的地方，在琉璃厂来薰阁书店见面。

那天天气非常的热，我在来薰阁等了许久。一士穿着白色短裤褂，也未有着长衫，打着一柄洋伞，到来薰阁来找我。他说，新近古今社替他出一本集子，教我做一篇序。并且说，你如果到上海去的时候，顺便问候一问候古今社的朋友。一士衣服极为质朴，言语极为木讷，老是含着纸烟，谈起话来却极为有趣。不知道他的，一定认为乡曲老儒，其实是一位博学的君子。那天来薰阁的伙友，就偷偷地问我：这位先生是谁？我说这是鼎鼎有名的徐一士先生。

我和一士神交虽久，但过从最密却在事变后那一年。那时我刚从香港回来，家居极为无聊，就常和瞿兑之、徐一士诸兄在一起谈天。事变的初起，生活尚不甚贵，就约会每星期三在一块聚餐。那时在一处聚会的朋友，除了兑之、一士和我以外，还有柯燕舲、孙念希、刘盼遂、孙海波诸兄，共总有七个人。聚会的地点，不是在兑之家，便是在燕舲和我家。我们谈话，上下古今，没有一定范围，总是在寂寞之中，得到一点朋友晤谈的快慰。一士和我都是原籍江南而家居在历下，谈话的资料，老是由西山的斜照，谈到明湖的秋光，尤其是谈到济南吃的小点心，便津津有味，所以我们二人尤为谈得起劲。不久的时光，就由兑之发起了国学补修社，是每星期的朝晨，约会莘莘的学子，一起讲学。很有不少的同学，得了不少的益处。后来兑之又约一士主编《中和杂志》，一士所编共出到五卷。常川写稿的人，便是海波和我。在北方刊物中，总算是比较有学术性的杂志。

民国三十一年的秋天，一士又约在上海《古今》杂志上撰稿。在北方为《古今》撰稿的朋友，便有兑之、一士、五知和我这几个人，无形中又得到谈话的一个机会。我是最喜欢跑路的一个人。三十二年的夏天，和三十三年的秋天，我两次到上海去，认识了朱朴之、周黎庵、文载道诸君，承他们恳切的招待，得瞻朴之的精庐，诚所谓爱好自天然，非是一般俗子所可跂及。而我所深幸的，便是南北的学人，都可以接近，朋友之乐，在这个时光，诚是一个不可多得的机会。

可是一士每天要到中南海去办公，我也是一天有一定的工作，所以见面的机会，非先约不可。在一两年前的生活，尚不至于像现在这样贵。我们所约的地点，总是喜欢在中央公园上林春吃茶，顺便吃一点点心。后来上林春是吃不起了，就跑到来薰阁闲坐。有时光请他们老板买一点烧饼和面条，就当晚饭，可是不买他们的书，而且讨扰他们的夜饭，心中总感觉要招店伙的讨厌。

一士兄这部集子，是选近年来所撰有关掌故的文字，仿俞正燮《癸巳类稿》的体裁名为《一士类稿》。我本意是先要拜读一过，得以先睹为快。可惜我到上海，书已付印，不能全读，深以引为憾事。但是一士的学问，我是深感莫及的。

一士长于掌固〔故〕之学，尤其是对于科举的制度和清季的遗闻，这是任何人都没有他那样的熟悉。须知他的从兄徐仁铸先生，就是光绪戊戌变政时革新的新党。家学既厚，所以濡染自深。我尝以为有清的历史考证家，多偏重在古代，考证不急时务的名物，看历史成了死板板的东西，纵然把六府三事考证的明明白白，但于历史的动态，与现代时事的关系又有何补？要有史学眼光的，我不能不推重全祖望、劳格这两个人。全氏《鲒埼亭集》真是把南宋和明季遗民，活活地写出，叫我们读了得到不少历史上的兴趣。劳氏《读书杂识》，虽然未成完作，但是他能把治考据的方法，移到治唐宋以后的历史。

复次，清代一般的考据家，他们喜欢考证琐碎无聊的问题，便自以为赅博。例如明季死难的义士，本是极可敬重的一件事，但治考据的史学家，他必定考据某人死在某处，而某人又以为死在某处为非。考来考去，真是不关痛痒。杨秋室的

《南疆逸史·跋》，虽然引证博辩，仍不免犯了琐碎的毛病，倒不如近人孟心史先生所撰《心史丛刊》。他所撰《顺治丁酉科场案》《董小宛》《丁香花》诸篇，这样的引人娓娓动听。但是到他老年所撰的《明元清系通记》，反倒有江郎才尽之感。所以，我对于史学的见解是：治近古代史不如治近代史，而治近代史或以往有趣味的问题，感觉着更为重要。我很想就这一方面，做一点工作。人们的批评，我们姑且不去管他，但恐怕未必能做好。一士知我者，当必不以我言为谬也。

谢刚主

自　序

　　余学少根柢，而早岁即喜弄笔墨，其为刊物写稿，始于清宣统间。光阴荏苒，久成陈迹，其迹亦早已不存矣。少年气盛，以为将来可为之事正多，此不过偶尔消遣而已。不料此后长期写稿，若一职业，暮岁犹为之不休。三十馀年来，世变日亟，个人之环境亦因之而异。回溯畴曩，渺焉难追。聊就忆及，试话旧事。

　　在拙稿见于刊物之前，幼年即尝有试写笔记，聊以自娱之事。此项雏形（其实够不上说什么雏形）笔记之试写（亦可云偷写），时年甫九岁也。今欲谈此，可将余幼受家庭教育之情形，大致一谈。

　　吾家累世重家学，学业得力于父兄之教诲者为多，而余所得于塾师者尤鲜，以余幼时乃一逃学之孩子也。余自六岁正式入塾读书，八岁患腹痛之病颇剧，百方调治，而时愈时发，病根久不除。父母钟爱，惧其夭折，对于塾课特予宽假，到塾与否，颇听自便。余苦塾中拘束，借此遂得解放。病发时固不上学，即值愈时亦多旷课。其后病不常发，而余之不上学，已习惯而成自然。（惟塾中讲书时，每往听讲，类乎旁听之性质。）

有以"赖学""逃学"相嘲者，不遑顾矣。当此废学之时，而仍与书卷相亲，则以吾父之教，获益甚大。

吾父为余讲书最多，作非正式之教授。教材甚广，盖自经史子集（所谓"正经书"）以至小说之类（所谓"闲书"），不拘一格，随时选讲。讲者娓娓不倦，听者易于领会。教法注重启发读书之兴味，不责其背诵。（于"正经书"，有时亦令将所讲者熟读成诵，然不为定例。）以视塾中读书，有苦乐之不同。

关于"闲书"，曾为讲《三国志演义》，自首至尾，完其全部。（开首十数回讲过后，即令余自讲，吾父听之，酌加指导。）以其为文言而杂白话，得此基础，可为阅读他书之助也。《聊斋志异》亦在选讲之列。又尝为讲《西厢记》，则惠明下书一段也。此外如《水浒传》《儒林外史》《西游记》《封神演义》《隋唐演义》《儿女英雄传》《三侠五义》等等，均自阅之。（《红楼梦》，吾父有手批之本，而其时余不喜阅，此书固非稚年所能感觉兴味者也。）

当此之时，科举未废，所谓"书香人家"，多不愿子弟看闲书，致妨"举业"。吾父则利用之以为教材，除鄙恶者外，喜令余辈阅看，而加以指导，为言其价值之高下，及优劣工拙之点，时亦于书上加眉批，或圈识以示之。俾可触类旁通，此实当时家庭教育所少见者。

"正经书"除讲过者外，亦每自行阅读，由少而渐多，惜熟读成诵者太少,故至今深感根底之浅薄焉。(喜读史——实际是看,似受《三国志演义》之影响。此书以史事为纲,虽羼入许多不经之谈,而写来兴会淋漓,能诱启读史之兴趣。并闻其与正史多不合,亦欲以《三国志》相比勘,由此而及其他。至吾父所选讲者,《史记》为多。)

笔记之属,吾父曾为讲《庸庵笔记》等,甚感兴味,亦后来研究近代史实掌故之张本。

吾家有一钞本《彩选百官铎》(明倪元璐所撰之升官图也),编制颇佳,可于游戏中借识明代科举、职官等制度。每值岁时令节,家中每为"掷铎"之戏。(平日亦偶为之。"掷"谓掷骰,"铎"以骰行也。)清循明制而有所损益,吾父每为余辈言其因革异同,亦可称为儿童时期之一种关于掌故的教育,诱启之力非细。(余辈因是亦喜"掷"当时[清]之升官图,惜无如倪铎之佳者耳。)

吾父对于家中儿童,常为说故事。或取材于经史之属,或取材于小说戏剧,多与德性及学问有关。余辈以听故事为乐,而儿童教育亦即寓是。

经吾父之讲说,对于昔人之著述,发生浓厚之兴趣,童心忽作动笔之想(可谓已经"斐然有著述之志",一笑)。于是裁纸为小册子数本,每本十余页,长宽各二三寸,而作写笔记之尝试焉。所写或记一时之观感,或述吾父所讲说,或书听讲之心得(?)，每则寥寥数语。此虽极其幼稚，却不妨算作余最早之笔记也。犹忆其第一则，题为"月"。文曰："水中有月，非水月也，乃天月也。"盖观池中月影，偶动文思，遂振笔直书于小册子，稚气真可笑之甚。第二则似系关于孔子、老子学说异同者，则述吾父之语，意在备忘，其原文今已不记得矣。以下尚写有十则左右，均已忘作何语。

九龄童子（且是逃学的童子）而写笔记，当时自觉实为"胆大妄为"之举动，故以秘密出之，极畏人知，一若做下亏心事者。不料秘册忽为吾三兄（龢甫）发见，持而高声朗诵，且曰："老五做文章矣！"（吾父七子，余次居五。）"做文章"三字，在当时是何等严重。余羞赧之极，大有恨无地缝可钻之势，亟夺回此册而撕碎之，盖第一册未写完即中止。此际情景，大似一幕喜剧也。

吾三兄对吾学业夙极关心，尝正色以不应"赖学"相规诫，既不效，亦于余之看书时相指授。见余秘册后，以为此举虽若可哂，然所写文字均尚通顺，亦属可喜，故劝余继续为之，不必中辍。而余年幼怕羞，不敢再写。迨后来屡以笔记等稿发表于刊物，吾三兄犹话及此事，笑谓"有志竟成"焉。

吾三兄喜买书，旧书而外，新出书报，尤恒购阅。（应书院类课试，常居超等前列。所得奖银，多为买书之用。）阅后每即畀余阅看，且诮习掌故，博闻强记，时为谈说，以记忆力之卓越,加以健谈,于名人轶事及各项制度,历历如数家珍。(谈时或庄或谐,有声有色。)吾四兄(凌霄)及余之致力研究掌故,实吾三兄导其先路,得其指示启发之力甚多,而余实兼受教于三四两兄也。(吾四兄对余为学业上之指导,亦犹三兄。余于诸兄,均师事,而获益于三四两兄者居最。)

至余历岁为各刊物写稿之经过,言之孔长,兹不烦缕。所写各稿,前期未经留意藏弃,多致散佚。迨后始事保存,而其间亡失者仍往住有之,惟收拾丛残,所存犹属不少。以质论,固未敢自信;以量论,却不无可观。虽东涂西抹,难入著作之林;而频年矻矻,实为心力所寄。垂老百无一成,此区区者幸尚不为读者所鄙夷。赋性疏拙,素寡交游,而以此颇获文字之交(或相访而识面,或神交而未晤),情谊肫挚,关切逾恒。即写稿之资料,亦每得裨助。此实当日从事写稿时,所未敢意料而感激不能忘者,心境上亦赖获慰藉焉。去日苦多,人事无常。旧稿亟宜及时整理成帙,付印问世,以免将来尽归失逸。近承朱朴之、周黎庵两先生,收入《古今丛书》之三,亦征神交关切之雅。因理辑三十余篇,略以类相从(仍各注明某年),以《一士类稿》之名称出版。斯亦余写稿以来,一可纪念之事也。吾三兄在日,以余随时写稿,零碎披露,保存甚不易,屡劝出单行本。今乃不及见,思之泫然。

余学识谫陋,拙于文辞,故写稿不敢放言高论,冀免舛谬。

所自勉者,首在谨慎,所谓"不求有功,但求无过",然"无过"不过"求"而已矣,岂易言哉?虽未敢掉以轻心,而能力有限,精神疲敝,仍恐舛谬不乏,所望大雅宏达,不吝教正,幸甚幸甚!

甲申(民国三十三年)孟秋　徐一士

王闿运与《湘军志》

  王闿运《湘军志》，虽物论有异同，要为近代杰作。其子代功所编述《湘绮府君年谱》卷二，光绪元年乙亥（四十四岁）云："……十一月遂至长沙。曾丈劼刚适遣使修书，请府君来省议修《湘军志》事，以为洪寇之平，功首湘军。湘军之兴二十余年，回捻平定又已十年。当时起义之人，殉难之士，多就湮没，恐传闻失实，功烈不彰，必当勒成一书，以信今而传后。以府君志在撰述，亲同袍泽，亟宜及时编辑，以竟先烈。且文正尝言，著述当属之王君，功业或亦未敢多让。今日军志之作，非君而谁？府君不得已诺之。"光绪三年丁丑云："五月，始撰《湘军志》，先阅《方略》诸书……七月，阅《方略》。八月，因撰《湘军志》，欲离城避嚣，遂假东山何氏宅，根云尚书之故业也……十一月，检咸丰时旧案关于军事者，及湘军招募遣散年月、统将姓名，欲别作一表以明之，而十不存一，无从稽核，迄未成书。"光绪四年戊寅云："二月，往东山，阅《褒忠录》及《曾胡奏牍》诸篇，作《湘军志·曾军篇》。三月，入城，十二日仍往东山，作《水师篇》成，寄彭丈雪琴商定。四月，命大姊画《湘军志图》，以明进兵方略……作《曾军后篇》……六月，还东山,作《江西后篇》……八月,四川总督丁丈稚璜遣书约往四川,又致书谭丈文卿,属其劝驾。府君答以撰《军志》毕,始定行期。作《援江西篇》。九月,仍寓府学宫,十七日步还东山。作《援广西篇》《临淮篇》《援贵州篇》。十月……撰《军志》,作《湖南防守篇》《平捻篇》。十一月,《湘军志》草创毕,始定蜀游。"光绪五年己卯云:"十月,改定《湘军志》。"光绪六年庚辰云:"五月……改《湘军志》。"光绪七年辛巳云:"七月作《湘军志·援蜀篇》《川陕篇》……闰月作《湘军志·营制篇》。至是《湘军志》始成。曰:《湖南防守篇》《曾军篇》《湖北篇》《江西篇》《曾军后篇》《水师篇》《浙江篇》《江西后篇》《临淮篇》《援江西篇》《援广西篇》《援贵州篇》《川陕篇》《平捻篇》《营制篇》《筹饷篇》,凡十六篇,九万余字。诸生(按成都尊经书院生也)读《军志》,多言叙事文笔变化者。府君因语之曰:'曾涤公尝言:画像必以鼻端为主,于文亦然。余文殊不尔,成而后见鼻口位置之美耳。其先固从顶上说到脚底,不暇问鼻端也。八家文凭空造出,故须从鼻起耳。余学古人,如镜取影,故无先后照应也。'……十月,始理归湘事。《湘军志》刻成,取版以归。"

卷三光绪八年壬午云:"正月,人日登定王台。城中多言《湘军志》长短者。府君闻之,以谓直笔非私家所宜为,乃送刻版与郭丈筠仙,属其销毁,以息众论。"光绪九年癸未云:

"三月……丁稚璜屡书速府君入蜀,且有责言,乃于二十五日买舟东下……九月……重校《湘军志》毕。蜀中诸生闻原版已送郭氏,故复刻之也。府君因语诸生曰:'此书信奇作,实亦多所伤。有取祸之道,众人喧哗宜矣。韩退之言修史有人祸天刑,柳子厚驳之固快,然徒大言耳。子厚当之,岂能直笔耶? 若以入政事堂相比,则更非也。政事堂就事论事耳,史臣则专以言进退古今人,无故而持大权,制人命,愈称职愈遭忌也。若非史官而言人长短,则人尤伤心矣。'"光绪十二年丙戌云:"……七月……陈丈右铭盛推《湘军志》美,然疑其仍有爱憎。府君惜其犹有文士之见,不知怀私文必不能工,轻视文人,故有此见也。"

卷四光绪二十三年丁酉云:"六月……答陈深之论文云:'……单者顿挫以取回转,复者疏宕以行气势,貌神相变,即所谓物杂故文也。故《国策》、《史记》、贾、晁、向、操诸人能用单,《国语》、班书,东汉以至梁初善用复,不能者袭其貌。单者纯单,始于北周,而韩愈扬其波,赵宋以后奉宗之,至近代归、方而靡矣。复而又复,始于陈隋,而王勃等淈其泥,中唐以后小变焉,至南宋汪、陆而塌矣。元结、孙樵化复为单,庾信、陆贽运单成复,皆似有使转,而终限町畦。卒非先觉,反失故步。故观于汪中、恽敬、袁枚之徒,体格无存,何论气韵? 其余如侯、魏之纪事,乃成小说;洪、吴之骈俪,不如律赋,兹非学者之明戒欤？余少学为文，思兼单复，及作《桂阳图志》，下笔自欲陵子长，读之乃颇似《明史》，意甚恶焉。比作《湘军志》，庶乎轶承祚睨蔚宗矣……'"

卷五光绪三十四年戊申云："五月……时张文襄公改两湖书院为存古学堂，以救新学之弊，研究文史，令代功分教。诸生多问作诗文法者，代功不敢专对，请府君书示后学……论文曰：'诗有家数，有时代，文无家数，有时代，此论自余发之……明代无文，以其风尚在制艺，相去辽绝也。茅鹿门始以时文为古文，因取唐宋之似时文者为八家……余……文，力追班马，极其工力，仅得似《明史》，心甚耻之。及作《湘军志》，乃脱离时代矣。以数十年苦心孤诣，仅仅得免为明文；若学八家，数月可似……'"闿运撰著此书之缘起暨经过，与夫自道甘苦及工力，略具于斯。

其谓"庶乎轶承祚睨蔚宗"，盖以《湘军志》与《三国志》《后汉书》相衡。又《湘绮楼日记》光绪四年戊寅二月二十七日云："作《湘军篇》，因看前所作者，甚为得意，居然似史公矣；不自料能至此，亦未知有赏音否。"二十八日云："作《曾军篇》成，共十二叶，已得二年军事之大纲矣。甚为得意。"三月十七日云："撰《军志篇》成，读一过，似《史记》，不似余所作诸图志之文，乃悟《史记》诚一家言，修史者不能学也。《通典》《通考》乃可学，郑樵《通志》正学之，亦智矣。惜其笔殊不副，然不自作不知之，则余智不如郑久〔远〕矣。"则又尝以似《史记》自喜。《史记》之超妙处，《湘军志》虽尚难跻及，而闿运"脱离时代"之说，固可谓非漫自矜夸，以近代人实罕有此种文字也。（所云《湘军篇》，盖属稿之初，有此篇名，旋改为《曾军篇》矣。三月十七日所云，按之前文，当指《胡军篇》，后来始改为《湖北篇》者。）

《湘军志》初刻于川，闿运携版回湘，以湘人之愤怒，乃送版于郭嵩焘销毁，后至川再刻之。《湘绮楼日记》光绪八年壬午正月关于毁版事所记，初七日云："以外间颇欲议论《湘军志》长短，与书佐卿，属告诸公烧毁之。"十七日云："锡九来，论《湘军志》版片宜送筠仙。余告之曰：'吾以直笔非私家所宜，为众掩覆，毁版则可。外人既未出赀属我刻，而来索版，是无礼也。君不宜为众人所使，且置身事外，以免咎尤。此版吾既愿毁之，又何劳索？'锡九唯唯而去。"廿日云："遣送《湘军志》版及印刷书与筠仙，并书与之言：'本宜交镜初，今从权办也。'"其当时在湘迫于众怒难犯，不得不毁版之情形，于此尤可略睹焉。送版及书与郭嵩焘者，盖嵩焘在湘绅中负重望，为反对《湘军志》领袖人物之一也。嵩焘有致陈士杰一书，深斥《湘军志》，可代表反对派之言论。其说云：

> 湘军本末，宜有述录。发议自吴南屏，嵩焘实倡行之，曾劼刚一以属之王壬秋。始见其《曾军篇》，于曾文正多刺议，寓书力戒之。去腊自蜀归，其书遂已刊行。沅

浦宫保指证其虚诬处，面加诘斥。几动湘人公愤，将其版销毁。然闻蜀人已有翻刻本，贻毒固无穷矣。壬秋文笔高朗，而专喜讥贬。通志局初开，嵩焘力援之，为罗研生所持，言："若壬秋至，湘人攻击且尽，曷云志也？"其后所修三志，《东安志》版已毁，《桂阳志》亦有纠缪之作，《衡阳志》托名彭雪芹宫保，无敢议者，衡人私论亦皆隐憾之。自王船山先生已遭其讥议，其他可知，要其失不在秉笔而在包修。劼刚踵行其失，鄙心不能无歉然。因沅浦宫保之言，取其书读之，专叙塔忠武、多忠武战功，湘人一皆从略，江忠烈直没其名。至江西始载其以一军赴援，并帮办军务之命亦匿不书。而于李勇毅、杨厚庵则竟诋斥之。张笠臣指为诬善之书，且言："楚人读之惨伤，天下之人无不爽心快目。"开端数行中，便谓洪寇之盛，实自湖南始，始合围而纵之，又起偏师追而歼之，直以是蔽罪湖南，亦竟不测壬秋之果为何意也。今其势不能不重加修辑，又万不能开局，当由思贤讲舍任之。壬秋高才积学，极谋以讲舍相属，而终见忤如此，所损声名实多。始悟君子成己成人之学，一皆性之德，于人多伤，终亦不能成己，重为壬秋惜之。

盖纂修《湘军志》一事之发起，旨在表扬湘军功烈，垂乡邦之荣誉。而阎运任此，自出心裁，成一家之言。于发起纂修之本旨,未甚措意;且其为人,固以知兵自负,好谈大略。少年时颇思赞襄军谋,腾骧政路,而挟策以干曾国藩等,率见谓迂阔之谈,落落寡合,无所藉手。志愿弗克一酬,盖不能无觖望。(如与吴大澂书有云:"闿运平生志愿,满腹经纶,一不得申。每嗟感遇。"又与左宗棠书有云:"闿运行天下,见王公大人众矣,皆无能求贤者。涤丈收人材不求人材,节下用人材不求人材,其余皆不足论此。以胡文忠之明果向道,尚不足知人材,何从而收之用之?故今世真能求贤者,闿运是也;而又在下贱,不与世事,性懒求进,力不能推荐豪杰,以此知天下必不治也。"又与李汉春书有云:"陈伯严来,述尊论,见许为霸才,不胜感激。自来曾、胡、左、丁、肃、潘、阎、李诸公,相知者多。其或有许其经济,从无赏其纵横。尝有自挽联云:'春秋表仅传,正有佳儿学诗礼;纵横志不就,空留高咏满江山。'盖其自负别有在也。而麾下一见便能道其衷曲,曷名钦佩!"均见其自负才猷迈众,不甘徒为文人。)故对于名震一时功成受赏之将帅,虽多写状甚工处,非于表扬无裨,而笔锋所及,每流露不足之感,或涉讽刺,或近揶揄。间有疏略,亦遗口实。湘人恚嫉,有由来矣。他读者亦颇致疑,其不免以爱憎之见,影响纪实,固不仅陈宝箴为然也。曾国藩以湘军领导而居功首,最为群伦所崇仰;《湘军志》于传其苦心义概之外,不乏微词。其弟国荃,论功仅亚国藩;闿运书其功状,亦不如其意。故国荃甚恶而诘斥之，为王定安继撰《湘军记》之张本。

湘军之兴，郭嵩焘、崑焘兄弟，均参谋议。《湘军志》成，两人阅后，各加批识，以纠辨为多。乙卯（民国四年），崑焘孙振墉辑录成轶，并加笺注，名曰《湘军志平议》，堪为读《湘军志》者之重要参考书。振墉叙有云：

> 襄文正始立营制，先伯祖侍郎公、先祖京卿公实豫诸议。其后先京卿公佐湖南抚幕十余年，援师四出，兵饷又皆所手治。尝拟与吴公敏树、罗公汝怀、曹公耀湘等纂《楚军纪事本末》一书，存一代用兵方略；会文襄虑近于张功，事以中辍。已而湘潭王壬秋先生闿运所撰《湘军志》，为文谲奇恣肆，侈论辨而多舛于事实，识者病之。振墉手录先侍郎公暨先京卿公订正是书百数十条，附以笺注，题曰《湘军志平议》。夫前人往矣，当其万折不回，克成大业，要自有常胜之理存，区区战事粗迹，乌足概其平生；然于军谋之奇正，地形之险夷，贼势之强弱，倘见为粗而遗之，亦治国闻者所深耻也……君子之立功也，求信于己而已，而立言者贵有以征信于后。孔子称董狐古之良史，为其直也。若是非之与淆，恩怨之或蔽，虽以迁史之文冠百代，世且目为谤书，他何论焉？

其以迁史谤书为说，或即因闿运尝自言似《史记》也。又辛酉（民国十年）跋有云：

湘军开本朝创局，以驯致中兴。王氏挟区区乡曲之私怨而颠倒之，悖矣。考其篇目：始于湖南防守，而江军之援广西阙焉，略兵事之始；成于平捻，而左军之定甘肃、新疆阙焉，没兵事之终；江西既编析为三，而江南安庆不列篇名，以《曾军后篇》统括之，意谓曾文正公功绩，第迄于两省而止。即兹荦荦大纲，不免谬误。其书之不足以服人心而彰国论明矣。《传》曰："心有所好恶，则不得其正。"夫不正由于有好恶，而况好恶之僻之与人异性者钦？余氏肇康云，《王志》初出，分馈湘人。一时物议沸然，军阀尤愤。王氏将原书次第收回，其亦有不可自坚者邪？朱氏克敬改篆是书，稿佚不传。王氏定安之记，持论稍私于曾忠襄，而文又不逮。盖斯志之流行海内久矣，其贻害岂浅哉？窃尝谓是非者天下之公，维皇降衷所固有也。故孟子曰，《无是非之心非人》。盖是非芬泯，起于一念之微，其始不过语言文字之差耳。寝假发于其事，将使东西易位，玄黄变色，而实祸中于国家矣。尚得为衣冠视息之伦乎？夫以咸同之战迹，昭昭在人耳目，而立论诡异如此，其他学说之戾，不言可知也。呜呼！平实之论难工，袞衰之言易悦。末俗异趣，文更甚焉。振墉惧夫王氏之矫诬害正，是以不得不辞而辟之，亦上承先志而已，岂求胜于文辞之末哉？

诋斥尤力。至论篇目之失当,读此书者盖不乏同感。尤于
《曾军篇》《曾军后篇》觉其未安。闿运于此,未闻有所说明,
不知当时用意果何若也。

郭嵩焘批《湘军志·曾军篇》有云:“案湘军之名,创始曾
文正公。其后骆文忠用以平蜀,左宗棠用以平浙及闽广,西至
甘肃,复新疆万里之地,皆承曾文正公之遗,以湘军为名,是以
曾文正公为湘军之大纲。疑此篇当为湘军原始篇,历叙各军
分合与其源流本末所以立功之由。以曾军名篇,是谓曾文正
公亦统于湘军也。前后叙述,亦与《湖南防守篇》大致无甚区
别,于文为复,于所述事实亦为失伦。湘军原始,实由曾文正
公,述其原始而后本末分明,未宜混合言之。”又云:“以《湘军
志》为名,自应以曾文正公创立湘军为主,不宜特立曾军名
目,以使有所专属。如江忠烈、王壮武、萧启江、李忠武及今曾
威毅伯,皆别立一军为统帅,功绩又最伟,别为一篇可也,不可
以施之曾文正也。”又批《曾军后篇》有云:“贼踞金陵十余年,
克复南京自为湘军一大篇目。湖北、江西各省,皆标立名目。
江南攻战事宜,但名《曾军后篇》,并江南之名亦隐之,显示贬
斥之意,似未足以服人。”(均见《湘军志平议》。)其言有当,未
可目为阿私曾国藩之论也。

又其子焞莹《湘军志平议后叙》有云:“王氏《湘军志》,文
句规放马迁,篇章祖袭《尚书》;其足惑世诬民,盖又有浮于

《三国志演谊〔义〕》也。先兵左尝书戒易布政佩绅,以谓壬秋文辞自优美,足可引为师资。若行政治军,一闻壬秋之言,如饮狂药,不可救疗。彼其视诸老先所挟持以为常胜之理,与之异趣也宜已。况济以爱憎予夺之私,更乌惜兴心而嫉妒取快于其说乎?……祸之中于人心风俗,讵减于猛兽洪水者?"亦深诋之。郭氏之攻《湘军志》,盖三世焉。

郭振墉辑录《湘军志平议》成,寄示王先谦、冯煦。

先谦复书谓:

> 承示大著《平议》一册,尤深愉快。壬秋此志,湘人咸不谓然,天下皆知。然不明揭其症结所在,则人将以为爱憎毁誉之私,而喜其文笔者,更曲护之,而无能夺其气。犹忆弟衔艰归里时,令伯祖谈及此事,欲以改作见委。卒不果行。盖兵事曲折轻重,非当日身亲目击者不能知其深,事过境迁,化而为文,则人但问其笔墨何如,而兵戈是非无复言之者矣。此所以壬秋志出,君家令伯祖、令祖两公独引为私憾,而他人视之淡如也。今兄取两公当日书眉所评论,纠正百数十条,复以官书私录笺注之,为《湘军志平议》一书,使留心世事者,即事征文,虚实立见。且俾后之人知两公苦心,所争得失,乃悍史千古之公,非湘军偏隅之事也。从此阅王志者,家置一编,以开迷误,则兄绍述之功,在天下矣。

亦湘中有名学者不满意《湘军志》，而助郭氏张目者。阅此，知郭嵩焘曾有请先谦改作之议也。

先谦盛推《湘军志平议》，《平议》一书要非苟作，特惜其行世时，闿运未及见，不得闻其对斯之意见与感想何如耳。

煦复书谓：

> 荷手翰并《湘军志平议》一册。此书之纰缪，往闻之曾忠襄，几欲得此老而甘心。今已论定，则其名已沦于罗刹鬼国。文正当日，凡湘中才俊，无不延揽，而对于此老，则淡泊遇之如此，益服文正之知人。然不料此老之末路顽钝，无耻至是也。为之一叹！

将闿运痛骂一番，似不无过火处。至曾国荃之痛恨《湘军志》，则属实情也。

黎庶昌为曾国藩门下治古文者四大弟子之一，（其他为张裕钊、吴汝纶、薛福成三人。黎与薛文学之功候，视张、吴稍逊，而兼长经济。）对于《湘军志》，却甚为赞赏。其所选辑之《续古文辞类纂》，于叙记类特录《湘军志》之《曾军篇》《曾军后篇》《湖北篇》《水师篇》《营制篇》为一卷，惟标目不曰《湘军志》而曰《湘军水陆战纪》，评注云："此书不著作者名氏，盖湘潭举人王闿运笔也。文质事核，不虚美，不曲讳，其是非颇存咸同朝之真，深合子长叙事理意，近世良史也。大体皆善，今录五篇。"又云："案壬秋原书，本名《湘军志》，此称《湘军水

陆战纪》者,据沪上活字本也。"上海书坊,以活字排印,改题
《湘军水陆战纪》之名,殆以避时忌之故欤。庶昌不独赏其文
词,且赞以良史,许以真核。所见与郭嵩焘辈大异矣。

闿运此作,以似《史记》自负,庶昌亦正以斯推之。在闿
运尤可云搔着痒处,故对庶昌深有文字相知之感。其与庶昌
书有云:

> 文诚(按:谓丁宝桢也)与闿运为知己,亦犹曾文正
> 之为闿运知己。外间但以未得保荐不入幕府疑之,又焉
> 知真知者乎? 前年所作诔文,以限于骈体,词甚隐约,传
> 状既非朋友所作,所言止此而已。较之曾文正身后仅有
> 挽联者,已为多矣。然曾文正公事业在《湘军志》者,殊
> 炳炳麟麟,而沅甫以为谤书;竟承特采,曷胜感激! 三不
> 朽之业,著一毫俗见不得;节下蝉翼轩冕,一意立言,真人
> 豪也。抑尝论之:孔子云"有言者不必有德",此是言语
> 之言;不朽立言,是文言之言;未有无德而有功言者。德
> 者,本也;功,用也;言,体也;平生蕴蓄,一望而知;尤愿先
> 生依经以立幹耳。闿运伏处卅年,于诸经稍有发明;惜曾
> 公早逝,未及尽见。

致感之余,并对物论略为辩解,而自示《湘军志》之作,实依经
立幹,为有德之言焉。其谓曾国藩"事业在《湘军志》者殊炳
炳麟麟",固非无据之饰词。盖《湘军志》之书国藩事,虽间有

未甚许可之语气,而国藩之伟大处,忠诚处,实往往可见也。丁曾并论,亦所以自白无诋谤国藩之意。(丁文诚诔,佳作也。陈夔龙为丁宝桢侄婿,所著《梦蕉亭杂记》卷二有云:"湖南湘潭王壬秋太史丈……睥睨一世……中兴诸将帅,半系旧人,均敬而远之。独与文诚公臭味相投,申之以婚姻。文诚逝世,太史所作诔文,哀感顽艳;其遒丽处,恐六朝人无此手笔。"述其与宝桢之相得,良然;至叹美此作,盖亦未为过誉。挽国藩联,文为:"平生以霍子孟张叔大自期,异地不同功,戡定仅传方面略;经学在纪河间阮仪征之上,致身何太早,龙蛇遗憾礼堂书。"雄深超卓,亦其杰构,挽曾诸联,斯为健者。亦颇见其对国藩之认识与理解,不同恒流。孙衣言联云:"人间论勋业,但谓如周召虎、唐郭子仪,岂如志在皋夔,别有独居深念事;天下诵文章,殆不愧韩退之、欧阳永叔,却恨老来湿轼,更无便坐雅谈时。"用意略相近,而骏迈处未逮。)

闿运撰《湘军志》时对国藩之情绪,可考之于《湘绮楼日记》。戊寅(光绪四年)二月十一日云:"翻曾涤丈文集,见其少时汲汲皇皇,有侠动之志。因思诸葛孔明自比管乐,殊非淡静者。而两人陈义皆以恬淡为宗,盖补其不足耶?"二十一日云:"作《湘军篇》颇能传曾侯苦心;其夜遂梦曾……"二十七日云:"夜览涤公奏,见其在江西时,实悲苦,令人泣下。然其苦乃自寻得,于国事无济;且与渠亦无济,反有损。要不能不敬叹,宜其前夜见梦也。世有精诚,定无间于幽明,感怆久之。彼有此一念,决不入地狱。且吾尝怪其相法当刑死,而竟侯相,亦以此心耿耿,可对君父也。余竟不能有此愚诚。'闻春风之怒号,则寸心欲碎;见贼船之上驶,则绕屋彷徨。'《出师表》无此沉痛。"二十九日云:"作《胡军篇》。看咏芝奏牍,精神殊胜涤公;有才如此,未竟其用,可叹也!"三月十六日云:"看胡奏稿书札及方略,见庚申年事,忽忽不乐。又看曾奏稿,殊矢忠诚之道,曾不如胡明甚,而名重于胡者,其始起至诚且贤,其后不能掩之也。余初未合观两公集,每右曾而左胡,今乃知胡之不可及,惜交臂失此人也。向非余厚曾薄胡,彰著于天下,则今日之论,几何而不疑余之忌盛哉。"十七日云:"欲作《曾军后篇》,连日正不喜曾,乃改撰《水师篇》。"四月十一日云:"作军志。咸丰六年至八年,湖南协济江西军饷银二百九十一万五千两,此左生之功也。左生于江西殊胜曾公。"十二日云:"夜看曾书札,于危苦时不废学,亦可取。而大要为谨守所误,使万民涂炭,犹自以心无愧,则儒者之罪也;似张溥矣。"十四日云:"作军志。叙多功于曾军,使稍生色,亦以对砭其失。军不可惧,孔子以惧教子路,言其轻死耳,非谓行三军当惧也。"十五日云:"作军志。看曾书疏,未尝一日忘惧。似得朱〔宋〕儒之精矣,而成就不大,何也?"盖于推许之外,兼有不足之意。国藩用兵,最重"扎硬寨,打死仗",不尚诡谋奇计,而为人力求稳慎,不喜冒险;闿运固自负权奇郁不得施,对之有不以为然者。加之性好讥评,遂论之如此。撰《湘军志》时之情绪,见于日记者,自可与《湘军志》参阅。然不可过泥,以其日记中多有兴到语、率尔语,(且前后不尽一致);著书下笔之际,则较有斟酌,与写日记时之信笔放言,态度上尚颇有谨严与率易之别耳。(其四月二十五日日记云:"作军志,看方略,曾奏将毕矣。然叙次殊不及前,以彭、杨、曾构陈事,三人皆不欲载,有依违也。故修史难:不同时,失实;同时,循情;才学识皆穷,仅记其迹耳。"则自谓有因有所瞻顾,而不肯深文之处也。又是月二十二日云:"作军志,序田镇战事颇近小说,然未能割爱也。"盖颇以此役战状写得过于历历如绘自疑,而亦不失为佳文。)

曾国荃之围攻南京,李秀成率师驰救,众远过之,以国荃之坚持,卒不得逞而去。自是南京无援,遂成必破之局,此役关系太平天国之存亡甚大。当时曾国藩之奏报,备陈形势之孤危与战事之剧烈,而日记及家书中有"寸心如焚"、"心胆俱碎"等语,想见忧悸之甚。其《金陵湘军陆师昭忠祠记》亦著其坚苦御敌之状,故此役实国荃所引以自豪者。《湘军志·曾军后篇》叙此云:

> 同治元年……闰八月,苏常寇来攻曾国荃军,多发西夷火器相烧击,复穴地袭屯垒,连十昼夜不休。九月,浙江

寇复来助攻。国藩急征援兵,皆牵制不得赴。国荃以三万人居围中,城寇与援寇相环伺,士卒死伤劳敝,然罕搏战,率恃炮声相震骇。盖寇将骄佚,亦自重其死。又乌合大众,不知选将,比于初起时衰矣。十月,寇解去……

将国荃此一场大功,写得甚简,若无甚奇特。国荃之斥为谤书,盖于此节尤所忿恚也。郭嵩焘云(见《湘军志平议》):

李秀成以三十万众,困曾三万人。搏战四十余日,用火药轰炸其营垒,破其地道无数,极古今之恶战。壬秋一意掩没其劳,以数语淡淡了之,真令人气沮。

嵩焘且"气沮",国荃安得而不大怒乎?王定安承国荃之旨而作之《湘军记·围攻金陵下篇》纪此役云:

闰八月,疫犹未已,军士互传染,死者山积……当是时,群医旁午,病者方资休息,而伪忠王李秀成引兵三十万,自苏常奔至,号六十万。东起方山,西讫板桥镇,连营数百。国荃兵不满三万,贼围之数匝,彭玉麟、杨岳斌水师,皆阻隔不相闻。诸将惩向荣、和春之失,谋溃围就水师,退保芜湖。国藩在安庆,忧之废寝食,飞檄令解围。国荃令于众曰:"贼以全力突围,是其故技。向公和公正以退而致挫。今若蹈其覆辙,贼且长驱西上,大局倾覆,何芜湖之能保?夫贼虽众,皆乌合无纪律,且久据吴会,习于骄佚,未尝经大挫。吾正苦其散漫难遍击,今致之来，聚而剼之，必狂走，吾乃得专力捣其巢，破之必矣。愿诸君共努力！"诸将诺服。

己亥，乃分围师为三，以其二防城贼侵袭，国荃自将其一当援寇。一夕筑小垒无数，障粮道以属之江。贼益番休迭进，蚁傅环攻，累箱实土，以作橹楯，挟西洋开花炮自空下去，所触皆摧。国荃留屏辛守棚，选健者日夜拒战。更代眠食，常以火毯大炮烧贼无算。贼仍抵死弗退，军士伤亡颇众。

己酉，部将倪桂节中炮殒。国荃左颊受枪伤，血渍重襟，犹裹创巡营。历半月，贼稍却，而伪堵王黄文金出东坝，攻金宝圩，为李秀成声援。鲍超遣军御之新河庄，为所乘，水师亦困于金柱关。贼焰益张，乃掘地道陷官军垒；国荃屡堵合之，亦时以秽卤倒浸穴中。

九月壬子。伪侍王李世贤复自浙江纠众麇至，合秀成军号八十万。国荃度浙寇新来气盛，诫诸将厚集其阵，暇以待之。贼负板担草土填濠，我军拒濠发炮。贼屡却，仍坚壁不出，相持两昼夜。甲寅乃发万人开壁击之，军士气十倍。呼声动天，当者无不摧靡。一日内破坚垒十三，杀八千人。援贼气夺，乃益凿地埋火药。辛酉，两穴同发，土石飞跃如雨，大营墙坍。贼队猛进，国荃督军士露立墙外，环掷火毯，间有枪炮。贼前者既殪，后者复登，踰三时墙缺复合,杀悍寇数千。群贼乃谋昼息宵攻,轮进以疲我,连营周百里,其近者距官军才二十丈,仍潜开隧道,乘雨夜轰之。国荃令各军掘内濠,翼以外墙,破其地洞七,贼计始窘。

十月,国荃度贼力疲,可一战破也,乃诫诸将秣厉以俟。壬午,引军出濠,克十余卡,知贼不任战,军益大出。癸未,李臣典等出东路,曾贞干出西路,彭毓橘、萧孚泗等出南路。甲申,天向曙,臣典烧东路四垒,火光烛天,西南诸贼望见汹惧,弃垒逃。贞干侦三汊河贼宵遁,急引兵趋之,遇逃寇则纵兵要击,追之板桥周村。彭毓橘追至牛首山。王可升搜贼方山西,诸贼在东路者绕南门逸,其在西路者走秣陵关,于是苏浙贼数十万皆遁,金陵围师解严。

是役也,李秀成率十三伪王赴援,李世贤继之,杨辅清、黄文金围鲍超于宁国。陈坤书出太平,窥金柱关以困水师。悍酋萃一隅,我军几殆愈不振。曾国藩固以进攻金陵为非计,业被围则飞檄调蒋益澧、程学启驰救;益澧在浙,学启在苏,皆有故不得至。国荃孤军居围中,战守四十六日,杀贼五万,我军亦伤亡五千,将士皮肉几尽,军兴来未有如此之苦战也。

详叙此役战守之状,写得如火如荼。于国荃尤特为标举,而断以"军兴来未有如此之苦战",与嵩焘所谓"极古今之恶战",

均以辨正闿运"罕搏战"等语。研究《湘军记》与《湘军志》之异同,此节最宜留意。盖国荃之属定安撰《湘军记》,斯其最大动机也。(定安自叙云:"向张既殒,朱维沦胥。帝曰:'汝藩,作督三吴;汝荃统师,布政于苏。'乃整其旅,电扫风驱。北斫濡须,南操芜湖。遂捎秣陵,连壁南都。洪酋恇奢,乃召其徒。其徒百万,封豕训狐。威毅笞之,如割如屠。忠仆侍颠,弃戈而嘘。乃张九眼,周其四陆;两徂寒暑,乃焚厥居。帝嘉乃绩,锡之券书。兄侯弟伯,析圭剖符。紫阁图形,载之典谟。作《围攻金陵下篇》第九。"盛推国荃下金陵之功,亦著重此役之击退李秀成等援师。)平情论之,闿运所谓"罕搏战,率恃炮声相震骇",举重若轻,未免太甚。且词涉轻薄,良有召怒之道。定安为国荃竭力铺叙,亦势所必然。惟闿运之论太平援军方面之弱点,则不尽虚诬。盖太平军已有暮气,亦湘军所由奏绩也。不然,以秀成之智勇能军,将众以临寡,形势上可操必胜之券,何竟不能解金陵之危,使国荃为向荣、和春之续,而逡巡退却,不克再振,坐待"天京"之沦陷,天国之覆亡乎?虽曰国荃武略优长,湘军善于战守,太平军如无弱点,结果当不若是耳。

国藩《金陵军营官绅昭忠祠记》有云:

> 当诸将屯驻秣陵,向公荣、张公国梁最负众望,其余智者竭谋,勇者殚力,亦岂不切齿图力〔功〕,思得当以报国。

事会未至,穷天下之力而无如何。彼六七伪王者,各挟数十万之众,代兴迭盛,横行一时。而上游沿江千里,亦足转输盗粮。及贼势将衰,诸酋次第僵毙,而广封骁竖,至百余王之多,权分而势益散。长江渐清,贼粮渐匮,厥后楚军围金陵,两载而告克。非前者果拙而后者果工也:时未可为,则圣哲亦终无成;时可为,则事半而功倍也,皆天也。

以湘军之成功,归之于时,归之于天,是国藩识度高卓襟怀宏阔处,虽非专指击退援军之役,与闿运所论亦不尽同。而其言太平军方面,实有弱点之可乘,则与闿运固无大异也。"贼势将衰","比于初起时衰矣",其意义岂不相通耶? 国藩此论,若概目为谦让不矜之意,则体会有失矣。故闿运之说,良有未可抹杀者。(郭振墉于嵩焘语之笺注,谓:"寇势未衰于初起也。"而所引证佐,未足以破闿运说。)定安叙此,亦未便完全不顾,而若仍之,虑于国荃伟烈若有所损,非"持论稍私于曾忠襄"者所宜。于是于国荃鼓励军心语中,叙入"贼虽众,皆乌合无纪律。且久据吴会,习于骄侈"等语(实犹闿运所谓"寇将骄侈,亦自重其死,又乌合大众,不知选将"也),并著"知贼不任战"语于迭经苦战"国荃度贼力疲,可一战破也"之后。如此写法,俾太平军之弱点,不为遗漏。而在国荃方面,却又占得地步,不至掩其战绩,亦可谓匠意斡旋,良工心苦矣。吾人于此,不宜滑口读过也。

梁启超《中国近三百年学术史》十五、清代学者整理旧学之总成绩（三）——史学有云："其局部的纪事本末之部，最著者有魏默深源之《圣武记》、王壬秋闿运之《湘军志》等……壬秋文人，缺乏史德，往往以爱憎颠倒事实……要之壬秋此书文采可观，其内容则反不如王定安《湘军记》之翔实也。"扬《湘军记》而抑《湘军志》，其不满《湘军志》处，与陈宝箴所疑相同，闿运所不肯自承者也。定安之撰《湘军记》，分粤湘战守篇、湖南防御篇、规复湖北篇、援守江西上篇、援守江西下篇、规复安徽篇、绥辑淮甸篇、围攻金陵上篇、围攻金陵下篇、谋苏篇、谋浙篇、援广闽篇、援川陕篇、平黔篇、平滇篇、平捻篇、平回上篇、平回下篇、戡定西域篇、水陆营制篇，凡二十篇。以体裁论，颇较《湘军志》为完整。国荃光绪十五年己丑叙有云："今海内乂安，湘中宿将存者什二三，惧其战迹之轶也，议为一书，与《方略》相表里。而执笔者传闻异词，乃丐东湖王鼎丞观察定安更为之。鼎丞久从愚兄弟游，谙湘军战事。其所述者，非其所目睹，则其所习闻。书既成，复与湘阴郭筠仙侍郎嵩焘暨下走商订得失，漏者补之，疑者阙之，不为苟同，亦不立异，盖其慎也。"

定安自叙有云："及壮，佐湘乡曾文正公戎幕，从今宫太保威毅伯游者二十余年。湘中魁人巨公什识八九，其他偏裨建勋伐者，不可胜数。东南兵事，饫闻而熟睹之久矣。其后宦游天津,稍习淮军将帅,而湘阴左文襄公暨今陕甘总督茶陵谭公、新疆巡抚湘乡刘公,钞录西北战事累数百卷,先后邮书见畀。最后从云贵总督新宁、湘乡两刘公家得其章奏遗稿,于是又稍知滇黔越南轶事。自咸同以来,圣主之忧勤,生灵之涂炭,将帅之功罪,庙谟之深远,上稽方略,下采疆臣奏疏,粲然备具。而故老之流传,将裨幕僚之麈谭,苟得其实,必录焉。其或传闻异辞,疑信参半者,宁从阙疑。非真知灼见,不敢诬也。"又云:"蒙以不才废弃,居彝陵山中,湘中诸君子,书问相勉,而为此作。自光绪十三年三月讫四月,成第一至第五卷。又自十月讫腊月,成第六至第十一卷。明年五月,放棹南游,客新宁刘氏,湘人士敦促,自八月讫九月,成第十二至第十五卷;而余有江南燕齐之行。过长沙,与郭筠仙侍郎商榷得失,携其稿呈威毅伯曾公。又明年三月,余归东湖。六月,至金陵……乃续成五卷,自七月讫九月毕事。阅时几三载,凡历游五省,中间人事牵率,忽作忽辍,其执笔为文,九阅月耳。"国荃因不满《湘军志》,而嘱定安改撰之缘起,与夫定安撰《湘军记》之经过暨资料,于此可见大凡。盖以《湘军志》为底本,而加以修改与补充。闿运为创作,定安则因其旧而重为编撰(取材《湘军志》处固不鲜)。创者每易疏漏,因者易于周密,此亦常理,而资料较富,叙次多较赡备。(亦间有失考处)启超称以"翔实",非无当也。特闿运之独往独来,少所瞻顾,振笔直书，断制自如，蔚成一家之言，自非定安所逮。而文章之雅健雄奇，使读者感浓厚之兴味，留深刻之印象，恶之者亦叹美不遑，而恚嫉所以益甚焉。世之嗜读《湘军志》者多，《湘军记》者少，岂无故哉？（国荃叙《湘军记》谓："至其叙事简赡，论断精严，则仰睎龙门，俯瞰兰台，伯仲于陈志欧史之间，可谓体大思精，事实而言文者矣。"亦甚赞其文字之工。虽涉过誉，定安要亦能文者，造诣可观，惟难与闿运抗衡耳。）

沃丘仲子（费行简）《近代名人小传》传闿运有云："所为《湘军志》，是非之公，为唐后良史第一，而骄将恶其笔伐，有欲得而甘心者……"则以门人而赞扬本师，亦略同闿运所谓"此书信奇作，实亦多所伤。有取祸之道……非史官而言人长短，则人尤伤心矣"之旨也。信史之难，自古所叹。闿运此作，虽可议处甚多，而精气光怪，不可掩遏，实有不朽者存，是在读者之善于别择而已。

（民国二十五年）

王闿运与肃顺

王闿运撰《记端华肃顺事》,以白其冤。闿运固尝客肃顺所,有相当之交谊也。考二人之相与,盖自咸丰九年己未,时闿运年二十八岁。闿运卒后,其子代功所编述《湘绮府君年谱》卷一,记是年事云:

> 四月,会试榜发报罢,以京师人文渊薮,定计留京,寓居法源寺。于时名贤毕集,清流谋议。每有会宴,多以法源寺为归。时龙丈皞臣居户部尚书肃顺公宅,授其子读;李丈篁仙供职户部主事,为肃所重赏。肃公才识开朗,文宗信任之。声势烜赫,震于一时。思欲延揽英雄,以收物望。一见府君,激赏之。八旗习俗,喜约异姓为兄弟,又欲为府君入赘为郎。府君固未许也。严先生正基闻之,惧府君得祸,手书诲以立身之道,且举柳柳州急于求进,卒因王叔文得罪,困顿以死,言之深切。府君得书感动,假事至济南,作《上征赋》及《济南途中秋兴》诸诗。尹丈杏农耕云赠诗有云:"行藏须早决,容易近中年。"盖叹府君之不遇也。

> 十一月,李丈篁仙因事入狱,府君闻之悲感,作幽愤

诗。又为书致肃裕廷尚书,代叙其愤。

是肃顺延揽闿运,而闿运以严正基之言,未久即引去。

肃顺之势方盛,炙手可热,正基已虞其将败,则缘政尚峻厉,怨家甚多。尤以戊午科场大狱,佐文宗申国法以救积弊,锐行诛谴,深为朝列所切齿耳。《年谱》同卷咸丰十年庚申云:

> 三月,复还京师,居法源寺。其时同人居京者,蔡舅与循、郭丈筠仙、龙丈皞臣、邓丈弥之,黔蜀则莫丈子偲、赵丈元卿、李丈眉生,云南则刘丈景韩兄弟,江南则尹丈杏农,江西则高丈伯足、许丈仙屏,迭为文酒之会。其后失意四散,子偲丈述杏农语为诗云:"吾军久摧颓,不尔非全倾。诙哉杏公语,沉痛不忍听。"盖胜游文会,未久而风流云散矣。

> 四月,曾文正公始授两江总督之命,进驻祁门。府君于八月出京,往祁门视曾……

> 十月,还长沙。

十一年辛酉云:

> 是岁七月,文宗显皇帝晏驾热河。郑怡诸王以宗姻受顾命,立皇太子,改元祺祥,请太后同省章奏。府君与曾书,言宜亲贤并用,以辅幼主,恭亲王宜当国。曾宜自请入觐,申明祖制。庶母后不得临朝,则朝委裒而天下治。曾素谨慎,自以功名大盛,恐蹈权臣干政之嫌,得书

不报。厥后朝局纷更,遂致变乱。府君每太息痛恨于其言之不用也。

阎运于咸丰十年回京,或又与肃顺往还。所举迭为文酒之会之同人,不乏与肃顺相善者。肃顺轻满员,而雅重汉人名流也。未几有英法联军之役,继以政变旋作,肃顺坐叛逆被诛,于是同人星散。惟咸丰十年,阎运在京亦为日不多。纵与肃顺气谊相投,非必有甚深之关系耳。

民国三年,阎运应总统袁世凯之招,北上就职国史馆长。有《法源寺留春会宴集序》之作。文云:

> 法源寺者,故唐悯忠寺也。余以己未赁庑过夏,居及两年。其时夷患初兴,朝议和战,尹杏农主战,郭筠仙主和,而俱为清流。肃裕庭依违和战之间,而号为权臣。余为裕庭知赏,亦善尹、郭,而号为肃党。然清议权谋,皆必有集,则多以法源为归。长夏宴游,悲歌薄醉,虽不同荆卿之饮燕市,要不同魏其之睨两宫。盖其时湘军方盛,曾、胡掎角。天子忧勤,大臣补苴,犹喜金瓯之无缺也。俄而大沽失机,苏杭并陷,余同郭还湘,肃从西幸。京师被寇,龙髯莫攀,顾命八臣,俱从诛贬。自此东南渐定,号为中兴;余则息影山阿,不闻治乱。中间虽两至辇下,率无久留。垂暮之年,忽有游兴。越以甲寅三月,重谒金台。京国同人,既皆失职,其有事者,又异昔时。怀刺不

知所投，认启不知所问。乃访旧迹，犹识寺门，遂请导师，代通鄙志。约以春尽之日，会于寺察。丁香盛开，净筵斯启，群英毕至，喜不遐遗。感往欣今，斐然有作，列其佳什，庶继兰亭，亦述所怀，以和友声云尔。

时年八十三矣。回顾五十余年前事，感慨系之，对于肃顺与己之关系，亦自道其梗概焉。至其咸丰十一年致书曾国藩，主张恭亲王奕𫍲当国，为国谋兼为肃顺谋，颇中利害。奕𫍲以皇叔而有能名，负重望。使肃顺辈礼下之，引与共事，垂帘之局，盖不易成。孝钦之能倾肃顺辈，正由厚结奕𫍲，使为己用耳。闿运怀此，不迳向肃顺建议，而言诸曾国藩，亦见其与肃顺关系之非甚密切也。若夫说国藩以自请入觐，申明祖制，以阻太后之临朝，则殊迂阔而远于事情，国藩非卤莽之流，岂肯冒昧出此，自取咎戾耶。

李篁仙为闿运之友，"湘中五子"之一也。以部曹受肃顺之知遇，竟缘事被肃顺奏劾下狱。故闿运致书肃顺，代鸣不平。民国三年闿运为李氏遗诗作序，述所谓"湘中五子"并李氏受知于肃顺暨获咎情事，有云：

余故少孤，为叔父所教育。九岁能文，而不喜制举程式，随例肄业城南书院。院长陈先生本钦，名儒也，专攻八比文，礼聘龙先生友夔助校课艺。龙先生熟精四书汇参之学，诸老翰林如劳、罗诸公，皆推服焉。或聚谈讲论，龙先生来,则莫敢先发言。而余与其长子皞臣交,及武冈二邓子,皆在城南讲舍。李君篁仙亦从其外兄丁果臣居院斋。篁仙早入学补廪生,皞臣亦举丙午乡试,下第还侍父,居内斋,皆谨饬,独余跅弛好大言。篁仙放诞自喜,余尤与相得,日夕过从,皆喜为诗篇。邓弥之尤工五言,每有作皆五言,不取唐宋歌行旧体,故号为学古。其时人不知古诗派别,见五言则号为汉魏,故篁仙以当时酬唱多者自标为"湘中五子"。后以告曾涤丈。罗罗山睡中闻之,惊问曰:"有《近思录》耶?"时道学未衰,故恶五子名云。然篁仙实先工科举学,八比试帖大卷皆甲于四子;由辛亥乡举应丙辰殿试,卷在进呈十本中,翰林资也。及朝考,误点注,乃置三等,用主事,分户部,以此侘傺,遂懒散不乐曹司趋走。然以才名见重徐侍郎树铭,因见赏于本部尚书肃顺,部事辄咨之。户部亟理财,设官银号凡五,各识以字记,因曰五宇。官吏因缘亏空,肃尚书治之。设核对处,以篁仙会王郎中正谊办理。银号欠款,当缴银钱,而辇当十钱抵偿。主者不肯收,辇者委堂下径去。篁仙日趋公,数数见之。漫问曰:"此钱胡为露积庭下?将破坏矣!"吏具言缴款不收故。则曰:"不收,可令更将去。"吏辄应曰:"诺。"即呼辇者还其故号。及大治亏空,王郎中以徇纵当送狱待讯。尚书赵公思救之,从容曰:"下狱

太重;即如李主事,亦当下狱耶!"意以肃善李,必可宽
也。肃骤见抵,因发怒曰:"皆奏交刑部!"而篁仙入狱。
案未结,有夷变,又纵出之。既和,复囚之;改元,不得赦。
及诛肃顺,大治肃党。大臣坐罪者相望,篁仙乃以为肃所
陷,赦复官。盖在部五年,而在狱两年。

观李氏之事,亦颇见肃顺之铁面无私,不事阿徇。李本被指目
为肃党者,乃反于大治肃党时邀赦而复官,斯亦可云趣事。

醒醉生(汪康年)《庄谐选录》卷三云:"湖南李篁仙(名
榕)、严六皆(名咸,溆浦人)、黄瀚仙、邓弥之、邓保之及王某,
为肃门湖南六子。肃败,六子尚在都城。已而李以铸钱事被
捕治,余五人始惧,相率仓皇南旋。"所谓王某,即指闿运。如
所云,"肃门湖南六子"中,其四为"湘中五子"之李、王、二邓
四子焉。其言肃败,王尚在都城,闻李被捕治,五人乃相率而
去云云,实误。尤舛者,谓李篁仙名榕;李榕固另有其人也。
李篁仙,名寿蓉,湖南长沙人,官至安徽道员;李申甫,名榕,四
川剑州(今剑阁县)人,尝为曾国藩幕客,官至湖南布政使。
二李虽同时之人,岂可混而为一乎!

闿运辛未(同治十年)三月至京,应会试后,曾存问肃顺
家,颇恋恋有故人意。《年谱》中未载其事,《湘绮楼日记》则
于此略有所纪,七月事也。摘录如次:

六日……海岸来,翰仙继至,同车入城,至二龙坑劈

柴胡同。见豫庭二儿:一曰征善,出继故郑王端华;二曰承善,年十八,甚英发。园亭荒芜,竹树犹茂,台倾池平,为之怅然。

八日……故郑王子征善来。余本约豫庭子承善来(字智甫,又云禹阶。其弟同善,字禹襄,独与母出居于外。盖豫庭二妾不和也),而以无衣冠不能至。旗人仍习气,讲排场,不能变也。谈久之,无策可振之。宗室禁严如此,亦定制之未善耶!

是月十五日,闿运即出京。盖临行之前,加以存问,念旧有心,而有爱莫能助之感。忆曾闻人言:闿运此次至京,托名会试,实专为访问肃顺后嗣,厚予资助。殆不尽然,居京数月,将行始诣访,苟专为此事而北上,当不如是耳。《年谱》卷二是年云:

正月,府君居衡,已七年,专事撰述,无出游之意。常丈仪庵以为非习劳之义。去岁闻常丈病卒,追其感意,故复为北游。

三月三日至京师,寓黄丈晓岱宅。府君初不欲会试,适值试期,亦不欲示异,遂入试。

谓北游旨在习劳,适值试期,姑与试焉;试期早著功令,相值无乃太巧乎?《日记》四月四日,闻未获售,谓:"余来本不为试事,而勉赴试期。"以下颇作悔艾之语,似其时名心犹未能尽忘也。

《清史稿·王闿运传》多用沃丘仲子(费行简,闿运门人也)《近代名人小传》传闿运语,其云:"咸丰三年举人……初馆山东巡抚崇恩,入都就尚书肃顺聘,肃顺奉之若师保,军事多谘而后行。左宗棠之狱,闿运实解之。"本诸《小传》所云"咸丰癸丑举人,以贫就食四方,尝馆山东巡抚崇恩、大学士肃顺所。顺奉之若师保,军事多以谘之。左宗棠之狱,因以得解"也。肃顺纵激赏闿运,何至便"奉之若师保"?在费氏之作《小传》,推美本师,或过其质,犹可说也;正史甄采,自宜加慎。闿运系于咸丰七年丁巳中本省补行壬子(咸丰二年)乙卯(咸丰五年)并科举人。《年谱》卷一是年云:

> 时江西军务紧急,曾文正公督办军务,江南大营亦于去年失陷。金陵贼酋内乱,唯湖南稍得休息。朝议补行壬子、乙卯两科乡试,放考官举行科场事。或以告府君宜及期应试者,府君见沿途寇盗充斥,度考官必不能至,辄漫应之。已而闻先祖妣言,及驰至省城录科,遂入试。是岁领乡荐,中式第五名举人。座主为杨君泗荪、钱君桂森,房考官为鲍君聪。

其为是年中举,自无疑义。若咸丰三年癸丑,则并无乡试,闿运岂能为是年举人乎?(又,闿运似亦未尝馆崇恩。《年谱》卷一载其咸丰九年冬十年春间,客山东巡抚文煜所。《湘绮楼文集》中有《珍珠泉铭》,即作于十年春在山东巡抚署时,《年谱》亦及之),未言曾馆崇恩。费氏殆以前后任而误记。

(崇恩为文煜之前任。)《清史稿》均未考而援用耳。肃顺于咸丰十年十二月以户部尚书协办大学士,闿运已先于八月往祁门,旋回湘。且肃顺迄被诛未晋正揆,《小传》言"馆大学士肃顺所",亦稍未谛;《清史稿》作"就尚书肃顺聘"较合。

至关于左宗棠之狱,肃顺从中为力,俾其得免罹祸。薛福成所谓"肃顺推服楚贤"也。福成《庸庵笔记》卷一言此云:

> ……是时粤贼势甚张,而讨贼将帅之有功者,皆在湖南。惟肃顺知之已深,颇能倾心推服。平时与座客谈论,常心折曾文正公之识量,胡文忠公之才略。苏常既陷,何桂清以弃城获咎。文宗欲用胡公总督两江。肃顺曰:"胡林翼在湖北措注尽善,未可挪动。不如用曾国藩督两江,则上下游俱得人矣。"上曰:"善。"遂如其议,卒有成功。

> 左文襄之在湖南巡抚幕府也,已革永州镇樊燮控之都察院,而官文恭公督湖广,复严劾之。廷旨敕下文恭密查,如左宗棠果有不法情事,可即就地正法。肃顺告其幕客湖口高心夔碧湄,心夔告衡阳王闿运纫秋,闿运告翰林院编修郭嵩焘筠仙。郭公固与左公同县,又素佩其经济,倾倒备至,闻之大惊。遣闿运往求救于肃顺。肃顺曰:"必俟内外臣工有疏保荐,余方能启齿。"郭公方与京卿潘公祖荫同值南书房,乃浼潘公疏荐文襄。而胡文忠公上敬举贤才,力图补救一疏,亦荐文襄才可大用。有"名满天下,谤亦随

之"之语。上果问肃顺曰:"方今天下多事,左宗棠果长军旅,自当弃瑕录用。"肃顺奏曰:"闻左宗棠在湖南巡抚骆秉章幕中,赞画军谋,迭著成效,骆秉章之功皆其功也,人才难得,自当爱惜。请再密寄官文,录中外保荐各疏,令其察酌情形办理。"从之。官公知朝廷意要用文襄,遂与僚属别商具奏结案,而文襄竟未对簿。俄而曾文正公奏荐,文襄以四品京堂襄办军务,勋望遂日隆焉。此说余闻之高碧湄,未知确否。碧湄与纫秋皆尝在肃顺家教其子者也。

所述闻诸高心夔(又字伯足)者若是。盖宗棠之狱得解,甚赖肃顺等,闿运亦颇有劳于其间;而曾国藩之督两江,亦出肃顺推荐。(闿运湘潭人,福成曰衡阳者,盖因自避家讳之故,而书其旧籍。)此外更有传说,肃顺之荐国藩,由于闿运向之推举者,闿运言其诬。《湘绮楼日记》光绪五年乙卯二月七日云:"季怀问曾涤丈督两江,为余荐之于肃裕庭,又言六云身价三千金,皆了无其事,何世人之好刻画无盐也!"时闿运充尊经书院院长,季怀即薛福成之弟福保,为川督丁宝桢幕客,同在成都。六云为闿运之妾。

(民国二十五年)

湘绮楼之今昔

　　王闿运一代文豪。其子代功为编年谱，称有《湘绮楼文集》二十六卷，外集二卷，而坊间仅有八卷本，晚年之文，均未收入。曾请宁乡梅伯纪君代访，其家与王氏有旧也。近得来书，亦未见此二十八卷本，盖迄未印行。并谓："湘绮故居，在湘潭之云湖桥，适当湘潭、湘乡之孔道。十年前湘乱迭乘，闻其迭遭兵燹，书籍散失殆尽，但以其后嗣无闻，无从问讯。昨阅《湘报》，有关于湘绮楼记载一则。故家零落，风流歇绝，良可慨叹。兹持剪报附呈，知亦同此怃然。"所剪示者，为刘湜《湘绮楼追记》，其文云：

　　去年十月间从长沙回到我的故乡——湘潭……偶然想到一回事，值得我几番追忆。记得发蒙读书时，是在湘绮先生的故宅，而今足足十年了。那时我才十岁，正是□□□闹得很糟，把湘绮楼前的古树，砍得寸木不留。楼虽先年被水浸坍了，得着树木的陪衬，还留有几许风光。经此之后，只留下一块方形的草坪，给人们徘徊凭吊。

　　湘绮楼虽然倒了，但是楼后的两进屋还是如故。每进间有宽大的丹池，所种的花木都已高出屋外，虽然是旧式房屋，可是空气流通，景致也还幽美。（按：丹池，湘语庭院之大者。）

相隔我家，只有一条小小的涟水。不记十月那日里，我独自渡过涟水，向十年未到的旧游之地迈进。一会儿已达到了，可是眼前的一切，都不是我脑海中所想到的景象。屋子破了，墙壁已有裂痕。庭子里的花木和果树也不多留，为的已非旧主了！五年前售与周姓，现教局虽有收回公产重修湘绮楼之提议，究没有成为事实，恐终于是个意见。

……在湘绮楼前，触景生情，增加我无限感慨。曾有诗一首云：

湘江口北云峰麓，远树空濛暗幽谷。

松老参天欲化龙，胡为鸟声鸣剥啄！

荒村寥落少人行，但见歌吟樵与牧。

攀跻幽径过山塘[1]，十年重到湘绮屋。

升阶笑问应门童，自云我是周人仆。

园林寂寞惊萧然，三五昏鸦噪寒木。

人亡物在事全非，感物怀人景触目。

从来大梦果依稀，沧桑非是年华速。

我今涕泪何潸然，徘徊忍向西风哭！

凭吊故居，抚今感昔，阅者想同深感喟也。

王氏有《湘绮楼记》，为清光绪三十三年丁未所作，亦文集

八卷本所未收者。兹就钞存者迻录于次,俾与刘氏所记并览:

湘绮楼者,余少时与妇同居之室,僦居无楼,假以名之。后倚长沙定王故台,实面湘津。谢拟曹诗曰:高文一何绮,小儒安足为。余好为文而不喜儒生,绮虽未能,是吾志也。宴居一年,湘军治兵,出参军谋,归读我书。邻园有鹤夜鸣,辄起徘徊。赋诗曰:鹤唳华池边,气与空秋爽;平生志江海,低羽归尘鞅。翛然有世外之志。

忆弱冠时,梦余所居五楹通楼,前临平田,绿苗无际。后游吴城湖楼,恍惚似之,但白波连山,无稻田耳。及避兵明冈,六年还城,家无儋〔擔〕储,月供房税,靡菽水之福,有泉刀之苦。乃身至广州,求得蛮女,偕妻上湘,借居衡阳,依朋友以资衣食。妾汲妇炊,大治群经,屋壁皆长女篆书。妻妾儿女,夏簟冬炉,每读诵楚词相和。尝寄诗夸示高伯足云:知君一事苦相羡,新得西施能负薪。余之逍遥物外,自此始也。然所居有轩无楼,连房五间,前堂两夹,容膝而已。

自甲乙迁居,岁逾一纪,潜虬为庋,承水暴涨,山庄沙掩。余方承修《湘军志》,携妾城中,妻孕少子,涉波而免。归视沙浸,未易扫除,乃谋城居,迨无安宅。丙子秋始得陈氏故庐,道光初湘藩裕泰买赠其书记陈花农者也。余旧与丁果臣、张凤翽、彭笛先游,得识其子小农,恒至其居,似甚宽广。至是小农子鲁詹将官蜀,乏赀,以宅质余。

余忆前游，欣然许之。丙子十月成券入宅。宅殊湫隘，堂后益暗，乃撤屋作楼。始题旧名。

方鸠工筑垣，三营将弁快靴行裋者三四十人，指画楼前，若有所疑。余出问之，则对曰：此楼基公家地也，君何侵焉？询以据，则请验契，以滴水为界。此出滴水方丈，视契良然。余告之曰：此非吾主，吾有所受之也；君等寻前主究之，吾固不吝。期以三日，而四日不至。楼成，徐询其由，则由前军官居之而自侵公地云。

楼之后俯临荒园，旷望三方。上作重台，目送湘帆。钤女七八岁，日登危阑，踊跃其颠。余后作其哀词云：居子十年，一日千回；昔呵尔去，今望魂来。记其事也。与余游者莫不登焉。女士则曾彦，杂家文廷式，楼客之异者也。营弁既妒余作楼，乃收其余地作屋数百间，楼便不能空旷。大儿又惧平台之危，乘余出游，拆去重层，又不能见帆。戊子火灾，大改前制，楼虽岿存，亦并新之，为内外二间，无前四周回阑之制。诸女适人，妻妾俎逝，始去兹楼，移居山庄。

年七十，门人张登寿倡议酿金，于山塘作楼，以致庆祝。弟子多闻此言。子妇杨氏兄度敛钱许铭彝，许极以为不然。语闻于余，余以为倡议诚非，阻者亦未是也。为师筑室，亦弟子之职，因惜费而訾之，与己不能而求助者，庸有愈乎？且此议既闻，而夏巡抚唐衡州俱有助资，杨许议废，抑又何说？度幡然更督其工，费四百金，为山中湘绮楼。孤居田边，过者笑之。余不得已，又自作前堂东房，楼乃有寄。然地势迤下，自余室至楼，三下始登，楼顶适与地平，又一奇也。

乙巳，风霓吹损窗槛。杨、张皆弃学师倭，不顾湘矣。独余益缮完两楼，城楼更作回廊别室，山楼尽度九经雕板。岁偶一居，忘谁主人。然有楼未若无楼之绮也。人以楼名。长白郑公子远为之图。而城楼左右，尽子妇孙女居室，客不得复上。山楼被风灾时，巡抚特檄委员会县令来勘，即宴于楼。自是客来必宴之。春有桃花牡丹，夏有荷池，秋有红叶远桂，冬有松雪。若使科举不废，练军不兴，则学使案试，朝使督抚阅兵，皆过门停骖。吁其盛也！

旧楼记有铭，被火失之。续作新楼记，亦未镌录。今特铭两楼缘起及名楼之意，俾知我者有述焉。丁未中秋王闿运作于清泉东洲黄绮楼。黄绮者，彭雪琴所作以居我，因官官而名之也。

（民国二十六年）

注释

1　自注：山塘即楼址地名。

李慈铭与王闿运

李慈铭同治十一年壬申四月六日日记云：

　　作书致砚樵，极言作诗甘苦，以砚樵题予诗，谓："初学温李，继规沈宋。"予平生实未尝读此四家诗也。义山七律有逼似少陵者，七绝尤为晚唐以后第一人，五律亦工，古体则全无骨力。飞卿亦有佳处，七绝尤警秀，惟其大旨在揉弄金粉，取悦闺帏。荡子艳词，胡为相拟。至于沈宋，唐之罪人耳。倾邪侧媚，附体金壬，心术既殊，语言何择。故其为诗，大率沿靡六朝，依讬四杰，浮华襞积，略无真诣，间有一二雕琢巧语而已。云卿尚有"卢家少妇"一律，粗成章法，"近乡情更怯"十字，微见性情；延清奸险尤甚，诗直一无可取。盖不肖之徒，虽或有才华，皆是小慧，必不能抒扬理奥，托兴风雅。其辞枝而不理，其气促而不举，纵有巧丽之句，必无完善之篇。砚樵溺志三唐，专务工语，故以此相品藻。予二十年前已薄视淫靡丽制，惟谓此事当以魄力气体，补其性情，幽远清微，传其哀乐，又必本之以经籍，宓之以律法。不名一家，不专一代。疵其浮缛，二陆、三潘亦所弃也；赏其情悟，梅邨、樊榭亦所取也。至于感愤切挚之作,登临闲适之篇,集中所存,自谓虽苏李复生,陶谢可作,不能过也!砚樵之评,实深思之而不可解。以诗而论,世无仲尼,不当在弟子之列,而谓学温岐规沈宋乎!

又云:

前日香涛言:近日称诗家,楚南王壬秋之幽奥与予之明秀,一时殆无伦比。然"明秀"二字足尽予诗乎?盖予近与诸君倡和之作,皆仅取达意,不求高深,而香涛又未尝见予集,故有是言也。若王君之诗,予见其数首,则粗有腔拍,古人糟魄尚未尽得者。其人予两晤之,喜妄言,盖一江湖唇吻之士,而以与予并论,则予之诗亦可知矣!香涛又尝言:"壬秋之学六朝,不及徐青藤。"夫六朝既非幽奥,青藤亦不学六朝,则其视予诗亦并不如青藤矣。以二君之相爱,京师之才亦无如二君者。香涛尤一时杰出,而尚为此言,真赏不逢,斯文将坠。予之碌碌,不可以休乎!逸山尝言:"以王壬秋拟李爱伯,予终不服。"都中知己,惟此君矣。此段议论,当持与晓湖语之。

又云:

学诗之道,必不能专一家,限一代。凡规规摹拟者,必其才力薄弱,中无真诣,循墙摸壁,不可尺寸离也。五古,自枚叔、苏李、子建、仲宣、嗣宗、太冲、景纯、渊明、康乐、延年、明远、元晖、仲言、休文、文通、子寿、襄阳、摩诘、嘉州、常尉、太祝、太白、子美、苏州、退之、子厚，以及宋之子瞻，元之雁门、道园，明之青田、君采、空同、大复，国朝之樊榭，皆独具精诣，卓绝千秋。作诗者当汰其繁芜，取其深蕴，随物赋形，悉为我有。七古，子美一人，足为正宗。退之、子瞻、山谷、务观、遗山、青邱、空同、大复，可称八俊。梅邨别调，俱足风流。此外无可学也。五律，自唐讫国朝，佳手林立，更仆难数。清奇浓淡，不名一家，而要以宓实沈著为主。七律，取骨于杜，所以导扬忠爱，结正风骚，而趣悟所照，体会所及。上自东川、摩诘，下至公安、松圆，皆微妙可参，取材不废。其唐之文房、义山，元之遗山，明之大复、沧溟、弇洲、独漉，国朝之渔洋、樊榭，诣各不同，尤为绝出。七绝，则江宁、右丞、太白、君虞、义山、飞卿、致尧、东坡、放翁、雁门、沧溟、子相、松圆、渔洋、樊榭，十五家皆绝调也。而晚唐北宋，多堪取法，不能悉指。我朝之王厉，尤风雅蓉人，辦香可奉。五绝，则王裴其最著已。平生师资学力，约略在兹。自以为施骤百家，变动万态，而可域之以一二人，赏之以一二字哉！"

又云：

道光以后名士，动拟杜韩，槎牙率硬而诗日坏。咸丰以后名士，动拟汉魏，肤浮填砌而诗益坏。道光名士苦于不读书而骛虚名,咸丰名士病在读杂书而喜妄言。

又云:

> 得砚樵复书,言所评非本意也。再索诗集去。又复
> 一书,备言以人品定诗品之旨。

慈铭评骘诗家,自道所学,略见于斯。而自负之高,意态
尤可睹。

王闿运与慈铭,并时噪誉文坛。而慈铭之于诗,深不然
之,羞与为伍。盖途辙有异,真未免文人相轻之见也。闿运
《诗法一首示黄生》(坊本《湘绮楼文集》未及收)有云:"今欲
作诗,但有两派,一五言,一七言。五律则五言之别派,七律亦
五律之加增。五绝七绝,乃真兴体。五言法门,皆从此出。既
成五言一体,法门乃出,要之只苏李两派。苏诗宽和,枚乘、曹
植、陆机宗之。李诗清劲,刘桢、左思、阮籍宗之。曹操、蔡琰
则李之别派,潘岳、颜延之苏之支流。陶谢具出自阮,陶诗真
率,谢诗超艳。自是以外,皆小名家矣。山水雕缋,未若宫体。
故自宋以后,散为有句无章之作,虽似极靡,而实兴体,是古之
式也。李唐既兴,陈张复起,融合苏李,以为五言。李杜继之,
与王孟竞爽。有唐名家,乃有储、高、岑、韦、孟郊诸作,皆不失
古法。自写性情,才气所溢,多在七言。歌行突过六朝,直接
二曹,则宋之问、刘希夷道其法门,王维、王昌龄、高岑开其堂
奥,李颀兼乎众妙,李杜极其变态。阎朝隐、顾况、卢仝、刘义

推宕排阖,韩愈之所羡也。二李(贺、商隐)、温岐、段成式雕章琢句,樊宗师之所羡也。元微之赋望云雅,纵横往来,神似子美,故非乐天之所及。张王乐府,效法白傅,亦匹于新丰上阳诸篇乎。退之婧尚诘诎,则近乎戏矣。宋人披昌,其流弊也。诗法既穷,无可生新。物极必反,始兴明派,专事模拟。但能近体,若作五言,不能自达。不失古格而出新意,其魏(源)、邓(辅纶)乎。两君并出邵阳,殆地灵也。零陵作者,三百年来,前有船山,后有魏、邓。鄙人资之,殆兼其长。比之何李李王,譬如楚人学齐语,能为庄岳土谭耳……诗既分和劲两派,作者随其所近,自臻极诣。当其下笔,先在选词,斐然成章,然后可裁……乐必依声,诗必法古,自然之理也。欲己有作,必先有蓄,名篇佳制,手披口唫,非沉浸于中,必不能炳著于外。故余遇学诗人,从不劝进,以其功苦也。古人之诗,尽美尽善矣。典刑〔型〕不远,又何加焉。但有一戒,必不可□[1]元遗山及湘绮楼。遗山初无功力,而欲成大家,取古人之词意而杂糅之。不古不唐,不宋不元,学之必乱。余则尽法古人之美,一一而放之,镕铸而出之;功成未至而谬拟之,必弱必缲,则不成章矣。故诗有家数,犹书有家样,不可不知也。"正可与慈铭所论合看。闿运之所自负,亦大有目无余子之概,若慈铭者殆非所愿齿及云。

范当世在诗家中,亦一时之隽。慈铭与言謇博手札,有云:"所携视诗,其姓名是否范当世? 当世素不知其人,观其诗,甚有才气。然细按之,多未了语,此质美未学之病也。"亦不甚许可,特视论闿运者差胜耳。

文廷式《闻尘偶记》云:"李莼客以就天津书院故,官御史时,于合肥不敢置一词。观其日记,是非亦多颠倒,甚矣文人托身不可不慎也! 然莼客秉性狷狭,故终身要无大失,视舞文无行之王闿运,要远过之。"论王李人品,二者交讥,于慈铭尚有恕词,闿运则不留余地矣。完人本难,廷式亦多遗议也。清流集矢李鸿章,为一时风气。慈铭在言路,不劾鸿章,故廷式病之。以"狷狭"评慈铭,盖确。其日记以意气之盛,时伤偏激。然论学书事,可供甄采,毕生致力,勤而有恒。闿运日记,未能与侔也。廷式尝摘钞慈铭日记,间加批识,并有小序云:"李莼客日记数十册,尚未刊。其中论时事,记掌故,考名物,皆有可采。匆匆阅过,未能甄录,颇觉可惜。兹就其《荀学斋》一种中,略采数条,以著梗概。其日记数年辄改一名,有《越缦堂》《孟学斋》《桃花圣解斋》诸目。(按《桃花圣解斋》,"斋"应作"庵"。今印本总名曰《越缦堂日记》。)其考据诗词等作,必将付刊,故余特略钞其记时事者。莼客以甲午秋卒。晚年多病,虽居言职,有所欲言,而精力每不逮矣。亦可惜也!"(可参阅平少青所为慈铭传,言卒于十一月二十四日。)

廷式以"舞文无行"斥闿运,慈铭亦以"轻险"等语极诋之。其光绪五年己卯十二月初二日日记云:"阅邹叔绩文集……遗书前刻楚人王闿运所为传,意求奇崛,而事迹全不分朋,支离芜僿,亦多费解。此人盛窃时誉,唇吻激扬,好持长短,虽较赵之谦稍知读书,诗文亦较通顺,而大言诡行,轻险自炫,亦近日江湖傀客一辈中物也。日出久消,终归朽腐。姑记吾言,以验后来而已。"其嫉之更有如是者。之谦与慈铭同里,夙嫌,尤慈铭所恶,日记中每深致轻诋。

(民国二十二年)

注释

1 此处缺字似系"效"字。

李慈铭与周祖培

李慈铭尝授读周祖培家。祖培相待颇厚,有爱士之雅。祖培之卒,慈铭丁卯五月二十五日日记云:"秦镜珊来,言新见邸录,商城相国于四月间薨逝。官其子文令主事,荫一孙举人。相国容容保位,无它可称,而清慎自持,终不失为君子。其于鄙人,亦不足称知己,然三年设醴,久而益敬。且时时称道其文章,颇以国器相期;常谓其门下士曰:'汝辈甲科高第,然学问不能及李君十一。'予甲子京兆落解,为之叹惜累日,是亦可感者矣。追念平生,为之黯惨。"时居母忧在籍也。慈铭性狷傲,不肯轻许达官以知己,而如所云,盖亦未尝无知己之感焉。

癸亥(同治二年)五月,慈铭以捐班郎中签分户部。到部未几,奉派稽核堂印差,深以为苦,辞而未果。其是年日记中道及此事者,如六月初三日云:"得署中司务厅知会,予派稽核堂印。向例满汉各八员,须日日进署。生最畏暑,近日炎熇尤酷,支离病甚,又无一钱可名。乃正用此时持事来,殆非人力所能致者也。"初四日云:"晨入署,诣司务厅,托其以病代告堂官,改免此差,不可得……作片致方子望,托其转致首领司,代辞此事……晡后偶从芝翁谈及署中事,大被嗤笑。盖深以予求免差为不然也。御前仗马,被锦勒,系黄鞚,方踯躅得志,闻山麋野猿羁绁呼嘷声,固无不色然骇者。然芝翁之于予,自非恶意,且谓我能读书而不能作官,尤为切中予病。"祖培"能读书不能作官"之语,对慈铭自是定评。

又慈铭是年十一月初二日日记有云:"东坡云:'乐事可慕,苦事可畏,此是未至时心尔。及苦乐既至,以身履之,求畏慕者初不可得;况既过之后,复有何物?'此论诚为名言。然慕与畏犹有不同。慕于功名势位,诚为妄耳;若宫室妻妾饮食之慕,则临时固尚可乐也。畏则虽极至砧斧鼎镬,尔时若实已无法可免,当亦心死,不复觉可畏矣。以予自论,平生所慕者书,所畏者事。书自性命所系,一日不得此书,一日不能不慕。若言所畏,家居时或明日有小事必须出门,先日方寸即觉兀臬。今年到官后,更畏派差使。此虽四月不入署,然日惴惴恐书吏送知会来。以此类推,此心安得有一刻自在处?东坡谓比之寻声捕影系风趁梦,四者犹有仿佛。诚可笑也。呜呼!人生有几许寒暑,乃尽为此幻境消磨;吾心有几许精神,乃禁得此细事胶扰。以后当痛定此心。如近日所最畏者,户部请当月,天坛派陪祀耳。彼进牢户戍绝域者,岁不知几千人,何况入衙署宿郊坛乎?遇虎豹陷盗贼者,岁不知几万人,何况接同僚对吏役乎?"慕书,畏事,自道良然。故久官郎曹,而平日几绝迹于署门,斯亦所谓能读书不能做官耳。统观慈铭日记,固多穷愁之语，而读书之乐，时时可见。此种清福，正自难得。

关于文字者，慈铭是年十二月二十五日日记，述代祖培撰挽袁甲三联事云："前日商城属撰漕帅袁端敏挽联。予始撰云：'尽瘁在江淮，身去功成，千载犹思羊太傅；哀荣备彝册，子先母老，九原遗恨李临淮。'上联谓端敏移疾后，以苗练复叛，奉诏办团，旋卒于防所，今苗逆已平也；下联谓端敏太夫人犹在堂也。芝翁谓：'佳则佳矣，然太华，请更易之。'因改撰云：'名扬台府，功在江淮，更喜能军传令嗣；史炳丹青，庙崇俎豆，只怜临奠有高堂。'芝翁大喜曰：'此真字字亲切，不特端敏一生包括，并其家世及身后优崇之典，事事都到，情致缠绵，固非君不办此也。'因激赏不已。予所撰先后之优劣，识者自能辨之。特记于此，以示为贵人作文字之法。"亦颇有致。

《曾文正公日记》影印行世之前，有湘潭王启原所编《求阙斋日记钞》印行，系就日记原文分问学、省克、治道、军谋、伦理、文艺、鉴赏、品藻、颐养、游览十类钞辑，摘撷编次，具有条理，亦颇便阅者。且有印影本中作空白而见于"类钞"之处。戊辰（同治七年）正月十七日日记有云："阅张清恪之子张懋敬公师载所辑课子随笔，皆节钞古人家训名言。大约兴家之道不外内外勤俭，兄弟和睦，子弟谦谨等事。败家则反是。夜接周中堂之子文窬谢余致赙仪之信，则别字甚多，字迹恶劣不堪。大抵门客为之，主人全未寓目。闻周少君平日眼孔甚高，口好雌黄，而丧事潦草如此，殊为可叹。盖达官之子弟，听惯高议论，见惯大排场，往往轻慢师长。讥弹人短，所谓骄也。由骄而奢而淫而佚，以至于无恶不作，皆从骄字生出之弊。而子弟之骄，又多由于父兄为达官者，得运乘时，幸致显宦，遂自忘其本领之低，学识之陋，自骄自满，以致子弟效其骄而不觉。吾家子侄辈，亦多轻慢师长，讥弹人短之恶习。欲求稍有成立，必先力除此习，力戒其骄。欲禁子侄之骄，先戒吾心之自骄自满，愿终身自勉之。因周少君之荒谬不堪，既以面谕纪泽，又详记之于此。"此节中之"周中堂之子文翕"、"周少君"，影印本均作空白，不观"类钞"，不知所言为谁何矣。"周中堂"即指周祖培，祖培卒于丁卯（同治六年）也。曾国藩日记中，罕对人诃责之词，此特借以训诫子侄，遂不觉词气之峻激，本旨固不在周氏耳。（"类钞"列诸伦理类，亦以此；可与其"家书""家训"中训诫诸语合看。"欲禁子侄之骄"句之"侄"字，"类钞"误作"弟"。手头之"类钞"，系上海朝记书庄印行、上海中华书局承印之本。）使慈铭在京，关于祖培家此类文字，躬为董理，当不致如是。

慈铭回京后，为祖培撰神道碑，并代祖培子撰行述，其日记中记其经过。辛未（同治十年）九月初四日云："撰《周文勤公神道碑文》，既无行状可据，仅取文勤自癸卯至丁卯日记采缀之。"二十四日云："为允臣代撰《文勤公行述》，至夜份成。

约三千六百言,与碑文事同文异而较详密。文勤遗事,搜辑靡遗。至其师弟渊源,家世衰盛,亦俱附见,谨严完美,不见其斡旋诘曲之崄,而气体仍极醇实,自信并世当无二人。而沉埋下僚,无过问者,恐数百年后,当有子云、君山其人,思之而不得也。此文是代人作,例不存稿。"十一月二十日云:"夜周允臣来,送文勤碑铭行述润笔银八十两。"《祖培行述》,慈铭极得意之作也。

（民国二十三年）

谈章炳麟

　　章太炎(炳麟)，高文硕学，蔚为近代鸿儒。比岁讲学苏州，不与政事，海内推为灵光，岿然之国学大师。兹闻遽作古人，莫不悼惜不置。盖实至名归，非倖致也。综其生平，立言多可不朽。虽以个性之特强，有时不免流于偏执，甚且见讥为章疯子。然小疵难掩大醇，今日盖棺论定，此老自足度越恒流，彪炳史册。即其"疯"，亦有未可及者。(清光绪三十二年丙午东渡日本，在留学界及民党欢迎会席上演说有云："大凡非常的议论，不是神经病的人断不能想，就能想亦不敢说。遇着艰难困苦的时候，不是精神病的人断不能百折不回，孤行己意。所以古来有大学问成大事业的，必得有神经病，才能做到……为这缘故，兄弟承认自己有神经病，也愿诸位同志人人个个都有一两分的神经病。近来传说某某是有神经病，某某也是有神经病。兄弟看来，不怕有神经病，只怕富贵利禄当面现前的时候，那神经病立刻好了，这才是要不得呢！"章疯子之自量其疯如此，亦隽语也。)

　　其性孤鲠，故于时流少所许可，尤好讥呵显者，而对于黎元洪，独投份甚深，称道弗衰。其历来文电，比比可征也。所为《大总统黎公碑》，尤详著其善，而深惜其志不获伸。文有云："公丰肉舒行，身短，望之如千金翁。而自有纯德，不由勉中，爱国恳至，不诛于强大，度越并时数公远甚。始在海军，已习水战；及统陆队十余岁，日讲方略，于行军用兵尤精。山川阨塞，言之若成诵。绝甘分少，与士均劳逸，士无不乐为用者。会倡义诸师旅长，皆自排长兵曹起，或杂山泽耆帅，跊弛志满，教令不行。汉阳败后，公始综百务。未期月，燕吴交捽，日相椎杵，终掩于袁氏。再陟极位，卫士无一人为其素练者。故于民国为首出，而亦因是不得行其学。使公得位乘〔秉〕权十年，边患必不作，陆海亦日知方矣。世之推公，徒以其资望，或乃利以纾祸，不为财用发舒地；虽就大名抱利器，无所措，与委裘奚异？悲夫！"盖赞扬与叹惋兼致，笔健而情挚焉。又云："炳麟数尝侍公，识言行，其言或隐。即遍询故参佐，故以实录刻石，不敢诬。"只看此处之一"侍"字，章氏岂肯施诸其他曾居高位者乎！文中又有"……然持承平法过严，绌于拨乱，亦公所短也"等语，略申责备贤者之诣，且所以示"实录"，固不能看作寻常贬词也。

当民国初年章氏被袁世凯羁留于北京时，憔悴抑郁中，曾作《终制》一文，以刘基自况。谓："功状性行足以上度，其唯青田刘文成公。既密近在五百年，又乡里前文人，非有奇卓难知之事。如有所立，风烈过之矣。遭值昏明异路，谋议随之，则同异复有数端。夫以巨细一端相较,犹有窃比老彭拟及晏子者,况其同者乃在性行身状之间,其异者直遭世污隆云尔,故曰见贤思齐焉。死者如可作也,犹将与征邻德,听其雅训,以督仕人无状之咎。今旦暮绝气,而宅兆未有所定。其唯求文成旧茔裡地,足以容一棺者,托焉安处。"又托杜志远代谋葬地,书谓:"刘公伯温,为中国元勋。平生久慕,欲速营葬地,与刘公冢墓相连。以申九原之慕,亦犹张苍水从鄂王而葬也。君既生长其乡,愿为我求一地。不论风水,但愿地稍高敞,近于刘氏之兆而已。"向往之忱,自负之意,均可概见。其挽黎元洪联,有"继大明太祖而兴"之句,是黎固其心目中之明太祖也。以刘伯温遇明太祖,宜可一伸王佐之志事,而黎氏两居总统之位,章既未为阁员以襄大政,亦未任总统府要职以参密勿。盖气谊虽相投,形迹则非甚亲耳。

黎为临时副总统时,章谒诸武昌,说以与袁作正式大总统之竞选。黎自揣苟如此,必大遭袁忌而速祸,非明哲保身之道,亟乱以他语,与作闲谈。因问及家事,谓:"君中馈久虚,非久计,宜早择佳偶,以为内助。"章初犹以国事关心不遑及此辞,黎更力劝,章意乃决。于是经友人之介绍,与汤国梨女士(时有才女之名)订婚,未几即结婚于上海矣。闻二十余年来,章汤伉俪颇笃;尝有言其不睦者,传闻之误也。

浚县孙思昉君(至诚),好学能文章,于民国二十年受业章氏之门,甚蒙器赏。顷见其所撰《余杭先生伤辞》云:"至诚幼侍角山、井北二先生,论文有曰:'清季文士善反古,湘潭一反而至汉魏,余杭一反而至周秦。'自是为文,往往拟湘潭、余杭以为式,署所居曰'拜炎揖秋之庐'。窃私淑诸人已夙矣。后遍读先生所为丛书,益叹其小学精邃,跨越近代,仑思洞深,直跻诸子。然犹意先生倜傥之士,不可以绳尺求也。迨辛未始获受业为弟子,乃讶其和易平实,与宋儒为近;开朗潇散,在魏晋之间。孟子云:'五百年必有名世者。'盖自明清以来,考道论德,未有如夫子者也。初,马通伯先生季子文季,求先生为书致之当道,时至诚方佐张督绥靖江苏,未即上谒。先生曰:'稍须至诚且来,定有以为谋。'文季疑其尚未相见,何以知其任此。曰:'于其文知之。'是先生知至诚,如九方皋相马于骊黄牝牡外已。先生所以诏至诚者,于教则并重儒道,剀切人事;于政则兼用老韩,以佐百姓;于学则勤求经训,务期有用;于文则先究义法,次辨气体。自愧驽下,竟无以副斯。去秋谒先生姑苏,先生娓娓数千百言,杂以诙谐,神固甚王也。尝曰:'奇衺怪迂之谭至今日而极:以今文疑群经,以赝器雠正史;以甲骨黜许书,以臆说诬诸子;甚至斥神禹为虫鱼;以尧舜为虚造。此其祸固烈于秦皇焚书矣。方当以榘薙视承学之士,涂附教猱,我无是也。'然则精研故训,独探眇诣,发千古之绝学,树海内之正宗,微先生我将安仰!奄忽之间,山颓梁坏。内圣外王之业,至此斩其统绪。诗曰:"人之云亡,邦国殄瘁",岂不痛乎!辞曰:清朴学,数段王。逮孙俞,犹毂张。后居上,惟余杭。穷春秋,道大光。旧物赖以复,区夏赖以匡。生不逢尧与舜让,乃践迹于素王。哲人亡,摧栋梁。古人来者不可望,余焉忽终古之茫茫!乌虖哀哉!"于章氏之学术志行,颇得赅要。

孙君为书《谒余杭先生纪语》相示,录之如下:

民国二十年夏,谒余杭章先生沪寓,先生论文曰:"文求其工,则代不数人,人不数篇,大非易事,但求能入史斯可矣。若梁启超辈,有一字能入史耶?"或问及吴稚晖之作,曰:"吴稚晖何足道哉!所谓苫块昏迷,语无伦次者尔!"(按:章吴相失,尝屡相诋嘲。)次论佛法云:"佛法能否转移人心,尚待商兑。盖语其高眇,实非众生所能与;(并谓:尝持此语印光,印光谓:因果之说,固愚夫愚妇所与知,不难普渡众生。然非所语于晚近科学渐明之时也。)语其浅近,如因果之说,往往不验,又非智士所能信。即当时治法相宗既精且博如欧阳竟无者,犹负气特甚,亦未能出家,习气终难尽绝。疑此尚未足易世也。"至诚曾以书达欧阳大师,意在激成两大师之雄辩。极论佛儒修短,当不减会稽斋头,一义一难,莫不厌心拚舞,快何如之!欧阳大师竟以"四不答"置之。迭函相渎,答书有"孙至诚太笨"之斥。

民国二十四年秋，谒于苏寓。记述如次：论某公好奇，曰："学说之奇衰，至今日而极。坊表后进者，惟有视以正轨，岂容教猱升木，如涂涂附。今则以今文疑群经，以赝器校正史，以甲骨黜许书，以臆说诬诸子，甚至以大禹为非人类，以尧舜为无其人。怪诞如此，莫可究诘。彼固曰有左证在，要所谓以不征征其征也，不征者已。绝学丧文，将使人忘其种姓，其祸烈于秦皇焚书矣。好奇之弊，可胜慨哉！"答问《章氏丛书》续编未收文录之故，曰："近所论列经往，以时忌不便布之；而近年多为碑版文字，又迹近谀墓，故未付刊。"

又书轶事数则云：

袁世凯禁之都门时，先生愤甚，于几案旁遍书"袁世凯"三字，日必击之数四。又尝书"死耳"二字为横帔赠人。民国四年书"明年祖龙死"，袁氏果以次年卒，始得释。可云巧合。初，山东某氏曾隶民党籍，自请监视先生，实阴相护持，事之颇谨。暇辄求为作字撰文，更以其先人传志请。先生曰："尔非袁世凯门下小走狗耶？"曰："唯。"曰："自知者明，甚善，当为尔翁作佳传以传之。"然先生后论及袁氏曰："袁世凯亦自可人。当余戟手痛骂时，乃熟视若无睹。近人闻有后言，辄恶之欲其死，孰敢面短之,况痛骂耶?"

孙岳初隶民党,后附曹锟,以事南下,因谒先生沪寓
小楼。刺入,先生持杖迟之楼门。孙上,乃迎击之,曰:
"何物孙岳,亦北洋派鹰犬耳,何面目来此相见!"孙狼狈
下;追击之,骂不止云。(孙后竟倒曹。)先生严气正性,
嫉恶尤甚。人有不善,辄面加呵斥。晚年于所不善则不
见,或见亦不数语,不复谩骂。此盖涵养日深之征;而汤
夫人从旁婉劝,亦与有力焉。

先生与人书有云:"少年气盛,立说好异前人。由今观
之,多穿凿失本意,大抵十可得五耳。假我数年,或可以无
大过。"盖晚年趋重平实,与前稍异,庶几从心不踰者已。

曹亚伯尝以所作《民国开创史》[1]就正,并求书联。
先生曰:"稍缓当好为撰句以应。"曹索甚亟,曰:"无已,
惟有以杜句移赠。"乃书"英雄割据虽已矣,文采风流今
尚存"二语。见者叹其工切。其敏捷如此。

当其被袁世凯拘留,有《上世凯》一书,颇极笑骂之能事,
文尤诙谐可喜;并及"考文苑"事,则其志也。兹附缀录之:

前上一书,未见答复,迹者宪兵虽解,据副司令陆建
章言,公以人才缺乏,必欲强留,炳麟不能受此甘言也。
若有他故能议公者,岂惟一人?舆论纵不振于中土,若外
人之烦言何!炳麟本以共和党独立来相辅助,亦倘至而

相行耳。而大总统羁之不舍，既使赵秉钧以国史相饵，又欲别为置顿。炳麟以深山大泽之夫，天性不能为人门客。游于孙公者旧交也，游于公者初定也。既而食客千人，珠屦相耀。炳麟之愚，宁能与鸡鸣狗盗从事耶！史馆之职，盖以直笔绳人。既为群偏所不便，方今上无奸雄，下无大佞，都邑之内，攘攘者穿窬摸金皆是也。纵作史官，亦倡优之数耳！窃闻史迁、陈寿之能谤议，而后嗣乐于览观者，以述汉魏二武之事也；不幸遇朱全忠、石敬瑭，虽以欧阳公之叹息，欲何观焉！今大总统圣神文武，咸五登三，簪笔而颂功德者，盖以千〔亿〕计，亦安赖于一人乎？属有武汉人士，招往讲学，北方亦有一二人耸之。愚意北方文化已衰，朝气光融，当江汉合流之地，不欲羁滞幽燕也。必欲蔑弃《约法》，制人迁居，知大总统恪共宪典，必不为也。饱食终日，无所用心，以与朋辈优游谑浪，炳麟亦不能为也。苟图其大，得屈此身以就晦冥之地，则私心所祈向者，独考文苑一事。经纬国常，著书传世，其职在民而不在官，犹古九两师儒之业。迩者方言国音字典文例、文学史、哲学史等，皆未编成。而教育部群吏又盲瞽未有知识，国华日消，民不知本，实愿有以拯济之。同苑须四十人（仿法国成法）。书籍碑版印刷之费，数复不少，非岁得二十四万元不就。若大总统不忘宗国，不欲国性与政治俱衰,炳麟虽狂简,敢不从命? 若絷一人以为功,委弃文化以为武,凤翱翔于千仞,览德辉而下之,炳麟其何愧之有! 设有不幸,投诸浊流,所甘心也! 书此达意,请于三日内答复。

吴宗慈著《庐山志》,章氏有题辞一篇,警峭可诵,亦足征其倔犟之性。《章氏丛书》续编,无《文录》一种,此类文字,见者不多,因亦录次:

余友吴宗慈蔼林,为《庐山志》十二卷,义宁陈翁序之,举目录详矣,复求序于余。余曰:内则栖逸民,外则容桑门者,古之庐山也;以岩穴处驵侩,以灌莽起华屋者,今之庐山也。中国名山数十,自五岳及终南、青城、点苍、峨眉,近道有黄山、括苍。其地或僻左,或当孔道,而船航不得至。独庐山枕大江,蕃客俗士所易窥。其变迁乃如是,固地势然也。虽然,自今而往,山日槎,市日廓。欲隐于其地者,非高赀则不能已。今之情,求仕不获,无足悲;求隐而不得其地以自窜者,毋乃天下之至哀欤! 蔼林,负俗之才也。曩以议员走南北几十年,不得意而去。其后未尝为不义屈,常居是山,期与昏狂相远,其自重若斯之笃也。所为志笮核去华,于昔之胜迹,今之变故,详矣。《山志》一卷,尤质实,足以备故事。且情之魋非不可知,要之今之庐山,必与蔼林所期者稍远矣。吾乃知天之鼓物,果不与圣人同忧乐也,题其耑云尔。民国二十二年九月,章炳麟。

盖有一肚皮不合时宜之概焉。

(民国二十五年)

注释

1　按: 应系《武昌革命真史》。

章炳麟被羁北京轶事

（一）

癸丑（民国二年）秋间，章太炎（炳麟）甫度蜜月未久，应共和党之招，由上海抵北京，遂被袁世凯羁留。至丙辰（民国五年）袁死，始得恢复自由而南旋。其间轶事有可述者。

初，共和党与民主党、统一党合组为进步党，与国民党在国会成对峙之势，实受袁世凯操纵。（统一党之初期，章氏本居领袖之地位。后因该党完全为袁氏所用，乃不与闻其事。）该党中之民社派（鄂人居多）持异议，因用共和党之原名，自树一帜。其党魁则仍遥戴黎元洪（时在武昌）领之，本有历史上之关系也。惟党人较少，党势过弱。为谋党之发展计，遂敦请章氏北上，共策进行；以其素善黎氏，且负海内大名，言议为世所重，故力邀其来。章氏亦欲有所擘画，即应招而至。初意小住即行，不料一入都门，竟遭久羁焉。（袁自二次革命之役武力奏功，方以雷霆万钧之势，厉行专制。党务本已无可为，未几国会遭阨，更不在话下矣。）袁世凯以其持论侃侃，好为诋呵，固深忌之。且闻其尝与谋二次革命，尤不慊于怀。对章之来，顿兴"天堂有路尔不走，地狱无门自来投"之感。章氏方作寓于前门内大化石桥共和党本部,自以为无患。而党部门前,已军警布列,名为保护,实行监视,使成"插翅也难逃"之形势矣。

章氏不免大吃一惊,致书袁世凯诘问,置不理。愤郁异常,而莫如之何也。其在京之门人钱玄同等,时往探视。见其忧患之状,因谋有以慰藉之。玄同之兄恂,时为总统府顾问,与政界不无关系,玄同与商此问题,拟为章谋特设一文化机关,由政府给以相当经费,俾领其事。超然政潮之外,不失治学之本色,庶精神上有所慰藉,较胜不自由之闲居。恂本与章有旧(张之洞之延致章氏,系属恂代为招邀,有此一段因缘),愿为尽力。惟不居要津,与袁氏亦无深交,不便直接进言,乃转托张謇(时为农商总长)言之,并先与章氏商谈。章以无慺之甚,亦颇赞成。章本有设"考文苑"之主张,兹以规模较大,恐难即就。此机关名称拟定为"弘文馆",作小规模之进行。其工作则为编字典及其他,馆员人选,予定有门人钱玄同、马裕藻、沈兼士、朱希祖等,盖犹师生讲学之性质也。当玄同等以马车迎接章往西城石老娘胡同钱宅,与恂面谈此事时,军警及侦探多人乘自行车簇拥于车之前后左右云。(其时北京乘汽车者尚少,马车迎师,即甚恭敬。在清宣统年间,摄政王载沣,以皇父之尊,行元首之事,出行亦不过较阔之马车而已。)

张謇既言诸袁氏,袁氏表示:"只要章太炎不出京,弘文馆之设，自可照办，此不成何等问题也。"并允拨给数千元作开办费；其经常费每月若干，亦大致说定，惟待发表而已。事虽已有成议，而未能即日实行。延滞之间，章氏不能耐矣。

民国三年元旦，钱宅接到章之明信片一纸，若贺年片，而语则异乎寻常。开首为"此何年！"三字，以下又有"吾将不复年！"之句。玄同见之，以其措语不祥，虑有意外。翌日，亟往省视。至共和党本部，登章氏所寓之楼，则酒气扑鼻，而室中阒其无人。惟章氏新书之字多幅，纵横铺列，几满一室。（酒气由于墨汁中和以烧酒。作字多幅盖为将行应索书者之请。）案头有致黎元洪书稿一通，告别之书也。（文云："副总统执事：时不我与，岁且更新。烈士暮年，壮心不已。以此为公祝！炳麟羁滞幽都，饱食终日，进不能为民请命，负此国家；退不能阐扬文化，惭于后进。桓魋相迫，惟有冒死而行。三五日当大去，人寿几何，亦或尽此。书与公诀！"时黎氏亦已到京，在总统府中，作瀛台寓公也。）方疑讶间，闻章氏与二三友人上楼，且行且言。入室之后，与玄同略谈数语，即仍与友人谈，所言为明日出京之准备。玄同因问将何往，章氏正襟端坐，肃然而言曰："长沮桀溺，耦而耕，孔子过之，使子路问！"（歇后语也，《论语》下文为"津"字。）玄同曰："将往天津耶？"曰："然。袁世凯欺人，居心叵测。此间不可一日居，明日即先至天津，再由津南下。"曰："弘文馆事已有成议，何遽行乎?"曰:"袁世凯只能骗尔等,岂能骗我!彼岂真肯拨款以办弘文馆耶!"曰:"袁似不至吝此区区之款,惟官场办事,向来迟缓。弘文馆事之延滞,或亦其常态,盍再稍待乎?"曰:"吾意决矣,必不再留!"玄同虑其出京难成事实,而见其态度极为坚决,不便强谏。翌日,果行。军警等随至东车站而截留之,章惟痛骂袁氏无状而已。旋有大闹总统府之事。

其大闹总统府之一幕喜剧,《纪念碑》(小说名,民国三年十一月出版,写民国二三年间政闻,以讽刺袁世凯为主。著者署"沪隐",或是一被解散之国会议员,笔墨颇好。)第八回《章疯子大闹总统府》特加描写。其文云:

……民国三年的新年节……正月初七日下午傍晚的时候。总统府新华门内,忽听见吵嚷的声音。随后数十兵士,即拥着一人出来,将那一人推至马车中,前后左右,皆有兵士团团的围着,押至宪兵教练所去了……及细细询问起来,才知道获住的……是个疯子……他老先生这一天忽然高兴起来,于清晨八时径赴总统府,请谒见总统。他身穿一领油烘烘的羊毛皮袄,脚踏着土埋了似的一对破缎靴,手擘着一把白羽扇,不住的挥来挥去;又有光华华的一件东西,叫做什么勋章,不在胸襟上悬着,却在拿扇子那一只手大指上提着……歪歪斜斜的坐在总统府招待室里头一张大椅子上,那一种倨傲的样子,无论什么人他都看不到眼里。列位想一想，总统府是何等尊严的地方。凡请见总统的人，是何等礼服礼帽，毕恭毕敬的样子。尝看见那些进总统府的官吏们，皆是蹑手蹑脚的，连鼻子气儿也不敢出。往来的人虽多，一种肃静无哗的光景，就像没有一个人一样。那见过这个疯子，这个样儿怪物呢！不消说传事的人一回报，袁总统自然是拒而不见的了。这个疯子真是有点古怪，越说不见他，他是偏要请见，直等到天色已晚，他不但不去，还要搬铺盖进来，在此处值宿。适听见传事的人，报大总统延见向次长瑞琨。他发起怒来道："向瑞琨一个小孩子，可以见得，难道我见不得么？"他自言自语，越说越有气，索兴大骂起来。卫兵请他低声些，他即怒卫兵无礼，摔碎茶碗，即向卫兵投去。其初卫兵见他提着一个光华华的东西，思量着他也许有些来历，不知道他究竟能吃几碗干饭，也不敢较量，只得由他去闹。随后不知道从什么地方来了一个命令，如此如此。卫兵们就把他拿小鸡子似的，从招待室里头拿出来，并拿进马车里去，一溜烟就送到一个地方，把他入了囚笼了。他姓章号太炎，浙江余杭人。讲起旧学来，无人不佩服他。不过因他举动离奇，一般人叫他章疯子。

　　自此以后，章疯子囚犯的时代甚长，由宪兵教练处移囚至龙泉寺，又由龙泉寺移囚至徐医生家，俱是后话。且

> 说章疯子被囚后,也有许多营救他的。有一人转求袁总统最亲信的张秘书,为他缓频道:"袁总统挟有精兵十万,何畏惧一书生,不使恢复其自由呢!"张瞋目答道:"太炎的文笔,可横扫千军,亦是可怕的东西!"所以太炎被了囚,人人断其无释放的希望。这是深明白当道的意思的……

写得活灵活现。虽小说与历史不同,不无特意渲染之处,而大端固可征信也。所云提着之勋章,指民国元年以革命有功授与之勋二位。至所谓"囚笼""囚犯",是广义的、精神的,言羁留中之失却自由而已。充类言之,其时黎元洪以副总统居瀛台,受袁世凯之特别优待,亦可作囚笼中之囚犯观。时当隆寒,章身御重裘,而出门必羽扇不离手(在寓中时不然),实一特癖。《逸经》第九期,载冯君所撰《革命逸史》之《章太炎与支那亡国纪念会》一节,纪壬寅章在东京,三月十八日以会事至警署,"长衣下袖,手摇羽扇,颇为路人所注目"。盖此项习惯已久矣。又章氏《宋教仁哀辞》(民国二年春作)有云:"躬与执绋,拜持羽扇,君所好也。"亦其羽扇故事。

自移拘于外城龙泉寺,章益愤恚异常,拒绝官厅供给。惟以来京时旅费所余治餐,所以深绝袁氏,示义不食哀粟之意也。不久,旅费用罄,遂拟绝食。事闻于袁氏,不欲蒙逼死国学大师"读书种子绝矣"之咎,因谆属京师警察总监吴炳湘,妥为设法劝导处置,俾不至以绝食陨生。官医院长徐某,炳湘所亲信,与商此事;乃由徐具一报告书,言章患病,龙泉寺与其病体不相宜,应迁地疗养;即移居东城本司胡同徐之寓中,以便随时调护治疗。一面由徐以医生之资格、慈善家之口吻,说章得允。于是徐遂暂作章之居停主人,绝食之举无形转圜矣。此为是年夏间事。

章氏既到徐寓,以片纸招门人往晤。钱玄同等应命而至,见徐为一白须老者,言谈颇鄙俗。谈次,徐指章而谓钱等曰:"你们老师是大有学问的人,不但我们佩服,就是袁大总统亦甚为器重。如果你们老师明白大总统的好意,彼此相投,大总统定然另眼看待,决不亏负与他。可是大总统的火性也是利害的,倘或不知好歹,一定要触怒了他老人家,他老人家也会反脸不认人,扑通一声(言至此,作枪击之势),你们老师的性命难保了!你们总要常劝劝他才好!"当时徐氏表演得声容并茂,钱等觉无可与语,只好默然,章亦惟微哂而已。(闻章对徐,初以其态度殷勤,谓是长者一流,颇假以词色;且与谈医书尚洽,称其医道不错。嗣以话多不投机,始渐不喜之云。)

在徐寓小住,本暂时办法,善后尚需计议也。袁世凯仍坚不许其出京。至待遇方面,则愿酌供在京之费用,而希望其接眷来京,作久居之计。经黎元洪斡旋其间,遂定议付以五百元之接眷费,并按月付五百元,俾作家用。(其后仅月得三百元,闻有人中饱,或谓即徐所为云。)章以出京既属绝望,乃从黎等之劝告;属门人朱希祖赴沪,代迎其妻汤国梨女士北来。一面经人代为觅房,俾移居。旋租得东城钱粮胡同房一所。

斯际之某日,徐氏仆人往请钱玄同到寓,并谓:"非章先生请,乃徐院长请也。"既至,徐出见,怒容满面,曰:"你们老师太不讲交情!"即出章氏所书致汤电稿一纸示之,盖被其截留者。(徐对章本有暗为监视之任务)文为:"北人反复,君勿来!"因又曰:"我待你们老师有何不好,而竟骂我反复!"钱以所谓北人,并非指彼,向之解释。徐曰:"我是北人,此非骂我而何?"钱复略代解释,遂入见章。章与谈接眷事,谓:"顷更加考虑,袁氏方面,狡诈无诚意。不愿徇其意而接眷,已发电止之矣。"(不知电并未发)钱加以劝慰,并谓:"师母之来与不来,可俟其斟酌办理,师且静候消息,暂不必再有表示也。"章颔之。

汤夫人不果来,章则迁入钱粮胡同新居矣。此房间数颇多,甚宏敞(上房七开间,厢房亦五开间),章氏一人居之。仆役及庖人等则有十余人之众,皆警察厅派来,以服役而兼监视者也。(章氏居此,以迄民国五年恢复自由。)此房相传为凶宅。翌年(民国四年)章氏长女㸌来京省视,自经于此。迷信者益相诧为凶宅验焉。

以上所述,闻诸钱玄同先生为多,拉杂书之,聊备谈章氏轶事者之参考。(章氏顷于六月十四日卒于苏州,玄同除与在平同门数人以"先师梦奠,惨痛何极"发电致唁外,并挽以长联。有"缵苍水宁人太冲姜斋之遗绪而革命;萃庄生荀卿子长叔重之道术于一身"等语云。)

(二)

前稿述章氏民国初年被袁世凯羁留于北京时之轶事。兹更据所闻,续为记述,作前稿之补充。(此次所述,亦闻诸钱玄同先生者为多。)

章氏民国三年夏末,由本司胡同迁入钱粮胡同新居(房租每月五十四元)后,眷属未至,甚感寂寞。未儿,其门人黄季刚(侃)应北京大学教席之聘来京。所担任讲授之科目,为中国文学史及词章学。谒章之后,即请求借住章寓。盖词章学教材等在黄觉不甚费力,即可应付裕如。惟文学史一门,其时治者犹罕,编撰讲义,为创作之性质,有详审推求之必要。故欲与章同寓,俾常近本师,遇有疑难之处,可以随时请教也。黄本章氏最得意之弟子,章亦愿其常相晤谈,以稍解郁闷。因欣然许之。不料不数月,而黄突为警察逐出,而章氏因之复有绝食之事。

某日之深夜,黄正在黑甜乡中。忽有警察多人,排闼直入,其势汹汹,立促黄起。谓奉厅中命令,前来令其即时搬出此宅。黄愕然问故,警察惟言奉令办理,催促实行而已。黄谓:"我之寓此,系章先生之好意。纵须搬出,亦当俟天明后,向章先生告别再行。"警察曰:"如使章先生知之,必加阻挠,徒添许多麻烦。故汝宜即搬,不必候见章先生也。"遂不由分说,立将黄氏押出章寓。

　　黄氏之在章寓,往往早出晚归,且有时寄宿他处,与章亦非每日必见面。翌日章未见黄,以不知其事,故未以为意也。二三日后,他门人有来访候者,乘人力车进大门时,门首岗警即作势欲止之,不顾而入。谈次,章曰:"季刚数日不见矣,汝见之否?"经以实告,乃知之。正诧怪间,警察数人入。命来访者速去,并谓以后不准再来,即引之而出。盖章之见客自由亦被剥夺矣。章愤恚极甚,谓凌逼至此,尚有何生趣。于是复实行绝食,以祈速死。当其前清被禁上海西牢时,即曾绝食多日,因同囚之难友相劝而止。在龙泉寺时,又曾一度开始绝食。此次绝食之举,盖第三次也。

　　其在京之门人钱玄同等闻之,亟起营救。一面上书平政院申诉;一面往见警察总监吴炳湘,力请解除接见来宾之禁,俾可复食。吴以章又绝食,不便过执,乃许其门人及友朋,无政治色彩者,仍得入见。惟章则绝食之后,态度甚坚。钱等竭力劝解,不之从。谷食悉废,仅尚饮茶耳。钱等相商,以滋养品(藕粉之类)少许随时潜入茶内,借稍补救。章氏旋即疑之,怒谓茶不干净,此策遂失败。诸人彷徨无计,而章绝食垂十日矣。

　　章恶袁世凯及其党类,波及北人北物。时值冬令,北京御寒之具，多用"白炉子"（烧煤球），若洋炉烟筒之装置，其时用者尚少。章谓北京之用煤球及"白炉子"，为野蛮人之习俗，摒不用，亦不更谋御寒之具，惟以傲骨当严寒。所居房屋高大，益冷。往见者不敢脱大氅，犹时觉冷不可耐。章既绝食，卧于床。床近窗，窗有破处，尤易为寒风所侵。气息奄奄，决意待尽，其状甚悽惨也。而乃绝处逢生，忽有转机。

某日傍晓，马叙伦来慰问。略谈之后，即告辞。章曰："我为垂死之人，此后恐不再见，君可稍留，再话片刻。"时章犹勉强能作语也。马曰："饥甚，亟须回寓进餐。"章曰："此间亦有厨房，可令为君备饭，即在此晚餐。"马曰："对绝食之人，如何能吃得下！君如必欲留我在此吃饭，最好君亦陪我略吃少许，则我即从命而在君旁进餐。"章稍作沉吟，意似谓可。马乃曰："君能略进饮食，甚善。惟绝食有日，不宜太骤，当先啜米汤之类，方无患。"于是章果略饮米汤，自斯遂渐复食，生命得以无恙焉。

马氏是晚自章寓出，即以章氏复食消息语人。翌日，钱玄同往省视，知所言有征。章有一铜制欢喜佛像，作人牛相交之形，制作颇精，以六十元得之，常置案头。钱氏此次往晤，案头忽不见此物，因问何故藏庋。章告以女珏昨至矣。此盖章氏复食动机之所以萌，马氏会逢其适耳。章氏三女：长名叕，时已适龚宝铨；次则于前清章氏入狱时，由章之长兄（钱，字椿伯，原名炳森）携去抚养；珏其季也，称三小姐，时仅十余龄，甚活泼。当绝食垂尽之顷，爱女北来，天伦至性，岂能无动？故复食得以实现也。

袁世凯每月给章五百元，为一种高等囚粮之性质。此款非直接交付，系辗转给与。前为章氏居停主人之官医院长徐某，以与吴炳湘有密切关系，为经手人之一。因之章乃月仅实得三百元。吴氏知而不问；章之门人钱玄同、朱希祖等，亦闻悉其故，而不便明告章氏，恐增其怒也。故章仅知为减发，而不知被人截留。徐以章氏后来不假以词色，衔之。当闻其绝食将殆时，忽来访问。睹其状，以为必无生理。乃向之曰："袁大总统每月白送你五百元，你何等舒服，竟尚不知足，无端绝食，真不知好歹！"言已，冷笑而去。彼只顾奚落章氏，不暇择言，无意中"五百元"脱口而出。钱玄同、朱希祖遂往见吴，谓："徐以经手人之资格，今已明向章先生说出五百元矣；若仍仅与三百元，章先生必以见欺而益愤，绝食岂能挽回乎？"经此一番交涉，此项高等囚粮，以后始得如数给与。

至黄季刚之被逼移寓，暨章氏接见来客自由之被剥夺，以致惹起章氏绝食者，其动机闻颇与章氏之庖人有关，所谓小鳅生大浪也。章在钱粮胡同寓所，所用仆役人庖人等，共有十余人之多。一仆系前由军政执法处长陆建章所荐，曾随侍于龙泉寺。此外则吴炳湘所间接推荐（托与章相稔者出名介绍），盖由警察之类改充，皆负有暗中监视之责者也。庖人某，亦警察出身，技甚劣。以章于饮食素不考较，故能相安。黄季刚则不然，固留意于此者，与章共餐，颇有不能下箸之苦。屡为章言庖人须更换，后并荐一四川厨子代。章氏重违其请，遂遣之去，而改用黄荐之四川厨子。此警察而司庖者，失此优差，愤愤而去。不数日，遂有黄氏被逐等事。盖此人回厅后有所捏报，与有力焉。

章氏嗜学而不好洁，说者谓有王介甫之风。其于饮食，不顾滋味之优劣，菜肴惟就置于最近处者取食之。馀纵有珍味，箸弗之及也。此节尤似王氏。宋人朱弁《曲洧旧闻》云：

> 王荆公性简率，不事修饰奉养。衣服垢污，饮食粗恶，一无所择，自少时即然。苏明允著《辨奸》，其言衣臣房之衣，食犬彘之食，囚首丧面而谈诗书，以为不近人情者，盖谓是也。然少喜与吕惠〈卿〉、韩献肃兄弟游。为馆职时，玉汝尝率与同浴于僧寺，潜备新衣一袭，易其敝衣。俟其浴出，俾其从者举以衣之，而不以告。荆公服之如固有，初不以为异也。及为执政，或言其喜食獐脯者，其夫人闻而疑之曰："公平日未尝有择于饮食，何忽独嗜此？"因令问左右执事者曰："何以知公之嗜獐脯耶？"曰："每食不顾他物，而獐脯独尽，是以知之。"复问："食时，置獐脯何所？"曰："在匕箸处。"夫人曰："明日姑易他物近匕箸。"既而果食他物尽，而獐脯固在；而后人知其特以其近故食之，而初

非有所嗜也。人见其太甚,或者多疑其伪云。

王安石与章炳麟,为相距近千年之两个大学者,其习性大相类似,可谓后先同揆。王氏被疑为伪,盖非,正书呆子所以为书呆子耳。(章氏不喜浴,王之浴于僧寺,当亦系韩氏强之。)章对于饮食既如此,菜肴上之知识,极有限。当在龙泉寺时,拒绝官方供给,自起伙食。司庖者(或即陆建章所荐之仆人兼任)请示作何菜。章想得二种:一为蒸蛋糕,以鸡蛋为食品之最普通者,易于想到也;一为蒸火腿,以火腿为在南中所常食,故亦思及也。二种以外,不复有第三种,于是顿顿蒸火腿、蒸蛋糕矣。及居钱粮胡同,吴炳湘间接荐来之庖人某,亦仍旧贯,以此二种为常备之品。(所谓蒸火腿者,实即以"清酱肉"——北平之一种腌肉,每为火腿之代用品——切片蒸之。)有客共食,始酌添他菜。每日之伙食帐,则一任其浮冒开销。以章不知物价,且不屑计较钱数也。而银币及钞票,杂置抽屉内,往往听其自取,略不稽考。以故此席遂成优差,胜于供职警察多多,一旦被章因黄言而解雇,遂怀恨在心而谋报复耳。

章被袁氏羁留在京,神经受重大刺激。其时之行为,有可怪者,盖以发泄其愤世嫉俗之意也。自居钱粮胡同,即传集寓中全体仆役,颁示条规。中有:(一)仆役对本主人须称"大人",对来宾亦须称以"大人"或"老爷",均不许以"先生"相称。(二)逢阴历初一十五,须一律向本主人行叩首大礼,以贺朔望。并谓："如敢故违,轻则罚跪,重则罚钱。"钱玄同曾问以何故如是好奇,且家仆对主人称"大人",在前清亦无此例也。(清时主人纵官至极品,其所用仆辈亦只以"老爷"呼之。)章曰:"吾之为此,惟以'大人''老爷'均前清之称谓。若'先生'者,吾辈革命党创造民国,乃于南京政府规定以代'大人''老爷'。(民元南京内务部曾下令禁称'大人''老爷',一律改称'先生'。)今北京仍为帝制余孽所盘据,岂配有'先生'之称谓乎。此所以示北京犹是'大人''老爷'之世界耳。既犹是'大人''老爷'之世界,叩首之礼,亦固其宜。"

其长女叕,于民国四年至京省父,忽自经而死。章氏作《亡女事略》,其厌世之故,略有所言。然亦未具必死之确因,故以"此何为而然者耶?"作结。至叙其情事,谓:"民国四年四月,叕如京师省视,言笑未有异也。然燕处辄言死为南面王乐,余与季女珵常慰藉之。宝铨数引与观乐,或游履林圃间,始终不怡,见树色益怃然若有亡者。九月七日夕,与宝铨、珵谈笑至乙夜就寝。明旦起视,已自经,足趾未离地。解拊其匈〔胸〕,大气既绝矣。医师数辈,皆言不可治,遂卒。"时叕婿龚宝铨亦寓章所,叕与妹珵同住西厢房,龚住东厢房。据闻珵以叕屡欲自杀,甚有戒心。(曾一次自经于树,为珵所救。)是夜就寝后,甫曙自醒。见叕不在室内,即大惊。亟起而觅之,则见其自经于章所住上房之堂屋,绳悬于屋之上坎。解下,延汤尔和等救治,谓时间过久,不能再生矣。其死固颇奇也。章尝以长八尺之宣纸,大书"速死"二字,悬于堂屋,以自示其愤恚不欲生之态;㷔自经处,适当其旁云。

(三)

前草《章炳麟被羁北京轶事》二篇,先后披露于《逸经》第十一、十二两期。内容盖多闻之于钱玄同先生,更以曩所知者相印证,仓促记述,未能周备。嗣阅《逸经》第十三期所载吴宗慈君之《癸丙之间太炎先生言行轶录》、刘成禺君之《癸丙之间太炎先生记事》(均在刘君《洪宪纪事诗本事注》内),与不佞所记为同时间之事,记载翔赡,多可补拙稿所未及。其谓章氏应共和党之请而入京,系为党人某某所卖。此共和党内部之事,不佞所未能知也。又言章氏出京,党部同人设筵为饯,逆知出京必被阻,约纵酒狂欢以误车表云云。此节亦不佞所未详,当以躬与其事者之言为可信。其他与拙稿互有详略处,可以参看。

吴君谓:"徐医生寓钱粮胡同……居近龙泉寺。每先生怒不可遏,监守者辄急请徐至……乃得由龙泉寺移住徐宅。"此节似未甚谛。徐医生系住本司胡同,章氏由龙泉寺迁居徐宅。后由徐宅更迁钱粮胡同,则为自租之房矣。本司、钱粮二胡同,均在内城东四牌楼间,龙泉寺则在外城之西南隅,相距实甚远也。章氏长女㷔自经之原因,不佞不甚了了。惟吴君谓"赴徐宅,诉于先生"云云,据不佞所闻,㷔民国四年到京省觐时，章早迁居所租之房（已与徐医生不洽），㷀亦即居此，数月后乃自经而死。（章氏所作《亡女事略》一文亦可按。）

又《逸经》第十条所载，刘君《洪宪纪事诗本事注》有云："元洪入京，太炎改唐诗讥之曰：'……徒令上将挥神腿，终见降王走火车……''西望瑶池见太后（黎入京谒隆裕），南来晦气满民关。云移鹭尾开军帽，日绕猴头识圣颜。一卧瀛台经岁暮，几回请客劝西餐。'某恨太炎，持猴头句说袁，阴使鄂人郑胡等，借主持共和党名义，迎章入京，遂安置龙泉寺。"按章氏之安置龙泉寺，诚在黎元洪到京之后，而到京实在黎前，袁世凯非因此诗始诱其入京。动机盖因其于二次革命时，发表斥责袁世凯之文字也。章氏民国二年到京之日，虽骤难确忆，而记得总在秋间。（钱君亦谓伊是年九月十三日到京，章已先至而居共和党本部矣。检察厅于章到京后，承袁旨以参加内乱起诉，传章就讯，章以病辞。为十月间事。）至元洪由鄂入京，则时在十一、十二月间矣。章氏此项谐诗，忆共五首。刘君所引两首外，更有三首，当系在京而于元洪到京后所作耳。"西望瑶池见太后"句，刘君谓"黎入京谒隆裕"。夫隆裕已于是年春间逝世，元洪入京何能相见乎？意者此句或是虚指之词（隆裕或慈禧），如其他首中之"瀛台湖水满时功，景帝旌旗在眼中"欤？

（民国二十五年）

太炎琐话

　　章太炎(炳麟)绩学雄文,杰出近代。当有清光绪季叶,即自负极高。其《癸卯狱中自记》云:"上天以国粹付余。自炳麟之初生,迄于今兹,三十有六岁。凤鸟不至,河不出图,惟余以不任宅其位,絷素王素臣之迹是践,岂直抱残守阙而已。又将官其财物,恢明而光大之,怀未得遂,累于仇国,惟金火相革欤,则犹有继述者。至于支那闳硕壮美之学,而遂斩其流绪,国故民纪,绝于余手,是则余之罪也!"意态之轩昂,抱负之伟大,想见俯视群流果于自任之概。辞气甚亢厉,读来却又饶有妩媚之致。其后民初被羁北京时,甲寅五月二十三日家书有云:"研精学术,忝为人师。中间遭离祸乱,辛苦亦已至矣。不死于清廷购捕之时,而死于民国告成之后,又何言哉!吾死已后,中夏文化亦亡矣!"意亦犹之,均自示一身之关系特重也。

　　太炎此种态度,俨然"斯文在兹"之意也。其师俞荫甫(樾),则对于"斯文在兹"四字欿然弗敢承焉。俞氏《春在堂随笔》卷八云:"……既得福寿砖之后,越五月,同人又于俞楼后山上得摩崖四大字,曰'斯文在兹',皆大惊喜。花农孟薇驰书以告余吴下,谋于西爽亭后辟一门,以通其地。余曰:

'福寿二字,犹可窃以自娱。斯文在兹四字,万难干以取戾,斯举可不必也。'书此四字者,为赵人张奇逢,乃直隶获鹿人也,顺治五年,为杭州府知府。自来言西湖金石者均不知有此四字,盖淹没至今而始显者也。"志此四字石刻之发见,而谦让不敢自居,与太炎之态度异矣。

俞氏朴学大师,太炎从学,得力不少。后益精进,蔚成一子。规模境诣,非师门所能限;奇才闳蓄,称霸学林,亦俞门之光也。太炎之论俞氏,如《说林》下有云:"吾生所见凡有五第。研精故训而不支,博考事实而不乱,文理密察,发前修所未见,每下一义,泰山不移。若德清俞先生,定海黄以周,瑞安孙诒让,此其上也。"列为经师之第一流。又《俞先生传》,虽间言其短,仍甚致推崇。至尝有"谢本师"之作,不满俞氏,乃出一时感触,非可一概而论,民初编订《文录》,此篇不收入。

太炎文章,雄劲冠时,骎骎有上追秦汉之势。朱晦翁(熹)有云:"韩文力量不如汉文,汉文不如先秦战国。"见《朱子语类》。又恽子居(敬)《上曹俪笙侍郎书》论古文有云:"文人之见,日胜一日,其力则日逊焉。"均以后世文章力渐薄难逮古昔为言。太炎之文,能超时代而趋往古,学劭而力尤伟也。其天赋之优,泂属度越恒流。

林琴南(纾)所为小说《畏庐笔记》(民初所作),其《马公琴》一则有云:"客曰:'……由考据而入古文,如某公者,从游不少，亦可云今日之豪杰。且吾读其文，光怪陆离，深入汉魏之域，子云相如不过如是。足下苟折节与交，沾其余瀋，亦足知名于世。'生笑曰："此真每下愈况矣。某公者，捋扯恒订之学也。记性可云过人，然其所为文，非文也，取古子之文句，一一填入本文，如尼僧水田之衣，红绿参错照眼。又患其字之不古，则逐一取换，易常用之字以古字，令人迷惑怪骇，不敢质问，但惊曰博，私诧其奇。夫古人为文，焉有无意境义法可称绝作者。汉文之最宏丽者，无如《封禅文》《典引》及《剧秦美新》，然细按之，皆有脉络可寻。即《三都》《两京》之赋，中间亦有起伏接笋之笔。某氏但取其皮，不取其骨，一味狂奔。余恒拟为商舶之打货，大包巨籇，经苦力推跌而下，货重而舱震。又益以苦力之呼叫，似极喧腾，实则毫无意味。于是依草附木者尊如亚圣，排斥八家，并集矢于桐城矣。此种狂吠，明之震川固遭其阨。试问弇州晚年何以屈服于震川！天下文字，固有正宗，不能以护法弟子之呐喊，及报馆主笔之揄扬，即能为蜉蝣之撼也。'"

意有所指，似即谓太炎耳。然多非中肯之谈。太炎之文，虽非无可议及不可为训处，而大体无愧卓荦大手笔，固非林氏所能及也。至意境义法之说，章文格老气劲，义蕴闳深。不取摇曳生姿，而意境韵致自具。特未可以桐城义法绳之而已。

林氏此论，对太炎加遗一矢，盖含有报复性质，太炎对林夙尝轻鄙也。其《与人论文书》（清末所作）有云："并世所见，王闿运能尽雅，其次吴汝纶以下，有桐城马其昶为能尽俗（萧穆犹未能尽俗）。下流所仰，乃在严复、林纾之徒。复辞气虽饬，气体比于制举，若将所谓曳行作姿者也。纾视复又弥下，辞无涓选，精采杂汙，而更浸润唐人小说之风；失欲物其体势，视若蔽尘，笑若龋齿，行若曲肩，自以为妍，而只益其丑也。与蒲松龄相次，自饰其辞，而只敬之，曰此真司马迁、班固之言。（纾自云日以左国史汉庄骚教人，未知其所教者何语也。以数公名最高，援以自重，然曩日金人瑞辈亦非不举此自标，盖以猥俗评选之见，而论六艺诸子之文，听其发言，知其鄙倍矣。纾弟子记师言，援吴汝纶语以为重。汝纶既殁，其言有无不可知。观吴汝纶所为文辞，不应与纾同其缪妄，或由性不绝人，好为奖饰之言乎。）若然者，既不能雅，又不能俗，即复不能比于吴蜀六士矣。"盖贬斥林氏如是。至雅俗之辨，则有云："徒论辞气，大上则雅，其次独贵俗耳。俗者谓土地所生习（地官大司徒注），婚姻丧纪旧所行也（天官大宰注），非猥鄙之谓。孙卿云：'有雅儒者，有俗儒者。'李斯云：'随俗雅化。'夫以俗为缦白，雅乃继起以施章采，政文质不相畔。世有辞言袭常，而不善故训，不綦文理，不致隆高者，然亦自有友纪，宛儇侧媚之辞，薄之则必在绳之外矣，是能俗者也。"吴蜀六士谓八家中之宋六家，欧阳、曾、王、三苏也。太炎讥其"志不师古，乃自以当时决科献书之文为体"。又云："仆重汪中，未尝薄姚鼐、张惠言。姚张所法，上不过唐宋。然视吴蜀六士为谨。（夸言稍少，此近代文所长。若恽敬之恣，龚自珍之儇，则不可同论。）仆视此虽与宋祁、司马光等，要之文能循俗。后生以是为法，犹有坛宇，不下堕于猥言酿辞，兹所以无废也。"是桐城之文，虽非所深许，然以为有可取而不薄之，特视林为不足依傍桐城，更无论司马迁辈矣。

太炎此篇，更论及小说云："小说者，列在九流十家，不可妄作。上者宋钘著书，上说下教，其意犹与黄老相似，晚世已失其守。其次曲道人物、风俗、学术、方技，史官所不能志，诸子所不能录者，比于拾遗，故可尚也。（宋人笔记，尚多如此。犹有江左遗意。）其下或及神怪，时有目睹，不乃得之风听，而不刻意构画其事，其辞坦迤，淡乎若无味，恬然若无事者，《搜神记》《幽明录》之伦，亦以可贵。唐人始造意为巫蛊媟嬻之言。（苻秦王嘉作《拾遗记》已造其端。嘉本道士，不足论，唐时士人乃多为之。）晚世宗之，亦自以小说名，固非其实。夫蒲松龄、林纾之书得以小说署者，亦犹大全讲义诸书傅于六艺儒家也。"溯小说之古体，而病晚世称小说者非其伦，遂不许蒲林之书以小说署，所见不免太固。古小说文字本简质，后经演化，体裁浸多，领域甚广，附庸蔚为大国，在文学上成一重镇。虽优劣不一，未宜一概抹杀。蒲氏《聊斋志异》，自有其文学价值。其中描写，涉于猥亵，固是一疵，要其大端文字之工处，不可废也。（所著小说，并有《醒世姻缘传》一种，亦为有价值之作。以太炎之论衡之,更不得以小说署矣。)林氏宗尚桐城,于古文致力甚勤,然非有过绝流辈之诣,特迻译外国小说,成绩足称。(自撰之小说,则少精神,难相副。)

俞氏《春在堂随笔》卷八云:"纪文达公尝言:'《聊斋志异》一书,才子之笔,非著书者之笔也。'先君子亦言:'蒲留仙,才人也。其所藻缋,未脱唐宋人小说窠臼。若纪文达《阅微草堂》五种,专为劝惩起见,叙事简,说理透,不屑屑于描头画角,非留仙所及。'余著《右台仙馆笔记》,以《阅微》为法,而不袭《聊斋》笔意,秉先君子之训也。然《聊斋》藻缋,不失为古艳。后之继《聊斋》而作者,则俗艳而已。甚或庸恶不堪入目,犹自诩为步武《聊斋》,何留仙之不幸也!"(纪氏评论《聊斋志异》之语,详见其门人盛时彦所撰《姑妄听之》——《阅微草堂笔记》五种之一"跋"。)以记事之体裁论,《聊斋志异》之作法,于义诚有未妥。然以传奇派之小说论,则本唐人说部而加恢奇,颇多佳制,在文学上之价值,非《阅微草堂笔记》暨《右台仙馆笔记》所逮。至步武《聊斋》者之不足观,亦见蒲氏之作之难能。林氏所撰近乎《聊斋》体之笔记小说,笔墨固亦远逊也。

太炎论文,自抒所见,不同人云亦云,可供读太炎文者之考镜,兼资谈文者之扬榷。文家宗尚不一,见解有殊,盖亦不必过泥耳。

梁任公(启超)《清代学术概论》第二十八节有云:"余杭

章炳麟少受学于俞樾,治小学极谨严;然固浙东人也,受全祖望、章学诚影响颇深大。究心明清间掌故,排满之信念日烈。"(章学诚虽讲史学,与排满之主张毫无关系,不应列此。)又其《中国近三百年学术史》第四章"清代学术迁变与政治之影响(下)"有云:"章太炎(炳麟),他本是考证学出身,又是浙东人,受黄梨洲、全谢山等影响甚深,专提倡种族革命,同时也想把考证学引到新方向。"认太炎为浙东人,实误。余杭,固浙西也。倘系余姚,乃浙东耳。梁氏殆以二"余"相混而一误再误欤。(忆尝有人撰一书,冒为太炎作品,而署曰"余姚章太炎著"。盖以二县名易相混,使有诘之者,可言此另是一余姚章太炎所著也。因梁事而漫及之,借发一笑。)

太炎清季鼓吹民族革命,诋斥清帝甚力。迨民国十七年,表章《三字经》,重为修订印行,则有异故态。尝见此书之普通坊本一种,其历史部分,叙至明末乱事。接入有清代兴,云:"乞援师,吴总兵。满入关,据神京。传十世,国号清。至宣统,大宝倾。"注谓:"明总兵吴三桂,招致满人,长驱入关。窃据汉土,改国号曰清。共传十主,二百六十八年。"当为民国初年所增补,不知出谁氏手笔。太炎修订本,叙此则云:"清太祖,兴辽东。金之后,受明封。(注:'清为金之后,姓爱新觉罗。明代末叶崛起辽东,至太祖始称帝。')至世祖,乃大同。十二世,清祚终。"(注:"李自成陷北京,吴三桂迎清世祖兵入关,遂代明有天下。传至宣统,逊位民国。凡十主,二百六十八年。自太祖努尔哈赤至宣统,共为十二世。")对照而观,坊本所云窃据,章本乃曰大同。其对清之态度,不与昔大相径庭乎?盖昔以种族革命者之立场,兹以史家之立场,所谓彼一时此一时,可不以前后相乖为诧也。太炎清季深责曾国藩,晚年则每有誉词,旨亦近之。

拙稿前有述太炎民初被羁北京时轶事二篇(均见《逸经》),其第二(见《逸经》第十二期)述及在东四牌楼钱粮胡同寓所,时对仆役颁有规条。其事颇趣,系闻之钱玄同先生。钱君谈此时,谓不能尽忆,仅忆其要者。近于《都门趣话》(辑者署"大雷啸公",内容盖录自民初报纸),见有《太炎约仆之条件》一则云:"……一日忽与仆人约曰:'余有仆役应守规则六条,汝辈能恪遵者留,否则去:(一)每日早晚必向我请安;(二)在外见我须垂手鹄立;(三)称我为大人,自称曰奴仆;(四)来客统统曰老爷;(五)有人来访,无论何事,必须回明定夺,不得径行拦阻;(六)每逢朔望,必向我行一跪三叩首礼。'仆人无如何,唯唯而已。或曰:章太炎仆役系某处派来密探,借以窥其动静者,章故以是侮弄之。未知确否。"有可补充前述之未备者,因更缀录,俾资参阅。(其时太炎仆役,多系便衣警探,负有暗中监视之责。)

(民国三十三年)

太炎弟子论述师说

（一）

前谈太炎，录孙思昉君（至诚）《谒余杭先生纪语》，昨承姜亮夫君（寅清）由巴黎来书，对此有所引申补充。二君同为章氏弟子，均笃于师门，风义足称。兹录姜君来书如次：

> 顷于《国闻周报》二十五期，读大著载同门孙思昉君《谒余杭先生纪语》，论某公好奇一段。有"今则以今文疑群经，以赝器校正史，以甲骨黜许书，以臆说诬诸子"云云四语。细审文义，观语气轻重急徐之间，与不佞所闻于先生者，小有同异，岂弟子退而异言者欤？此四语适为不佞所曾轻尝，而三数为先生所申诫，又为近来学人所执以为先生疾者，不敢秘其所闻，一任世俗耳食之言，厚诬先生。然先生自有千秋，亦不敢为调停之说，以取售于当世。敢举其平日侍坐所闻一二事，为阁下陈之：

> （一）以今文疑群经　先生于经为古文家，此举世之所共知。而壁垒甚严，亦举世之所共知。然于今文家之严守家法者，亦未尝轻蔑。忆井研廖先生既殁，有欲求先生为墓文者，不佞以此进叩。先生悯然相语曰："季平墓

志,非我亦不能为。"而于南海立说之不纯者,则颇见诋
讥。至廖康而后,先生未尝以经今文家许人。今人亦实
无一以今文之立场疑群经者。疑群经者钱玄同君号为
魁首,钱君固先生弟子也。故"今则以今文疑群经"一
语,似觉轻重之间,尚可商量。忆初谒先生时,以治经请。
先生言以经视经,则宜守家法,不可自乱途辙,杂揉今古。
盖不佞亦尝请益于井研,故先生以此绳之也。大抵先生
于当时之说经者,皆病其杂乱钞撮,不见矩矱,非必如早
年于今文家之说一意作主观之批评也。

(二)以赝器校正史 此与下文"以甲骨黜许书"二
语大为当时学人所诟病。盖先生早年于此固曾张其挞
伐。盖阮吴诸家之说不足以服人,而甲骨出处不明,又无
其他有力佐证。当时唱之者如刘铁云辈,又非笃行纯学
之士,孙诒让亦谨严无他规模。以一融通四会之学人,欲
其贸然承认一种新学问,有所不能,亦有所不可。故早年
之指陈吉金甲骨之弊者宜也。近年来铜器甲骨之出土者
日多,研治者途术亦日精。先生于早年之说,似已不甚坚
持。忆二十二年上海同福里座中,偶谈及先生为某氏跋
散氏盘中语。先生曾言许叔重《说文解字》亦采山川鼎
彝,故金石非不可治,惟赝器太多,辨别真伪,恐非目前世
人学力所能及。故以证文字大体尚可寻其鳃理,以证史

事终觉不安。证史不安云云，则谓先生蔑弃鼎彝，不如谓尊史过甚为能得其实。先生民族思想最切，近来国事日非，故其缅怀故国之情益甚。晚年以读史召群弟子，而于含"刚中"思想之儒行一文，复数数为世人唱导。其救民之忱，非哗世取宠者之所能望其项背。

（三）以甲文黜许书　先生早年之不满于甲文，其原因已如上陈。惟以其所疑至晚年仍不得解，故对甲文之态度，较吉金为严肃，而尤不喜人以证古史。忆初谒先生时，先生知不佞为海宁王静安先生弟子，即谓治小学当以许书为准。二十二年春，苏州国学会邀不佞演讲。大意以甲文为中国较早之文学，杂证八卦后于甲文及易为春秋战国时术数之学。讲稿刊布后，先生大不悦，以召同门诸君。即不佞游大梁归，已传言唧唧，趋锦帆路拜谒。先生温语喻之曰："凡学须有益于人，不然亦当有益于事，古史诚荒渺难稽，然立说固与前人违异，亦必其可信乎？治小学为读书一法，偶采吉金可也。泛涉甲文以默契于我心，出之以谨严，亦可也。必以此而证古史，其术最工眇，要近虚造，不可妄作。"继则以"食肉不食马肝未为不知味"为解喻。去年有欧洲之行，先生赐之食，又温语以顾亭林、王而农相勉，复言甲骨不能相信。不佞笑以请曰："倘有的证，足使先生信其为殷商时物，则先生亦将为之鼓吹乎?"先生笑曰:"但恐君辈终不能得的证耳。"大抵先生于甲文因其"来历不明"而疑之。此固治学谨严者应有之态度,世人方以此见诟,盖不思之甚耳。

(四)以臆说诬诸子　不佞于诸子素少究心,故侍座时亦从未以此请益。惟少岁偶读唯识论后,因以喜读先生《齐物论释》及重释,然多不甚了了,尝一以请教。先生自谦其书为"此亦一种说法"云云,他无所闻。孙君究心诸子,平素所闻当较为多也。

总之,先生于近日学人,皆叹其根柢太浅,言经者泛滥杂钞,不明家法;究习吉金甲骨者,既好立异说,不根于载籍,而又捃扯正史,以为无益而诬史,为治学者所当谨择而已。细绎先生晚年言学之趣向,大约有二:一欲救世以刚中之气;一欲教人以实用之学。其归在于不忘宗邦之危。刚中则夸诬奇觚皆在当砭之列,实用则怪诞诡谲皆在宜排之数。变更旧常,不轨于典籍,或有危于宗邦者,皆为心所甚忧。此其大校也。不佞所闻如是,所关虽不甚大,然亦学术上之一重公案。孙君所记,语意有待于疏说处,故为补说如是。尚乞附尾大著,刊之《周报》,使世人勿误解孙君之言,则幸甚矣。途中未以书自随,故但能举此以为验。俟归国后,当为阁下一再详之。

适晤孙君,因以相示。孙君于姜君宗旨,甚表钦佩。旋来

书更举师说,以资参验,亦同门切劘之雅也。故并录左:

承示姜君述余杭先生绪论各节,与弟所述小有异同。弟侍余杭先生或后于姜君,似以姜君之言为近是。姜君拥护师门,惧为耳食之言所厚诬,且不为调停之说以阿时,殊深敬佩。兹复将先生自书之言,或他人所录曾经鉴定者,移录于次,以供参验。可乎?

(一)以今文疑群经　先生去秋作《〈制言〉发刊词》宣言有曰:"今国学之所以不振三:一曰毗陵之学,反对古文传记也。二曰南海康氏之徒,以史学为账簿也。三曰新学之徒,以一切旧籍为不足观也。有是三者,祸几于秦皇焚书矣。"又先生《汉学论上》有曰:"清时之言汉学,明故训,甄制度,使三礼辨秩,群经文曲得大通,为功固不细。三礼而外,条法不治者尚过半,而末流适以汉学自弊,则言公羊与说彝器款识者为之也。循公羊之说,周可以黜,鲁可以王,时制可以诡更,事状可以颠倒。以《春秋》为史耶,则沈约、魏收所不为;坚指以为经耶,则吴广之帛书、张角之五斗米道也。清世言公羊已乱视听,今公羊之学虽废,其余毒遗蠚犹在。人人以旧史为不足信,而国之本实蹶矣。"按康南海《新学伪经考》出,则群经之可读者鲜矣;崔适《史记探源》出,则史之可读者鲜矣。近之以尧舜神禹为虚造者,实自康崔诸为今文学者启之,宜先生之为此言也。

（二）以赝器雠正史　说详先生《星期讲演会记录》第四期《论经史实录不应无故怀疑》（二十四年五月刊行），有曰："今人以为史迹渺茫，求之于史，不如求之于器。器物有，即可证其必有，无则无从证其有无。余谓此拾欧洲考古学者之唾余也。凡荒僻小国，素无史乘。欧洲人欲求之，不得不乞灵于古器。如史乘明白者，何必寻此迂道哉。即如西域三十六国，向无史乘。倘今人得其器物，则可资以为证耳。其次已有史乘，而记载偶疏，有器物在，亦可补其未备。如列传中世系、籍贯、历官之类，史或疏略，碑版在，即可借以补苴。然此究系小节，无关国家大体。且史乘所载，不下万余人，岂能人人尽为之考？研求历史，须论大体，岂暇逐琐屑之末务？况器物不能离史而自明，如器有秦汉二字，知秦汉二字之意义者，独非史乘所诏示耶？如无史乘，亦无从知秦汉二字为何语也。即如陕西出土之秦汉瓦当，知陕西为秦汉建都之地，乃史乘之力。据史乘然后知瓦当为秦汉之物，否则又何从知之？且离去史乘，每朝之历年即不可知。徒信器物，仅如断烂朝报，何从贯穿？以故以史乘证器物则可，以器物疑史乘则不可；以器物作读史之辅佐品则可，以器物作订史之主要物则不可。如据之而疑信史，乃最愚之事也。不但此也，器物之最要者，为钟鼎、货币、碑版。然钟鼎伪造者多，货币亦有私铸、伪造二者。碑版虽少，今亦有伪作者矣。《韩非子·说林》齐伐鲁，求谗鼎，鲁以其赝往，是古代亦有伪造之钟鼎也。又《礼记·祭统》卫孔悝之鼎铭曰，六月丁亥，公假于太庙。据左氏哀十六年传，六月，卫侯饮孔悝酒于平阳，醉而逐之，夜半而遣之。孔氏正义谓即此六月中，先命之，后即逐。此语最为无赖。夫铸鼎刻铭，事非易易，何能以旬日遽成。以左传所载为信，则孔悝之鼎赝而已矣。今人欲以古器订古史，第一须有精到之眼光，能鉴别真伪不爽毫厘，方足以语此。无如历代讲钟鼎者，以伪作真者多。甲以为真，乙以为伪，乙以为真，丙以为伪。彼此互相讥弹，卒无休止。钟鼎自不能言，而真伪又无法可求，何能得其确证哉？且钟鼎及六朝前碑版所载，多不甚著名之人，稍有名即无物可证。夫论史须明大体，不应琐屑以求。如云今人有四万万之多，我能知两万万之姓名，事固非易，要亦何用？今以古器证史则可知其人必有者，盖无几矣。如秦半两钱在，秦诏版在，秦权、秦量在，可证始皇之必有其人矣。然汉高祖即不能证其必有。何也？铜器货币均无有也。王莽二十品钱（六泉、十布、错刀、契刀、货泉、货布）均在，所谓新量（真假姑不论）者亦在，王莽可证其必有矣。然光武则不能证其必有。何也？铜器货币均无有也，无从证也。史思明顺天钱，得壹钱均在，今北京法源寺有悯忠寺宝塔颂，镌御史大夫史思明之名，是史思明可证其必有矣。安禄山则不能证其必有。何也？货币碑版均无有也，无从证也。以故，以器物证史，可得者少，不可得者多。如断线之珠，无从贯穿。试问始皇有，高祖未必有；王莽有，光武未必有；史思明有，安禄山未必有；尚成其为历史耶！以钱币论，唐以后铸钱皆用年号。然宋仁宗改元九次，皇祐、康定之钱，传世无几。宝元以一钱须叠两宝（宝元，通宝也）未铸，铸'皇宋通宝'，如以无宝元钱故，即谓宝元之号乃伪造可乎？又明洪武时，铸洪武钱，其后历朝沿用。嘉靖时补铸历朝之钱，然以永乐革除建文年号，故建文钱独不补铸。谓建文一代之事，悉系伪造可乎？果如今世考古之说，钱之为用，非徒可以博当时之利，且可以传万世之名，则钱之为神亦信矣！惜乎晋人作《钱神论》者，只知其一，不知其二也！

以碑版论，昔隋文帝子秦王俊死，王府僚佐请立为碑。文帝曰：欲求名，一卷史传足矣，何用碑为？此语当时谓为通人之论。如依今人之目光言之，则此语真不达之至矣。何则？碑可恃，史不可恃也。然则碑版非徒可以谀墓，几可生死人而肉白骨矣！且也钱币造自政府，铜器铸由贵族,碑版之立,于汉亦须功曹孝廉以上,而在齐民者绝少。使今有古代齐民之石臼在,亦无从知其属于何人。如此而谓周秦汉三代,除政府贵族功曹孝廉而外,齐民无几也。非笑柄而何?

钟鼎、货币、碑版三事之外,有无文字而从古相传为某人之物者,世亦不乏。如晋之武库,藏孔子履,其上并无孔子字样;高祖剑未知有铭与否;王莽头,当然头上不致刻字。此三物者,武库失火,同时被焚,以其失传,谓孔子、高祖、王莽均属渺茫,可乎?设或不焚,王莽之头,亦无从知其确为王莽之头也。履也,剑也,亦无从知其属于谁何也。何也?剑与履不能自言也。又有文字本不可知,而后人坚言其为某某字者。如《西京杂记》载夏侯婴求葬地,下有石椁。铭曰:佳城郁郁,三千年见白日,吁嗟滕公居此室。《啸堂集古录》载之,字作墨团,汗漫如朵朵菊花。当时人妄言此为某字,彼为某字。夫铭之真伪不可知,即以为真,又何从知其甲为某字,乙为某字哉!今人信龟甲者又其类也。由此言之,求之钟鼎、货币、碑版,而钟鼎、货币、碑版本身已有不可信者。况即使可信,亦非人人俱有。在古器者皆不甚著名之士,而齐民又大率无有。有文字者如此,无文字者更无从证明。如此欲以器物订史,亦多见其愚而已矣。

夫欧人见亡国无史，不得已而求之器物，固不足怪。吾华明明有史，且记述详备，反言史不足信，须恃器物作证，以为书篇易伪，器物难伪。曾亦思书者契也。前人契券流传至后，后人阅之，即可知当时卖买之情状。虽间有伪造，考史者如官府验契，亦可以检察真伪。如不信史而信器，譬如讼庭验契时，法官两造，并不怀疑，忽有一人出而大言曰，契不足恃，要以当时交易之钱作证。此非至愚而何？妄人之论，本不足辨，无如其说遍于国中，深恐淆惑听闻，抹杀历史，故不惮辞费而辟之，使人不为所愚。"

（三）以甲骨黜许书 说详《章氏国学讲习会讲演纪录》第一期《小学略说》（二十四年十月出书），有曰："宋人释钟鼎文者，大都如望气而知；清人则附会六书，强为解释。夫以钟鼎为古物，以资欣赏，无所不可；若以钟鼎刻镂，校订字书，则适得其反耳。至如今人哗传之龟甲文字，器无征信，语多矫诬。皇古占卜，著〔蓍〕龟而外，不见其他。《淮南子》云：牛蹄彘颅，亦骨也，而世弗灼，必问吉凶于龟者，以其历岁久矣。可见古人稽疑，灵龟而外，不事骨卜。今乃兽骨龟厌，纷然杂陈。稽之典籍，何足信赖。要知骨卜一事，古惟夷貊用之，中土无有也。《庄子》言宋元君得大龟七十二钻而无遗策，唐李华有《废卜论》，可见龟卜之法，唐代犹存。开元时孟说作《食疗本草》，宋《苏颂图经》及《日华本草》皆言已卜之龟必有钻孔，名之曰漏天机。虽绝小之龟亦可以钻十孔。钻孔多则谓之败龟板也。夫灼龟之典，载于《周礼》。凿孔以灼，因以观兆；无孔则空气不通，不能施燋，无以观兆。今所得者，累然成贯，而为孔甚少，不可灼卜，或者方士之流，伪作欺人，一如"河图"、"洛书"之傅合《周易》乎。其文字约略与金文相似，盖造之者亦抚摹钟鼎而异其钩画耳。夫钟鼎文字，尚有半数可认，亦如二王之草书笺帖，十有六七可识。余则难以尽知，不妨阙疑存信。彼龟甲文者，果可信耶否耶？"

又先生在正风文学院讲研究国学之门径（卓方记录）曰："又有一事，须为之防，则歧路是也……某君在中国好谈佛经，至日本则专造赝鼎。谓为某代古物，谓为某人真迹，以欺日本人。既又回国骗中国人。譬如龟甲，在《史记·龟策列传》中，记载甚明。龟非常用之物，必卜时始启之，卜后即藏之。如每卜一事，必刻一次。如周代世用此龟，则一次刻后，二次三次以至多次，又刻在何处？甲骨总云出在河南，是否殷墟亦难确定。而龟甲之文与大篆说文不同，试问如何能识？孙诒让努力欲识之，已受其绐。今人识现在之字，尚须查字典，甲骨文有何书可查。前清好谈籀篆，此种风气，自钟鼎开之。宋欧阳修始好钟鼎,作《集古录》。宋人研究钟鼎,以某字似某字,即断为某字。清人视为不妥,遂以此字为象形、此字为会意而解释之。顾必先识此字,然后可以知其为象形、会意、指事。若并不识此字,又安能明其所象者何形,所指者何事,所会者何意也。画一〇为日,而世之圆者何限。画一一代天与地,而可代者无穷。兹以天字为喻,解为至高无上,从一大。必先识而后可解日至高无上,从一大。设不识天字,而指一牛字曰,一元大武,此天字也,可乎否乎?然造字之初,或竟写作牛形,未始不可,则又将如何如何作解矣。故清人以六书解字,殆等于测字者类耳。殷去现在三千余年,《汉书·艺文志》记孔子曰:'吾犹及史之阙文也'。孔子时已有阙文不可识,或尚可问诸故老。凡识字必有师传授,汉人去古未远,古文当尚有人能识。至宋已离汉约千年,邃古文字之音训,已早失传。今乃欲以数千年后之人,而强识数千年前失传之文字,其不邻于武断者几希。识钟鼎字已不免武断,则龟甲文字之认识,其为向壁臆造尤可知,而况乎其多为赝物耶!"

(四)以臆说诬诸子　先生尝语至诚曰:"近人言国学,于经则喜说《周易》,于文字则喜谭龟甲,于子则喜解墨辩,以三者往往其义不可猝识,乃可任以己意,穿凿附会之。其题非人与己皆不可为正,故无所不可,此所谓魍魍易图狗马难效也。"至诚颇喜研讨诸子,而及于墨,倘亦以是为诚也耶。

至先生为廖翁季平铭墓,颇多推挹之言。其视之固不与康南海同类相丑诋,然于其学行,似均有弦外余音。篇首曰:"余始闻南海康有为作《新学伪经考》、《孔子改制考》,议论多宗君,意君必牢持董何义者。后稍得其书,颇不应。民国初,君以事入京师,与余对语者再。言甚平实,未尝及怪迂也。后其徒稍稍传君说,又绝与常论异。"文尾又有曰:"余闻庄生有言:圣人之所以骇世,神人未尝过而问焉。次及贤人君子亦递如是。余学不敢方君子,君之言,殆超神人过之矣。安能以片辞褒述哉?以君学不纯儒,而行依乎儒者,说经文兼古今,世人猥以君与康氏并论,故为辨其妄云。"廖翁晚年说经多近神话,故文中有怪迂之说,神人之目。此其抑扬诎折之间,旨趣略见。

姜君多见通人,于今文龟甲之学,均尝究心,而尤拳拳师门。其立言较至诚所述为圆,庶几所谓光光相网而无碍者欤。以同门之雅,承切嗟之谊,因更为左证,以广其义如此,未知姜君以为何如?

（民国二十五年）

（二）

章炳麟在学问上之造诣，实有不磨之价值。士论目以"国学大师"，盖无愧焉。其言论及见解，深可重视。前录姜亮夫、孙思昉两君来书，为《太炎弟子论述师说》，以飨读者，俾作研究章学之助。兹又得姜君由巴黎来书，于师说续有阐述，意甚殷拳。特再移录如下，公诸当世：

前书仓促，不意有"相网无碍"之誉，愧甚愧甚。孙君举余杭先生自书及亲自鉴定之言以为信鉴，较不佞为翔实。绅绎文义，幸鄙说之无大违离，于本愿已足；不欲更有他说。惟近来读此文者，颇有误不佞为有所折衷。此四语之深浅，本不足为余杭损益；然与前书初衷颇易。欲为误者一解，用再为申说，即杂引孙君所引各文为喻。

一代学人，自有其一贯之学术思想，此吾人所当知者。先生学术之中心思想，在求"救世之急"，《菿汉微言》之所以作也。而其方法在教人不忘其本。不忘本故尊史，《春秋》，史之科条毕具者也，故宗《春秋》。然今文家亦言拯民，亦未尝不言尊史，则史以何者为可征信？公穀多杂阴阳怪迁之说，说人世惟左氏为最平实。而司马、班、陈皆衍其学，为数千年史宗。故凡先生微义，在于尊史，而《左氏传》为之俶始，以其不为怪迁之说也。此十年前读先生书一得之愚，虽证验未具，而自信不诬也。此义既明，用以审量兹四语，则前书所陈，不待申言而明矣。兹再谁谡析之如下：

一、以今文疑群经　今文家一般之现象，在杂揉阴阳五行家奇异之说。《易》《诗》不关史事（此举大者言），《尚书》所事多在字句间。独三传异说最为奇诡，而公穀杂揉为尤甚。以人事推之迂怪，所关盖不仅于礼乐制度之间。故自东京以来，三传之争最烈。"三统""三世"之说，已令人迷惘。而"素王为汉制法"之语，实等俗世。《推背图》《烧饼歌》之流，大为不经。故先生之辟今文，亦以说公穀者为最，（于公羊之说，则主弃董何而存其真。此于侍坐时屡屡言之。）而《尚书》次之，三家《诗》之异，盖已不甚过问（此亦就量言）。是则先生之辟今文者，盖辟其怪迂不近人情之说，非辟全部之今文，如南海之必以一切古文经为刘歆一人所伪也。此即孙君所引先生论汉学一段，已大可作吾说之证。"吴广张角"之言，其微义讵不令人沉痛哉！故"以今文疑群经"之语，不佞所欲申说者，以为不可以辞害义。必欲明以章之，则或可申其义曰："今则以今文怪迂之说疑古史。"重在怪迂，一语之真义，往往当贯其学说之全部。世或将以此词面之言概先生，而耳食不观全书者，将以此致疑矣。

至思眆君按语"南海《新学伪经考》出"云云一段，为另一问题，更望阅者勿以与余杭先生之说相牵合，则幸矣。

二、以赝器校正史　先生既尊史而又有所征信，自不容妄疑信史。本此一贯之主张，则以吉金文订古史，盖已违异，大可商量。（此不仅于尊史如先生者所以为不可，即海宁王静安先生博涉群书，贯穿金石，其所论列，亦甚精谨，但读《观堂集林》者无不能见之也。）先生所甚虑者，恐放者为之，而忘弃旧史捁扯作祟也。然于吉金本身，亦相当承认其价值，一则曰："以器物作读史之辅佐品则可，以器物作订史之主要物则不可。"再则曰："今人欲以古器物订古史，第一须有精到之眼光，能鉴别真伪，不爽毫厘，方足以语此。"又曰："钟鼎伪造者多。"（皆见孙君前文）其言之平实近人，虽强佞亦无可辩。孙君所引之证，较不佞前书所言为尤温婉矣！大抵世人于先生学行，有一种误解，少年有激论，中年有激行（即如孙君所记廷辱袁项城等类），而世又传雅谑之号，因以想象其学为戈矛森列；不意其为温婉平易，不伪不饰之学者也。

三、以甲文黜许书　经古文家多究心小学，故两汉经古文家几无一非小学家。先生于小学，沉雄劲伟，贯穿音义，有三百年来过人之处，然于字形则不甚究心。甲文之要，则专在于形体，其事遂大相左。且甲文形体又与秦篆殊，亦因与汉人所重订之经典文字殊。此事既与尊史之见不相腼〔吻〕合（以其必改史以就甲文故），又与己所持之音义一贯之见相扞格，而征之载籍，又"无足信赖"。故先生辟之，语无游词，则致疑于龟甲兽骨之存在，盖必有之结果。孙君所引两文，皆足以证前书"先生疑虑，晚年仍不得解"之语。惟鄙说有"泛涉甲文，以默契于我心，而出之以谨严"云云，似稍不合。或因不佞于甲文有偏爱，先生知其积习不能解，故因其器而施之教欤？

四、以臆说诬诸子　此事前书既无所陈，兹亦无可辩说。

总之，先生除甲文外，其他三事，皆决无偏执之意。意有急舒，言有畛界，此不佞所为断断争辩者也。

上来所陈，皆本于先生之意以立言，是非自当有归于至当者。不佞于先生之学，欣佩无既，然尚有一言不能不为世人告者：先生治学之歆向与今世学人不相合，此亦不容为讳。近世治学之歆向，在于求"真"，而先生治学之歆向，在于求"用"于救民。苟异词以明之，则求真者在无我而依他起信，求用者在为我而求其益损。求用者在不离故常（离故常则不可用故），而求真者或且毁其根株。此中并无绝对之是非。此意不明，则论先生者必不免于诬妄，而拥护之者，亦未必得其本真。此前书所以综合先生之学，标二旨，曰"救世以刚中之气，教人以实用之学"也。此义既明，则一切毁誉，皆当是是非非，各归予至当矣。

不佞尝谓近有四学人，其学说皆可为过去数千年，及未来时日作枢纽者，则先生为经小学之蠹，井研为经今文之殿，海宁开考古之学，新会启新史之途，不幸十年来先后辞世，使天祸中国，从此而斩，则四先生其将为华夏学术之殿；若黄裔不丧，则四先生盖必为后世之宗师矣。俟归国后，拟合四先生为四君学谱一书。下愚如不佞，不知其能有成否也。信笔布意，不觉其长矣。

（民国二十五年）

（三）

兹更接孙思昉君由天津来两书，有所讨论，并录于次，俾参阅焉：

（书一）承视姜君书，弟之所知已尽前楮。惟愿言之怀，犹有绪余，足以渎听者。昔韩昌黎有言：孔子之道大而能博，门弟子不能遍观而尽识也，故学焉而皆得其性之所近；其后离散分处诸侯之国，又各以其所能授弟子，原远而末益分。盖人人之思维，离主观几无客观，故见仁见智，未易强同。姜君固兼宗井研廖氏、海宁王氏之学者也。余杭先生之说适与两氏相反，姜君立言自不能无所依违。他不具论，至谓近世治学之歇向在于求真，先生治学之歇向在于求用，异乎吾所闻矣。先生与王鹤鸣书（见《文录》二）曰："足下云，儒术在致用，故古文不如今文，朱陆不如颜李。仆以九流著于周秦，凡为学者，非独八儒而已。经师授受，又与儒家异术。商瞿高行铎椒之流，尝事王侯，名不皭皭显著如孟荀鲁连也。《春秋》断狱，《禹贡》治河，三百五篇当谏书，无过以典训缘饰，不即曲学干禄者为之。汉之循吏，吴公张释之朱邑黄霸，少鸷如韩延寿，皆以刀笔长民，百姓戴德。仲舒乃为张汤增益苛碎，尝仕江都，民无能称，侔于千驷，此则经术致用，不如法吏明矣。《周官》九两，曰儒以道得民。郑君曰，儒诸侯保氏，有六艺以教民者。今颜李所治六艺云何？射御犹昔，礼乐即已疏陋。其言书数，非《六书》《九章》也。点画乘除以为尽矣，贩夫贩妇以是钩校计簿，何艺之可说？仆谓学者将以求是，有用与否固不暇计。求六艺者究其一端，足以尽形寿，兼则倍是。汎博以为用，此谓九能之事，不可言学。近且翁同龢、潘祖荫之徒，学不覃思，徒据掫公羊以为奇觚，金石刻画，厚自光宠。然尚不足言致用。康有为善傅会，媚以拨乱之说，又外窃颜李为名高，海内始彬彬向风，其实自欺。诚欲致用，不如橡史识形名者多矣。学者在辨名实，知情伪，虽致用不尚，虽无用不足卑。古之学者学为君也，今之学者学为匠也。为君者南面之术，观世文质而已。为匠者必有规矩绳墨，模形惟肖，审谛如帝，用弥天地，而不求是则绝之。韩非说炳烛尚贤，治则治矣，非其书意。仆谓学者宜以自省。"是先生之学固以求是自揭矣，未闻先生晚年定论有违前说也。

（书二）鄙作《余杭先生伤词》有"勤求经训，务期有用"之语，与先生自述学贵求是，不贵致用之说若有殊，其中尚待释疑。盖夫子自道之言，与因材施教之说异。学以求是为第一义谛，而致用已落第二义谛矣。《伤词》追述遗训，与其复弟函中语相类。其言曰："若言精求经训，非自《说文》、《尔雅》入手不可。足下疲于吏事，恐不能专意为此。但明练经文，略记注义，亦自有用。"足表学人之治学，与俗吏之向学迥不可同日语。然求是与致用云者，特各有所重轻而已。实则言其异，则所谓一致而百虑；言其同，又所谓殊途而同归者矣。先生之言学，侧重求是，而亦不废致用。综观先生致王鹤鸣及至诚书，其意之重轻所在，读者可自得之也。

（民国二十六年）

（四）

复接姜君由巴黎来书讨论如下：

孙君第二次辩论，已见《周报》三期。近以一小小译事，书案纷沓，日不暇给。而孙君申辩已非旧时论点，故不欲再有所论列。顷间再翻《周报》，似觉仍有不能已于言者，再拉杂为阁下陈之。

前书"求真""求用于救民"之言，本为举世之纷纷者发。得孙君一揭，此义益彰，不胜欣快，然果无申释，则不仅不足以解世人之惑，即孙君亦未必能相谅矣。

凡有所成就之学者，必有其道之"全"，然发言盈庭，不能无因时因地而有所摇演谢短。故吾人之论是者，当先得其"全"，得其全，则是非正反真窃之语，厄言曼衍之辞，皆各有其归向，亦各有其相得之谛。自休宁戴君以来，其言足以抗代而确有其"全"者，余杭先生其人也。弟所见余杭先生之"全"，即第一二两书末段所申之辞。而第一二两书又皆为此"全"而分解条析者也，即无一语不为此"全"辩。孙君于弟前书条辩分析之言，既已无说，而独标举此义，于弟立论之基，似尚有未晰。而引用证据，似又是先生为某一部分说法之言（辩见后），有所摇演谢短者。孙君岂仅见其分而未见其全欤？

且即以孙君标举之义而论。（弟言"求用于救民"，孙君裁为"求用",似已非本义,今且不细论。)

　　所谓"求用"与"求真",其实并非对立之两事。弟言求用于救民,然未尝言先生"不求真"。惟先生求真之态度,与今世学人异。今之学者为真以求真,而先生则为用以求真。苟以俗设喻,则先生有一副救民之心,而以此心笼照〔罩〕一切学术,世人则只有向往之学术;而不顾其他,此为推心之论。再以学设喻,举大者言,可以《庄子》内圣外王之说为解。先生盖以求为外王之思而修内圣之道者也。更以儒言为喻,则益觉明白,即《大学》格致修齐之义。今人求学,为格物而格物,致知而致知,前书所谓依他起信者也。先生则意在为修齐而格致,不关修齐以上者不必格致,既格既致,即是求真。故不反对求真,亦且拥护求真。弟亦不言先生不求真。其实举中国数千年来儒者一贯之精神而言(甚至于老庄),便无不是以求用为欣向。凡稍涉哲学之门者,皆能道之。孙君所闻与弟有异,故以此两事为对立,仅为先生争一"真"字。而又于第二书中(《周报》十四卷第三期中第二书也)"务期有用"一语回惶自护为第一义谛第二义谛之言,其实苟即鄙说而裁之,正不必以为有异也。至谓"而言其异则所谓一致而百虑,言其同又所谓殊途而同归"云云,则为文家虚调,而远于辩章学术之义矣。

　　更退一步言,以孙君所引先生与王鹤鸣书而论,此先生以古文家之资格,为经古文作拥护者,诚有"学者将以求是,有用与否不暇计也"之言。(按:"是"与"真"不必相等,兹姑就常识论之。)然此特为经生发,为拥护经古文之经生发,为制敌发,所谓摇演谢短之说也。果必以此而谓不求用专求真,是最真之学莫过于"有规矩绳墨,审谛如帝",而最疏者莫过于"观世质文而已"(三语皆与王书中语),孙君又将何辞以为解?弟手中无先生书,不能自为其说多引左证。即就此次孙君两文中所引之言而论,已足大成吾说。如三十六期引论经史……不应……疑一文,于以碑版补正史列传之缺一事,而曰:"此犹系小节,无关国家大体。"又曰:"研究历史须论大体,岂暇逐琐屑之末务。"此岂纯任一"真"字而可辩章者哉?又曰:"我能知两万万人姓名,事固非易,要亦何用?"则明标用字矣。

此次讨论之点,已非前两书论旨。弟本不欲再答,以夗《周报》篇幅。然此事确又为前两书论点之础础,且亦即两人立言听以异之碛,故不能不一言。近日事乱如麻,而此行来欧,篓中无"线装书",余杭丛书,不仅续编不能得,即正编亦遍觅不得。故不能有所引证,俟归国后当更为文中之,而此次辩论亦请暂止此。

孙君阅及此书,亦又来书论之,仍并录于次:

承视姜君第三书,本可不再置辩,无庸如郑人争年以后息为胜也。然有不能已于言者,余杭先生自明其学为求是而讥致用,已若揭日月矣。姜君反谓其学为致用而非求是,以先生之说为制敌而发,目以摇演谢短。恶,是何言也!先生之学,以经学为主,而说经以古文为主。譬诸制敌,此乃其大本营所在,而非游击队。倘为之拔赵帜,立汉帜,将无以自植站坛;舍此而言其全,更非弟之所敢知也。至以"规矩绳墨,审谛如帝,观世文质"为言,绅绎原书,不难解悟。盖先生以求是为君,犹庄周所谓无用之用(即间接之用),致用为匠,犹庄周所谓有用之用(即直接之用)。前引易一致百虑之说,即恐其混求是致用之分野,乃以其同而求其异。姜君能使之名实违反,二者易位,以先生所谓求是者即所谓致用耶?吾知远于辩章者有攸归矣(即后误引能知两万〈万〉人姓名之说为言,亦因不辨两者分野故耳)。总之,说先生之学,必征诸先生之书,不则如韩非所讥鬼魅易画,远于求是已。俟姜君归国,共取先生之书再相质难可也。

姜君来书,并有"归期约在七月中,入故都当能一访高斋,以倾平日渴慕之情"等语。不佞亦甚愿相晤一谈,借获教益。届时拟介绍两君晤面,以同门之雅,从容扬推切劘也。

(民国二十六年)

左宗棠与梁启超

　　湘阴左宗棠与新会梁启超二人对举，似颇突兀。余以其均为清代举人中之杰出者，早有大志。对于仕宦，则左氏志在为督抚，梁氏志在为国务大臣，后各得遂其愿。此点颇为相似，故并述之。

　　左氏为壬辰（道光十二年）举人，会试三次不第，即弃举业而专治经世之学，知交群推，有名于时。咸丰间军事起，久居湖南巡抚幕府，用兵、筹饷诸务，实主持之。（入幕之始，由于湘抚张亮基之敦约，即甚见倚重。张旋署湖广总督，左偕往。未几调抚山东，始辞归。会骆秉章抚湘，又敦聘入幕，倚任尤专，久于其事，左师爷之名大著。）始保同知衔知县，继保同知直隶州知州。（仍居幕宾地位，不以官自待也。）咸丰四年甲寅，督师曾国藩克复岳州，拟为左氏请奖知府并花翎。左氏答刘蓉书言志，力辞此奖，书云："吾非山人，亦非经纶之手，自前年至今，两次窃预保奏，过其所期。来示谓涤公拟以蓝顶花翎尊武侯，大非相处之道。长沙、浏阳、湘潭，兄颇有劳，受之尚可无怍。至此次克复岳州，则相距三百余里，未尝有一日汗马之劳，又未尝偶参帷幄之议，何以处己，何以服人？

方望溪与友论出处:'天不欲废吾道,自有堂堂正正登进之阶,何必假史局以起。'此言良是。吾欲做官,则同知直隶州亦官矣,必知府而后为官耶? 且鄙人二十年来,所尝留心自信必可称职者,惟知县一官,同知较知县,则贵而无位,高而无民,实非素愿。知府则近民而民不之亲,近官而官不之畏,官职愈大,责任愈重,而报称为难,不可为也。此上惟督抚握一省大权,殊可展布,此又非一蹴所能得者。以蓝顶尊武侯而夺其纶巾,以花翎尊武侯而褫其羽扇;既不当武侯之意,而令此武侯为世讪笑,进退均无所可。涤公质厚,必不解出此,大约必润之从中怂恿,两诸葛又从而媒孽之,遂有此论。润之喜任术,善牢笼,吾向谓其不及我者以此,今竟以此加诸我,尤非所堪。两诸葛懵然为其颠倒,一何可笑! 幸此议中辍,可以不提,否则必乞详为涤公陈之。吾自此不敢即萌退志,俟大局戡定,再议安置此身之策。若真以蓝顶加于纶巾之上者,吾当披发入山,誓不复出矣!"语甚恳切,却又极诙谐。由不肯受无功之倖保,说到不愿为(亦可云不屑为)同知及知府;又因之说到督抚权大之可为,意志可知。至言为知县必可称职,知县为亲民之官,官卑而职要,(直隶州知州除领县外有直辖之疆域,其为亲民之官,与知县及散州知州同。)在可为之列。惟此不过就前保官秩所历之阶,作一回顾,实陪衬之笔耳。(知府四品,公服之帽例用青金石顶珠,所谓暗蓝顶也。于是有

"蓝顶加于纶巾之上"等趣语。左好以诸葛自况,亦每戏以诸葛称人。书中言及曾胡而外,并言两诸葛,所指为谁,俟考。刘蓉在曾幕见重,或即其一欤?后左氏出湘抚幕,骆秉章督师入川,延刘居幕府,言听计从,卒肃清川乱,并擒获石达开。刘亦颇有诸葛之风者,官至陕抚。)其言督抚非一蹴所能得,料此愿之不易偿也。乃后竟由浙江巡抚而闽浙总督、陕甘总督,以大学士入朝为军机大臣后,又出督两江;且锡爵由一等伯晋二等侯,为清代赫赫名臣。素志得偿,而侯相之尊,更过乎所望矣。(有清故事,汉员进士出身者始得入阁。左以举人破格膺揆席,实为异数,故李鸿章谓之破天荒相公。)

梁氏为己丑(光绪十五年)举人,屡应会试未捷。当戊戌(光绪二十四年)政变,以因康党被名捕,遁亡国外。以言论称雄,仍为政治活动。辛亥(宣统三年),上海报纸有诋之者,梁氏致书其主笔自辩,有云:"公等又日日造谣,谓吾运动开党禁,辇致巨金以赂政府,甚且言其曾亲自入京,往某处谒某人,若一一目睹者然。似此记事,则作报者亦何患无新闻哉。吾请开心见诚与公等一言,谓吾不欲开党禁耶,此违心之言也。吾固日夜望之。以私情言,则不亲祖宗邱墓者十余年。堂上有老亲,不得一定省。游子思归,情安能免。以公义言,则吾固日日思有所以自效于祖国也。吾固确自信为现在中国不可少之一人也。虽复时人莫之许,而吾固以此自居而不疑。

而吾以所以自处者，又非能如革命党之从事秘密也，恒必张旗鼓以与天下共见。故吾信吾足迹若能履中国之土，则于中国前途必有一部分裨益。谓吾不欲开党禁，此违心之论也。虽然，屈己以求政府，而谓吾为之乎？凡有求于人者恒畏人，吾之言论固日日与天下共见也。曾是乞怜于其人者，而乃日日骂其人不遗余力乎？手段与目的相反若是，虽至愚不为也。吾尝有一不惭之大言在此，曰：'吾之能归国与否，此自关四万万人之福命，非人力所能强致也。'吾知公等闻吾此言，必嗤之以鼻。然人苦不自知，吾亦无如吾何也。故吾常以为天如不死此四万万人者，终必有令我自效之一日。若此四万万人而应堕永劫者，则吾先化为异域之灰尘，固其宜也。是故近年以来，中国有心人，或为吾挚交，或与吾不相识者，常思汲汲运动开党禁。彼固自认为一种义务，吾无从止之，然窃怜其不知命也。而公等乃日日以欲得一官相消。吾数年来早有一宣言在此矣：'若梁某某者，除却做国务大臣外，终身决不做一官者也。然苟非能实行吾政见，则亦终身决不做国务大臣者也。'夫以逋亡之身，日夕槁饿，而作此壮语，宁不可笑。虽然，举国笑我，我不为动也。虽以此供公等无数诙谑之资料，吾不恤也。数年以后，无论中国亡与不亡，举国行当思我耳。而公等乃以欲得官相猜，何所见之不广若是。鹓鸾翔寥廓，鸱衔腐鼠而视之曰：吓！吾今乃睹子之志矣。"

自明决不运动开党禁而求官,一方面则云做官必做国务大臣,馀非所屑,且国务大臣必须能实行其政见始做之,若做之则必能自效于国家,为国民造福。一己之出处,四万万人之运命实系焉。自待之重,语气之豪,可谓壮哉!未几武昌事起,举国震动,清室授袁世凯内阁总理大臣,组织内阁。以袁之推荐,任梁为法部副大臣(号曰次官,在部中地位类似今之次长)。时党禁已先开矣。梁氏未肯回国就职,固以自忖时会非宜,亦可云副大臣之地位,尚未符其国务大臣之志愿也。迨入民国,乃先后为熊(希龄)内阁之司法总长,及段(祺瑞)内阁之财政总长,在国务员之列。以级秩论,可谓已达到其未归国前之宣言矣。(辛亥四月,清室以预备实行立宪之理由,变更政府官制,裁旧内阁及军机处,设新式之内阁,为责任内阁之雏形。以总理大臣为领袖,佐以协理大臣二人。各部尚书一律改为大臣,与总协理均为国务大臣,即梁氏所言非此不做者也。迨袁氏组阁,复裁协理大臣,国务大臣惟总理大臣及各部大臣矣。民国初年,号为行内阁制时,责任内阁曰国务院,设国务总理及各部总长,均为国务员。犹之清末之国务大臣也。)

惟两次任国务员,皆失意而下台,无甚成绩可称。以事业论,固未副当年之自负。所尝为人注意者,特为熊内阁草大政方针,作言而未行之昙花一现而已。黄远生民国二年九月十一日通信《记新内阁》言及梁氏之加入熊内阁有云:"熊氏之被电推为总理也,力辞甚坚。有虽仲尼复生无可为之语……其以大义相责而促成之者实梁任公。及议院通过后,熊氏复姗姗其来,任公复屡电催之。故熊氏到京后之第一目标,反在任公。其先本以教育部属之,任公坚辞决绝。任公之左右尤代任公坚辞决绝。熊氏乃大不怿,故第一次谈判时,熊实不欢而散。至第二次谈判,熊乃出其最峻厉之词锋与任公交涉矣。谓:'屡次皆公促我来,属我牺牲,而公乃自洁,足见熊希龄三字不抵梁启超名字之尊。'又诘任公,以'公既不出,则张季直、汪伯棠皆牵连不出,熊内阁势将小产,此时进步党将持何等态度? 又如公等均不出,熊内阁纯以官僚组织成之,舆论必不满意,此时进步党又将持何等态度? 故为进步党计,公亦不可不出。'其词恳切,任公无以难之也。至此时已改换任公为司法部矣。"黄与梁素颇接近,如所云,是其时梁氏虽劝熊组阁,而自身之出处,犹持迟回审顾之态度,未尝不虑任此而不克有为,足为盛名之累也。卒以环境关系,竟"试他一试"。一试而失败后,恢复其言论生活,自言愿终身为一学者式之政论家,不复溷入实际之政途矣。未几见猎心喜,又入段内阁为财政总长,再试而再失败焉。盖其人不愧为政论家之权威者,笔挟情感,善于宣传。每发一议,头头是道,其文字魔力,影响甚巨。(晚年关于学术之作,亦多可称。)而政事之才,实极缺乏,故毕生之所成就,终属在彼不在此耳。若左宗棠之如愿而为督抚，所自效于清廷者，武略则平靖内乱，戡定边陲，政谟则尽心民事，为地方多所建设，自另是一种实行家之卓越人才已。（至其晚年以大学士两值枢廷，老矣，且为同列所挤，在朝为时甚暂，相业罕所表见，可不论。）

左氏之中举，几失而竟得之。梁氏则中举后会试，尝一度几中而竟弗售。其事亦可合述。

道光壬辰，左宗植、宗棠兄弟同应湖南乡试。宗植领解，宗棠卷同考官本摈而不荐，循惯例已无取中希望。正考官徐法绩搜遗，得而大赏之，特中第十八名。宗棠对之深有知遇之感。其同治八年己巳为徐撰神道碑叙及此节云："其年秋，公以礼科掌印给事中主湖南乡试，特诏考官搜遗卷。副考官胡以疾卒于试院，公独校五千余卷，得士如额。解首为湘阴左宗植，搜遗所得首卷为左宗棠。榜吏启糊名，监临巡抚使者吴公荣光，避席揖公贺得人，四座惊叹。"又同治九年庚午《书徐熙庵师家书后》云："故事，乡试同考官以各省州县官由科目进者为之，凡试卷经同考阅荐而后考官取中，同考所斥为遗卷，考官不复阅也。是科宣宗特命考官搜阅遗卷，胡编修既以疾先卒，公独披览五千余卷，搜遗得六人，余忝居首，书中所称'十八名'者也。当取中时，公令同考官补荐，不应；徐以新奉谕旨晓之，旋调次场经文卷，传视各同考，乃无异议。礼经文尤为公所欣赏，题为《选士厉兵简练俊杰专任有功》，书中所称'经文甚佳'者也。后并进览。当时闱中自内帘监试官以下，颇疑是卷为温卷也。比启糊名，监临巡抚南海吴公荣光贺得人。在事诸公多有知予姓名者，群疑益解。计同举四十五人中，余齿最少，今亦五十有九……白头弟子，尚得于横戈跃马时得瞻遗翰，不可得谓非幸也。抑余尤有慨焉。选举废而科目兴，士之为此学者，其始亦干禄耳。然未尝无怀奇负异者出其中，科名之能得士欤，亦士之舍科名末由也。惟朝廷有重士之心，主试者不忍负其一日之长，则兴教劝学，其效将有可睹，于世道人心非小补也。"

徐左遇合，良有过于寻常座主门生者，宜左氏惓惓于师门者甚至也。而其最被欣赏之文，题目若与左氏异日事业隐相关合者，殆抱负所在，故言之有物，不同人云亦云欤？"选举废而科目兴"一段，持论亦颇轩爽。人才之出于科举，正以舍是末由耳。考官例得搜遗，惟往往习于省事，仅阅同考官所荐之卷，余置不问。宣宗恐各省同考官屈抑人才，壬辰五月降谕云："三载宾兴，为抡才大典，各直省主试经朕特加简任，宜如何涤虑洗心，认真校阅，务求为国得人。顺天同考官及会试同考官，俱系翰詹科道部属。该员等甲第本高，又经朕亲加校试，尚无荒谬之人充选，所以得人较盛。各直省同考官，则年老举人居多，势不能振作精神，悉心阅卷。即有近科进士，亦不免经手簿书钱谷，文理日就荒芜。各省督抚照例考试帘官，仍恐视为具文。全恃主试搜阅落卷，庶可严去取而拔真才。

士子握椠怀铅，三年大比，一经屈抑，又须三年考试，或竟有终身沦弃者，岂不可惜。该主试俱系科甲出身，试回思未第之先，芸窗诵读，与多士何异。若止就荐卷照常挑选，而于落卷漠不关情，设身处地，于心何忍？嗣后各直省督抚务将帘官认真考校，不得以年老荒谬之员滥行充数。其典试各员，必须将闱中试卷全行校阅，不得仅就荐卷取中，方为不负委任……特申告诫。倘各直省正副考官草率从事，一经朕别有访闻，即将该主试严惩不贷。"左氏所云"特诏考官搜遗卷"、"朝廷有重士之意"，即谓此。亦科举掌故也。闻同考官某已于左卷加"欠通顺"字样之批条，经徐氏力与争持，始换批补荐。又文学家吴敏树，与左同榜获隽，亦搜遗所得六人之一。

梁启超乙未（光绪二十一年）会试，副考官李文田极赏其卷，已议取中矣，卒为正考官徐桐所阨，以致摈弃。李氏于落卷批"还君明珠双泪垂"之句，以志慨惜，传为文字因缘之佳话。胡思敬《国闻备乘》纪其事云："科场会试，四总裁按中额多寡，平均其数。各定取舍，畸零则定为公额。数百年相沿，遂成故事。乙未会试，徐桐为正总裁，启秀、李文田、唐景崇副之。文田讲西北舆地学，刺取自注《西游记》中语发策。举场莫知所自出，惟梁启超条对甚详。文田得启超卷，不知谁何？欲拔之而额已满，乃邀景崇共诣桐，求以公额处之。桐阅经艺，谨守御纂。凡牵引古义者皆摈黜不录，启超二场书经艺发明孔注,多异说。桐恶之,遂靳公额不予。文田不敢争。景崇因自请撤去一卷,以启超补之,议已成矣。五鼓漏尽,桐致书景崇,言顷所见粤东卷,文字甚背绳尺,必非佳士,不可取。且文田袒庇同乡,不避嫌,词甚厉。景崇以书示文田。文田默然,遂取启超卷批其尾云:'还君明珠双泪垂,恨不相逢未嫁时。'启超后创设《时务报》,乃痛诋科举。是科康有为卷亦文田所拔,廷试后不得馆选,渐萌异志。"

据余所闻,李批梁卷,仅"还君明珠双泪垂"七字,未引下句也。梁领得落卷后,见李批而感知己。谒之。李闻其议论,乃大不喜,语人以此人必乱天下。梁主本师康有为(时名祖诒)之学说,宜不相投。又相传徐桐之坚持摈梁,系误以为康氏卷。梁代师被抑,而康竟掇高魁焉(中第五名)。时康名已著,其文字议论为旧派人物所恶,斥以狂妄。(胡谓康"萌异志"者,系指戊戌之事。所撰《壬戌履霜录》诋为谋逆也。)左谓在壬辰湘试同举中齿最少,时年二十一也。梁则十七岁即中举,更为早发,适与左子孝威中举之年龄同。(孝威为同治元年壬戌举人,后亦未成进士。)

(民国三十二年)

谈柯劭忞

（一）

近代北方学者,柯劭忞亦有名人物也。劭忞山东胶县人,幼读甚慧,十六岁为生员。嗣于同治九年庚午,中本省丁卯庚午并科举人,年二十一。（榜年十七,盖少报四岁。）六上公车被摈,至光绪十二年丙戌始成进士,入翰林,散馆授职编修。二十七年辛丑简充湖南学政,还京后历官国子监司业、翰林院撰文、侍讲。三十二年丙午,奉派赴日本考察学务,归任贵州提学使。旋开缺在学部丞参上行走,官至典礼院学士。曾充资政院议员,大学堂经科监督,署总监督。当辛亥（宣统三年）革命起,奉命充山东宣慰使兼督办山东团练大臣。鼎革而后,设清史馆,由赵尔巽主之,延任修史之役。尔巽卒,代理馆长。盖《清史稿》之成,与有力焉。卒于民国二十二年,寿八十有四。此其略历也。治学甚勤,所著书以《新元史》为最伟大,名闻遐迩。

劭忞所以成其学,家庭之关系匪鲜,盖良好之基础赖斯也。潍县陈恒庆,其丙戌同年友,且有戚谊。以工部主事官至给事中,外放知府。回籍后于民国初年撰《归里清谭》（又名

《谏书稀庵笔记》)中述及劬忞事,有云:

> 柯太史凤荪,诗古文渊源家学,别有心传。故兄弟皆成进士,太史文名驰天下。封翁佩韦,虽未得科名,经史之学,具有根柢。太夫人长霞,为掖县李长白之女,诗学三唐,稿中《乱后忆书》一律,京师传诵殆遍。诗云:"插架五千卷,竟教一炬亡。斯民同浩劫,此意敢言伤!业废凭儿懒,窗闲觉日长。吟诗怜弱女,空复说三唐。"太史原籍胶州,因捻匪之乱,避居潍邑。李长白后人亦居潍邑,由李季侯丰绋始迁也。季侯为予癸酉同年,太史为予丙戌同年。甲戌会试后,柯李皆下第,同赴河南禹州投亲。已入豫境,离禹城仅九十里。坐车行至深沟,其地两面悬崖,中为大道,雨后山水陡下,季侯淹毙。同死者车夫三四人,骡马十余头。凤荪踞车盖之上,浪冲车倒行,其后悬崖崩塌,车乃止。乃呼救,崖上人縋而上之,竟得生。此行也,得生者凤荪一人,亦云幸矣!太史自言:"得生固幸;水退后,一面雇人寻尸,一面雇人赴禹州署送信。夜间尸体在野,一人守之,与群犬酣战,殆竭尽生平之力矣!"太史元配于氏,为予表妹;继配为吴挚甫先生之女。过门后,嘱太史带往寺内前室灵前行礼,见太史所作挽言悬于壁间,嗤其语句多疵。则夫人学问,又加太史一等矣。

可谓一门风雅。劭忞蔚为学人,岂无故哉? 闻劭忞幼娴吟咏,七岁时即有"燕子不来春已晚,空庭落尽紫丁香"之句。固征早慧,亦深得力于母教耳。至遇险独存,写来情景可怖,所谓会有天幸也。好谈命运者,殆将援为"大难不死,必有后福"之佐验乎!

盛昱,其庚午同年也,为肃亲王永锡之曾孙,协办大学士、户部、工部尚书敬徵之孙,工部侍郎恒恩之子,家世贵盛,生长华胈。光绪间以丁丑(三年)翰林官至国子监祭酒,文采风流,焜耀一时。家有园亭花木之胜,好客,所交类为知名之士,"坐上客长满,樽中酒不空","谈笑有鸿儒,往来无白丁",雅有昔贤风概。京朝胜流,盖无人不道盛伯羲焉。劭忞与为雅故,每参高会,其诗文亦颇获其切劘之益也。盛昱引疾罢官后,卒于光绪二十五年己亥。劭忞于三十一年乙巳序其《郁华阁遗集》云:

> 宗室伯羲先生既卒,门人搜其古今体诗,得百二十八首,附以词十三阕,都为四卷。先生度金石书籍之室曰郁华阁,故名之曰《郁华阁遗集》。先生博闻强识,其考订经史及中外地舆之学,皆精核过人。尤以练习本朝故事,为当世所推重。吾友临清徐坊尝谓劭忞曰:"吾辈聆伯羲谈掌故,大至朝章国宪,小至一名一物之细,皆能详其沿袭改变之本末,而因以推见前后治乱之迹。若撮其所

言,录为一书,恐二百年来无此著述矣。"劭忞窃叹为知言。

昔桐城姚郎中分学问之途有三,曰词章、考据、义理。以劭忞之愚论之,特晚近承学之士派别如此耳,谓学问之途苞于三术,斯不可也。古之儒者,博综乎先王之制作,而深明乎当时之损益,其学如山渊之富,故无所不知;其言如蓍龟之决,故无所不验。如鲁之臧文仲,晋之叔向,郑之子产,所谓闳览博物之君子是也。岂若斗筲之夫,断断然守一先生之说,殚精竭力以自画于空疏无用之途哉?先生之学,未知视古之儒者为何如,然近世闳博之君子,未有能及先生者也。先生自通籍至国子祭酒,居官十有四年,忠规说论,中外叹仰。然不能尽行其志,谢病家居,又十年乃卒。卒之明年而京师之乱作。使先生尚在,则当时耆艾重臣,敬信先生而听其言,必不至崇妖乱而召戎寇,以贻宗社阽危之患也。"人之云亡,邦国殄瘁"。呜呼恸已!

劭忞与先生交最久。先生有诗,劭忞必索而观之。先生诗不自收拾,多散佚。故劭忞所见有出于集外者,然无从检觅矣。先生之卒也,劭忞既为文哭之。今读其遗诗,又为之序,以识吾悲,且以见先生之学,其善诗为余事焉。盛推其掌故之学,盖盛昱其以此见重侪辈也。此序文字颇工,为劬忞之佳构，而见者不多。故就《郁华阁遗集》所载录之。（劬忞《蓼园文集》，藏于家，未知最近有刻本否。）至谓使盛昱尚在，必无庚子之祸，则未免言之过易。倚义和拳以"扶清灭洋"，孝钦后主持于上，顽固之王大臣逢迎而赞襄之，不惜骈戮异议诸臣以立威，而谓区区一无权之盛昱足挽狂澜乎？

盛昱与劬忞先后为国子监堂官。劬忞甲辰（光绪三十年）官国子监司业，去盛昱庚寅（光绪十六年）之罢祭酒，十余年矣。

宜宾陈代卿，咸丰十一年辛酉举人，久官山东州县。劬忞为其胶州任所得士，尝于劬忞官国子司业时，作北京之游，即寓劬忞所。其《节慎斋文存》卷下，有《北游小记》一篇，云：

> 光绪甲辰六月初二，余由津门乘火车入都……居停主人为柯凤荪少司成，余权胶州时所得士也。时方十四龄，文采斐然，知为远到器，由词馆而洊升京堂。四十余年，见余犹执弟子礼不倦，其血性有过人者。凤荪朴学，不随风气为转移；著有《新元史》，尝得欧洲秘藏历史，为中土所无。余在京见其初稿，以为奇书必传，未知何时告成，俾余全睹为快也。

盖《新元史》之作，为劬忞毕生惟一之大事业。据云积三十年之精力，始克告成。迨此书完全藏事，享中外大名，代卿不及见之矣。

劬忞于丙戌同年翰林中，凤善徐世昌，晚年尤相亲。世昌为总统时，设诗社于总统府，号曰晚晴，劬忞为社友中最承礼

遇者。(世昌所为诗,每就正于劭忞。)劭忞诗集曰《蓼园诗钞》,卷五有《徐总统画江湖垂钓册子》一首云:

箬笠蓑衣一钓竿,白苹洲渚写荒寒。

不知渔父住何处,七十二沽烟水宽。

清适可诵。同卷稍后有《挽奉新张忠武公》云:

白首论兵气益振,功名何必画麒麟?

不怜扩廓奇男子,百战终全牖下身!

连云甲第化烟埃,想见将军血战回。

呜咽菖蒲河里水,十年流尽劫余灰。

为挽张勋之作。玩"百战终全牖下身"之句,盖深嗟其死于牖下,未战死于丁巳(民国六年)复辟之役耳。劭忞工于诗,弗能多录,录斯二者(一淡一浓),略见一斑。

世昌在总统任,下令对《新元史》加以称扬,列为正史,所以示注重文化之意,兼为同年老友助一臂之力也。世昌以总统获法国文学博士学位,劭忞亦缘《新元史》见重东瀛,得日本文学博士。丙戌翰林同时遂有两外国博士,时论荣之。惟世昌系因政治关系,其事有间。(后来日本设东方文化事业总委员会,聘劭忞充委员长,亦征重视。以中国人得日本博士者甚少,耆宿中仅劭忞一人也。)

傅芸子君讲学日本京都帝国大学。余以东京帝国大学博士论文审查会当时对《新元史》所作审查报告,推论得失颇

详,因函请以关于此事闻诸日友者相告,近承函示:

(一)闻诸仓石武四郎教授:当日审查《新元史》,此邦史学名宿箭内亘博士(东京帝大教授)甚为致力。博士为仓石君高等学校之师,仓石君一日往谒,适值博士为审查《新元史》之工作,皇皇巨著,堆积室中。博士云:"以此书言之,其价值可在博士之上,亦可在博士之下。即此一编,颇难断定。又,原书之异于旧《元史》者,未比较言之,须为之一一查对,以作成报告,做工作颇觉麻烦云。"

(二)据闻东京帝大方面,最初尚无授予凤老博士学位之意;此事系由当日驻华公使小幡酉吉之提议而成。

(三)青木正儿博士云:凤老既得博士后,对于日本之有博士学位者,无不重视。当日有某博士尝往谒,凤老欢迎甚至,礼貌有加,实则此君固虚拥此头衔者也。

虽仅鳞爪,亦颇有致。

劻忞之老友张曼石(景延),于劻忞之卒,挽以长联云:

通家三代,公适长我十龄,忆从束发受书,兄事略同师事,窃曾见丹铅瘁力,簪绂趋庭,入跻承明著作之班,出以庠序培材为务,声誉腾乎瀛海,功名付诸儿孙,国变后,但闭门吟啸自娱,要勿负平生志耳,青史重完人,想奕世直笔褒题,任置忠义儒林文苑遗逸中,纤悉都无愧色;

远客半年,悔不早归数日,一自下车闻耗,惊心弥复伤心，最难忘饮饯内堂，纵谈陈迹，遍及弱岁钓游所至，屡叹故交存在几希，情词倍极缠绵，体态未尝衰茶，濒行时，尚扶杖殷勤相送，谁知即永诀期耶，白头怀旧侣，当此际灵帏展拜，独于乡邻耆老学子孤寒外，凄凉别有余悲。

语甚沉挚，以累代通家，交非恒泛也。此联由安君筠庄钞示，并知曼石先生现居旧都。因思造诣一谈，叩以柯氏轶事。先致一书道意。得复书云："闻声相思久矣。老病颓侵，无能修谒。顷承惠笔，知将枉驾蓬门，欢慰之至。惟日来痰嗽气弱，殊难久谈。容俟少瘥，再为函约可乎？"曼翁高年违豫，暂不便相恳，致妨颐养；他日晤谈后，当更有述。

（民国二十六年）

（二）

关于柯凤荪（劭忞），前略有所述。近与其老友章丘张曼石先生（景延，曾为汉军旗籍，复籍章丘。）晤谈，于其轶事更有所知，爰续为叙述，以作前稿之补充。

柯氏之大父易堂，曾与曼石之大父荣堂同官于闽。罢官后，曼石之父梦兰受业其门。其后梦兰又延柯父佩韦课子，为曼石之师。柯氏自少年即与曼石相善，曼石挽联谓"通家三代"，以此。梦兰官于豫，历知安阳、遂平、鹿邑诸县。柯氏每随侍其父于县署，力学攻苦，异常勤奋，见者咸加叹异。

当柯氏在籍进学后省父于安阳县署也,其父挈之谒居停暨各幕友。翌日,柯氏如厕,值厕所有修葺之处。账房幕友某往视,柯见之,不忆昨已见过,且施礼矣,复向之作揖致敬。某方与工人语,未之措意。柯乃大恚。其父睹其愤愤之态,异而询其故。具以状对,于被人看不起之辱,言之有余怒焉。父笑曰:"本来是尔多事。昨日尔已对彼作过揖矣。今日何必又作。尔不过一后生小子,被人看不起,亦甚寻常;使尔能中举中进士者,何人敢看尔不起乎!"柯聆训大为感动,誓努力前程,以雪此耻。故孜孜矻矻,几有废寝忘餐之势。有志者事竟成,卒掇巍科,入词林,为读书人吐气。其父欣然谓之曰:"尔当深谢某氏;非由彼之一激,尔未必能成名也!"

以用功太过之故,柯氏少年多病。在鹿邑县署时,尝身兼咯血、梦遗、关格、怔忡四大症,甚为憔悴,识者多忧其不寿。而晚年身体康强,享八十余之高龄,为当日所料不到者。柯氏兼通医理,亦即由少年多病而留意岐黄之故。又闻其父一日晨起,入其室,见烟气弥漫。盖时当冬令,柯氏坐近炉火,衣袖误被燃着。而柯方执卷讽诵,神与古会,毫不知觉也。其父于其勤学,甚嘉之,而亦未尝不以书呆戒之云。(柯氏书淫之癖,据闻实颇有父风。其父固亦酷嗜书卷,而因之若有几分呆气者。)

前稿述柯氏与李季侯(丰纶)由京至豫,途中遇险,李氏淹毙一节,引陈恒庆《归里清谭》所载。兹闻曼翁所谈,于情事尤详。李氏字吉侯,为柯之母舅。其外舅宫子猷时官河南禹州(今禹县)知州,李氏娇客管账房事务。入京会试,与柯同下第,作伴回豫。柯侯送李到禹县后,再自回遂平。当行至新郑打尖,旅店主人谓曰:"天色骤变,特有大雨。前途有深沟,遇雨恐遭大险。今日宜宿此,明日看天色再行为妥。"李不听,而又不急行。以有芙蓉之癖,过瘾既毕,始从容就道。行至两面皆山之深沟,大雨倾盆而至。山水齐下,遂罹祸难。李柯同乘一车,当此危急之际,柯闻李惊呼曰:"有性命之忧矣!"(指此数字即当时李出诸口者,盖平日作惯文字,临危犹于无意中掉文也。)迨柯顾视,即失李所在,盖已作波臣矣。时车已入水,水且挟车而行。柯升踞车盖之上,得免冲入水中。幸雨止,附近村庄有土人李长年者,十余龄之少年也。闻呼救之声而至,率人从崖上缒救,柯乃获庆更生。其车夫人等均得救,骡马亦均尚未毙,独李吉侯无踪。禹州署得讯后,所遣之人翌日始得其尸于数里外之某处。此次祸难,死者仅李吉侯一人。使李从旅店主人之言,可不死;立时速行,亦可不死。其卒与祸会,以陨其生,知其事者或谓盖属前定焉。又,当李氏由旅店登程,车甫行数步。李忽作应答之声,柯讶而问之。李曰:"适闻有人呼我也。"其实当时并无人相呼。事后柯氏与人谈及,亦以为异。此皆曼石亲闻诸柯氏者。(李长年为柯之救命恩人,知柯为名孝廉,甚为钦敬,因拜为义父,此亦患难中一段佳话。)

柯氏既脱险,归至遂平。叩见其父后,见案头有某书一部,亟取而阅览,于遭险之事,一语不遑提及也。其父检点其行装等,睹水渍之痕,询之。而柯氏方聚精会神以阅书,其味醰醰然,未暇即对。其父旋于其携回之书箱中,见有《萝月山房诗集》一册,李吉侯所作也。因问及李氏,柯对曰:"死矣。"而仍手不释卷,神不他属。父怒,夺其书而掷诸地。呵之曰:"尔舅身故,是何等事,乃竟不一言。书呆子之呆,一至于此耶!"复询其详,始备言途中遇祸之经过焉。柯氏沈酣典籍,近于入魔。其事固多可笑,而后来之克为有名学者,未尝不得力于此种书淫之精神耳。"用志不纷,乃凝于神",其是之谓欤?

此次险事而外,柯氏又尝遇一险。在鹿邑时,侍父并偕曼石兄弟三人(均柯父门人)由县署往张老庄看牡丹,分乘骡车三辆。(柯父与曼石一辆,柯氏与曼石之弟一辆,曼石之兄暨仆人一辆。)路经涡河寨(其地为鹿邑名胜之一,所谓"涡水风帆"也),出寨门即下坡而过桥,地势陡峻。柯氏所乘车,以车夫指挥失宜,车忽由坡斜下,不当桥而当河,河水颇深,下必无幸。以地势关系,骡行迅疾,车夫不能止之,其危险可想。当斯之时,突见一人,奔至骡前,以手控衔,骡立止。柯与曼石之弟遂得无恙。(此人为一挑粪者,不受谢,匆匆即去。)涡河寨之险与新郑道上之险,情事虽有小大之不同,而性命亦在呼吸之间矣。

曼石之父梦兰交卸鹿邑篆务赴省垣，眷属侨寓商丘。柯父以年老辞馆休养，梦兰即欲以柯氏为曼石兄弟之师。柯父以累世通家之谊，辈行早定，不可忽改，遂使柯氏仍以平交之称谓，与曼石兄弟共治课业，切磋而兼指导，并为批改文字，此曼石挽联所以云"兄事略同师事"也。

时柯氏兼治算学，系由《知不足斋丛书》中检出旧算学书数种，加以研习，亦时与曼石等讲论，并仿制古算学仪器，盖致力甚勤也。初尝以不解天元（即今之代数）之术，恒示闷闷，而钻研弗懈。一日晨起，语曼石曰："吾将通天元矣，昨晚梦梅定九相访也。"午餐之际，忽喜跃而起，高声曰："我懂得了！"因即为曼石等言天元之术，如何如何，口讲指画，兴高采烈。其事颇类所谓"思之思之，鬼神通之"者，斯亦足见其治学娓挚之一斑矣。

柯氏晚年在旧都与曼石时相过从，每自叹衰老，而精神固尚矍铄，步履亦尚清健也。民国二十二年春间相晤，柯氏与纵谈旧事，感慨系之，并劝其将平生所为诗，整理编次，付诸剞劂，而以作序自任。曼石欣然诺之。会因事赴豫，即携稿以行，在豫编次就绪。比归旧都，惊闻柯氏卒三日矣。人琴之痛，不同泛泛。故挽联有"远客半年，悔不早归数日。一自下车闻耗，惊心弥复伤心"等语也。是年夏，柯氏以胃部旧病复发，入德国医院调养粗痊。归寓后，以幼子昌汾赴曲阜孔氏就姻，携新妇归来，在报子街聚贤堂开贺宴宾，柯以病后精神犹不佳，未亲往，令子辈招待而已。宴后，其友多人复至其太仆寺街寓所当面道喜，柯氏不得不亲与周旋。竟缘过劳复病，再入医院，诊治无效，遂以不起云。

其大父易堂之轶事，亦有可述，兹附志之。易堂道咸间宦于闽，以才调自喜，疏狂傲物。夏间出门，赤足乘轿。行至街衢，加两足于扶手板上。值某官之轿，迎面而来。某官素短视，见其足之高拱，以为向己拱手为礼也，亟拱手答礼。此事传为笑柄，某官深憾之。未几，易堂在噶吗兰同知任被参夺职，据闻即与此事有关。其被参之考语，有"诗酒风流"字样。同折被参者中，有一人之考语曰"烟霞痼疾"云云，以系瘾君子也。二人之考语，并传于时。易堂罢官后，在闽课徒自给，落莫以终。弥留之日，赋诗告诀云：

> 魂将离处著精神，生死关头认得真。
>
> 此去定知无后悔，再来应不昧前因。
>
> 可怜到底为穷鬼，却喜从今见故人。
>
> 闻道昭明犹孽报，愿临阿鼻与相亲！

襟怀若揭，情致卓然，才人吐属，如见其人矣。梦兰有《哭业师柯易堂夫子八律》，亦情文交至之作。警句如"挂冠归去惜余年，诗酒生涯即散仙。傲骨更谁怜白发，豪情直欲问青天"。"老去江湖犹作客,年来心事半书空。满天风雨人何在?千里家山梦未通"。(夫子罢官后,柯欲还乡,不果。)均挚切动人。

清诗人前乎易堂而亦以诗酒字样见列弹章者,有黄莘田(任)。陈其元《庸闲斋笔记》卷五云:"永福黄莘田(任),官广东四会县知县,放情诗酒。大吏以'饮酒赋诗,不理民事'劾之。莘田闻之忻然,解组日即将'饮酒赋诗不理民事奉旨革职'十二字自旌其舟而归。"可与易堂事合看,特易堂未遂还乡之愿耳。

(民国二十六年)

谈陈三立

散原老人义宁陈伯严（三立），雅望清标，耆年宿学，萧然物外，不染尘氛。溯其生平，盖以贵公子而为真名士。虽尝登甲榜，官京曹，而早非仕宦中人，诗文所诣均精，亦足俯视群流。兹就所知，试谈其略。

光绪八年壬午，陈宝琛典试江西，散原为所得士，深邀鉴赏。师弟之谊颇笃，晚年情感尤挚。八十生日，宝琛赠诗云："平生相许后凋松，投老匡山第几峰？见早至今思曲突，梦清特地省闻钟。真源忠孝吾犹敬，余事诗文世所宗。五十年来彭蠡月，可能重照两龙钟？"想见白头师弟之风义。诗之首句，本事即在壬午闱中。洪钧（同治戊辰状元，宝琛同年友也）时以江西学政充乡试监临，与宝琛论取士之法，谓宜取才华英发之士，以符"春风桃李"之旨。宝琛则谓宜以"岁寒松柏"为尚，遂以"岁寒然后知松柏之后凋"命题。入彀者多知名士，散原与焉。"平生相许后凋松"，五十年往事重提也。（此诗初稿，本以"相期无负后凋松"之句，切壬午之遇合，曾为陈苍虬诵之。后经改定写赠。）

民国二十三年，散原北上，省其师。师年八十七，弟年八十二。皤然二老,聚首旧都,共话畴曩,盖欢然亦复黯然云。翌年,宝琛卒。散原挽以诗云:"一掷耆贤与世违,猥成后死更何依!倾谈侍坐空留梦,启圣回天俟见几。终出精魂亲斗极,早彰风节动宫闱。平生余事仍难及,冠古诗篇欲表微。"语极工炼沉着,于宝琛生平暨本人关系,均道得出,可与宝琛赠诗合看。并挽以联云:"沆瀣之契,依慕之私,幸及残年偿小聚;运会所遭,辅导所系,务摅素抱见孤忠。"亦甚挚切。

壬午乡举后,旋于丙戌会试中式。是年未应殿试,己丑成进士,以主事分吏部行走。时有吏部书吏某冠服来贺,散原误以为缙绅一流,以宾礼接见;书吏亦昂然自居于敌体。继知其为部胥,乃大怒,厉声挥之出。书吏惭沮而去,犹以"不得庶常,何必怪我!"为言,盖强颜自饰之词。散原岂以未入翰林而迁怒乎?部吏弄权,势成积重,吏部尤甚。兹竟贸然与本部司员抗礼,实大悖体制。散原折其僭妄,弗予假借,亦颇见风骨。散原非无经世之志,而在部觉浮沉郎署,难有展布。未几遂翛然引去,侍亲任所。其父右铭翁(宝箴)在湖南巡抚任,励精图治,举行新政。丁酉、戊戌间,湘省政绩灿然,冠于各省。散原之趋庭赞画,固与有力。

当是时,散原共谭壮飞(嗣同,湖北巡抚继洵子)、陶拙存(葆廉,陕甘总督模子)、吴彦复(保初,故广东水师提督长庆子)以四公子见称于世,皆学识为一时之隽者,而陈谭二公子之名尤著。（丁叔疋惠康，故福建巡抚日昌子，时亦有名。四公子之称，或以丁易陶，原非固定也。）

戊戌政变，德宗被囚，孝钦临朝。京内外诸臣视谓新党者，获咎有差。右铭翁革职永不叙用，散原亦坐"招引奸邪"一并革职。所谓奸邪，指梁启超辈也。散原《崝庐记》有云："初，吾父为湖南巡抚，痛癏败无以为国，方深观三代教育理人之原，颇采泰西富强所已效相表里者，放行其法。会天子慨然更化，力〈行〉新政。吾父图之益自喜，竟用此得罪。"言之有余喟已。方德宗之锐意维新，颇为流俗所诧。及政变，轻薄者为联以嘲陈徐两家。以"徐徐云尔"对"陈陈相因"，"礼部侍郎，兵部侍郎"对"徐氏父子，陈氏父子"。时先二伯父子静公亦父子获咎也。（先二伯父在礼部侍郎任革职下狱，先从兄研甫在湖南学政任革职永不叙用。所谓兵部侍郎，指巡抚例加兵部侍郎衔。）

自是虽忧国之念未泯，而不再与闻政事，惟以文章行谊，为世推重。光绪三十年，诏戊戌以党案获咎者，除康梁外，悉予开复原衔。疆吏有欲荐请起用者，坚谢之。尝一度为南浔铁路总理，特以乡望见推，未几即辞去。入民国后，卓然介立，声誉益隆。海内想望丰采，有矜式群伦之概焉。

其为诗，工力甚深，神清致远，名满天下，后学所宗。陈衍《石遗室诗话》卷一有云：

伯严论诗，最恶俗恶熟。尝评某也纱帽气，某也馆阁气。余谓亦不尽然。即如张广雅（之洞）诗，人多讥其念念不忘在督部。（时督武昌），其实则何过哉？此正广雅长处。如……数诗，皆可谓绵邈尺素，滂沛寸心，广雅堂集中之最工者。然东来温峤，西上陶桓，牛渚江波，武昌官柳。文武也，旌旄也，鼓角也，汀州冠盖也。以及岘首之碑，新亭之泪，江乡之梦，青琐湛辈之同浮沉，秋色寒烟之穷塞主，事事皆节镇故事，亦复是广雅口气，所谓诗中有人在也。伯严不甚喜广雅诗，故语以持平之论；伯严亦以为然。衍为张之洞幕客，有知遇之感；其以"诗中有人在"为之洞"纱帽气"辩解，论颇通达。之洞高位饶宦情，人与散原大异其趣，诗亦不妨与散原大异其趣也。而散原格律之严，亦于斯可略睹矣。

吾兄彬彬尝谓："散原老人之诗，标格清俊。新派、海派固不通唱和，即在京式诸吟侣中，亦似落落寡合，每见离群孤往。昔年北政府盛时，闽赣派诗团优游于江亭后海，或沽上之中原酒楼，往来频数，酬唱无虚；陈则驻景南天，茕茕匡庐钟阜间，冥索狂探，自饶真赏。及戊辰首会迁移，故都荒落。诗人泰半南去，此叟忽而北来，省其师陈弢庵，得'残年小聚'之欢。壬子间杨昀谷赠诗：'四海无家对影孤，馀生犹幸有江湖。'足为诗人写照。曩者春明胜流云集，则苏赣间有江湖；今日南中裙屐雨稠，则旧王城为江湖。颇闻北徙之故，乃不胜要津风雅之追求。有介挈登堂者,有排闼径人者,江干车马,蓬户喧阗,悉奉斗山,愿闻玄秘。解围乏术,乃思依琼岛作桃源。此中委曲,殆非世俗所能喻。而其支离突兀,掉臂游行,迥异常人,尤可钦焉。综览散原精舍诗,所最推许者,当属通州范当世肯堂集中,投赠独繁而挚。一作云:'公知吾意亦何有,道在人群更不喧。'又曰:'万古酒杯犹照世,两人鬓影自摇天。'此'使君与操'之胜概也。于范作《甲午天津中秋玩月》,叹为'苏黄而下无此奇'。报以'得有斯人力复古,公然高咏气横秋',恰与范之兀傲健举相称。彼皆'为诗而诗,人格与诗格,大致不远,自足睥睨一世矣'。"所论可质识者。

其文亦清醇雅健,格严气遒,颇守桐城派之戒律;而能自抒所得,弗为桐城派所囿,蔚成散原之文。所为《龙壁山房文集叙》有云:

> 窃以文章之不敝,亦不敝于其心之所至而已。涵诸古而不诬,征诸己而不馁。其一时兴废盛衰之间,类曹好曹恶,异同攻尚之习,竟以为胜,非君子之所汲汲也。桐城家之言兴,相奖以束于一途,固以严天下之辨矣。而墨守之过,狃于意局,或无以餍高材者之心。然而其所自建立,究其指要准古先之言,皆足达其心之淑懿。条贯于事物,倡一世于物则乐易之途,以互殚其能。而不为奇邪诡辨,淫志而破道,阶于浮夸之尤。传曰:言有宗,出辞气斯

远鄙倍,盖庶几有取焉。

盖自道为文之宗旨如是,其才思功候更足相副,宜一篇既出,率为并时文家所称服也。新城王晋卿(树枏,今春卒于北平,寿八十六),与散原年辈相若(丙戌同年),所为文亦有盛名,或以南陈北王并称。王氏著作颇多,特以文家境诣论,似犹略逊于散原耳。

散原性极诚笃,善奖掖后进,而于漫欲借以标榜或大言过实者,亦能立辨。闻居南京时,一日有民元曾开府边圉之某氏来,哆言其记诵之博。散原问平日治何书最勤最熟。某氏答曰:"致力甚勤者,殆不胜枚举;即如四史,人多苦其卷帙浩繁,而我能背诵不遗一字也。"散原曰:"是诚不易。适为一文,欲引用天官书,苦不甚忆。君既精熟如此,请为我诵之,省翻检之劳多矣。"某氏瞠目赧颜而退。此事颇趣,亦大言过实之良规也。

属稿甫竟,接孙思昉君来书,中有述及闻诸佛学家欧阳竟无(渐)关于散原者一节,谓:"闻欧阳大师谈:陈散原先生,性渊默,寡言笑。高年而步履甚健,登山临水,终日不疲。民国二十年,曾游匡庐龙潭,散原赏其幽邃。大师请选石为书"散潭"刻之,以易今名。散原谢未遑也。大师有诗纪游曰:'予六十年不识匡庐,散原已北,改辕而南。相逢而笑,遂游黄龙。悲鸿、次彭、登恪诸君俱在,盛事一时,诗纪之。'' 剩有婆娑一散原,天工鬼使凑征辕。黄龙见后解真见,摩诘言穷是至言。如我啬夫论喋喋,感公长者意浑浑。黄花翠竹都饶笑,秀北能南两勿谖。'读诗想见二老风流云。"

（民国二十五年）

谈廖树蘅

（一）

宁乡廖荪畡（树蘅）起诸生，为湘中宿儒。学行为一时胜流所引重，工诗文。事功则见诸常宁水口山矿务，绩效大彰，世所艳称。卒于癸亥（民国十二年），寿八十有四。其次子基棫撰行状，所叙有云：

> 岁乙未，义宁陈公宝箴抚湘，明年大兴矿政。先是，陈公备兵辰沅，延府君课其次子三畏。其长子三立与府君尤善，故陈公父子知府君深，遂委办常宁水口山矿务。矿场在万山中，地狭隘，商人开采久，千疮百孔，积潦甚深，交夏至即当停采。府君彷徨筹度，得开明筒一法，将朽壤揭去，开一大口。上哆下敛，使积潦归于一泓。使田家龙骨车庳之，水易尽，然后隧地深入。规划既定，削牍上陈，已报允。讵兴工两月，主省局者悉反前议，谓古今中外无此办法。函牍交驰，百端诮让，府君不为动……至十月乃获大矿，明筒成效卓著，泰东西人来视矿者，咸……极言土法之善。水口山之名，已喧腾中外矣。戊戌，府君部选宜章训导，巡抚俞公廉三以水口山不能易人，遂

调署清泉，兼顾矿场……会朝廷召试经济特科，俞公及柯督学劼忞各疏举府君名以应，府君以年老辞未赴。岁癸卯，俞公移晋抚，继之者赵公尔巽。初履任，即调府君主省局，水口山委先兄基植接办。先兄悉遵府君成画，前后十六年，都费银一百一十九万两，而加设西法厂实占十之四五焉，获利在六百万两外。府君既入省局，将积弊彻底廓清。常谓治矿如经商，当保官本，图渐进，毋务恢张。在事八年，官商大和，利无旁溢。巡抚岑公春蓂以府君有功湘矿，特奏保举……再疏请，以分部主事得赏三品衔二等商勋。府君办矿虽久，然未经手一钱。当开工时，作文誓山神，有"洗手奉公，勉存朝气。有渝此盟，明神殛之"等语；而言者不察，谓有私财数十万，府君亦勿与辨也……改革后，幅巾还山，不一与闻世事。

其绩业可于此得其大凡。

廖氏外孙梅伯纪君既寄示所钞行状等，并录王闿运所为寿廖七十序见畀，坊本《湘绮楼文集》未及收者也。文云：

> 近世论士必曰热心，而刘岘庄尚书独自号冷隐，若冰炭之不相合也。非热不足以济人，非冷不足以应世。士君子怀才抱道，要必有发见之时，乃后不为虚声。不然者，岩穴枯槁而自以为冷，声华喧赫而自以为热，其可嗤也均矣。当东南鼎沸之时，天下波〔披〕靡，而独有湘乡

曾侯倡为求人才分国忧之言，于是左胡和之。虽走卒下吏，一艺之长，得以自达。阎运弱冠亦与其议论，湖外人才搜访遍矣。宁乡近邑，廖氏名族，有苏畡先生者，与刘克庵兄弟游，称名诸生，竟寂然不相闻。其后湘军愈昌，诸将分旄，而周提督得称大将，专阃固原，乃始礼接之。邀游列营，历览关原，赋诗而还。陈巡抚故宦湘中，颇与唱酬，名声乃稍稍闻于省城。未几而海外耀兵，疆臣失职，征调惶扰。陈君自鄂臬调藩畿辅，江湖波荡，而先生拿扁舟，越重湖，游虎邱而还。其于世盖翛然矣，可谓冷矣。

俄而陈君抚湘，康梁得志，亟用热心之言，举国若狂。湘人被知用者皆旋踵放弃，独常宁矿利大效，海外腾书以为巨厂；部尚书移文湘抚称廖氏私产，即先生为陈抚所开辟也。方其受事时，与巡抚约，一不得掣肘，荐一人，授一策，即请退矣。故其举事皆自经画，以成此伟绩。无尺寸之柄，而御数千万人。外排众议，内检蟊漏，为湖南所恃以立国，陈抚所赖以雪谤。身杂丁役之间，躬奋锸之事，食不兼味，居不重幕，亦哑然自笑，不自知其何所求也。人之目之者，皆以拥厚资，握全权，一语不合，则以求去要必胜。省局尝欲驾驭之，排挤之，而卒不能。徐视其容色，听其言论，若不知有开矿之利，而遑恤人言乎。

阎运长先生八岁，相见时年逾六十矣。未暇问其设施,但观其诗文春容高华,无寒俭之音,不与冷官相称。未几果以学官改部司,主省局,天下言矿政者交推之,而亦垂垂老矣。今年正满七十,同事诸君皆欲称觞致词,而以余知先生最深,属为文张之。予以为先生性冷而心热,蓄道德能文章而不见用。偶见之于纤小之事,已冠当时,名海内,使其柄大政,课功效,必能扩充之无疑也。士无所挟持,诚虚生耳,虽膺高爵享厚禄何益?先生家固小康,以勤俭治之。男妇各有所职,六丈夫子,俱有才能。怡怡雍雍,门庭儒雅,尤余所叹美。尝戏语之云:"君毋自夸能教,此福非他人所及也,生平得接贤人君子众矣。先生得天独厚,而不自表襮,特假矿以发之。今七十既老,当古人致政之年,宜及斯时谢事闲居,饮酒赋诗,传子课孙,以福泽长曾元,而何汲汲远游,避客遁世之为?"先生笑曰:"吾前者西征东游,子未闻一言。今独欲吾具衣冠,延贺客,仆仆巫拜,以为子酒肉计,子言谬也。姑待吾归而论之。"然闿运窃自喜相见晚,而相知深。吾文果足用也,遂书以为寿。

文饶趣味,亦颇足征。廖尝居其同里提督周达武幕府,序所谓周提督也。(达武《武军纪略》一书,自述蜀黔战事,文字颇工,即廖氏代撰。)土氏为不赞成戊戌新政者,故于陈宝箴有不满之词。廖氏《珠泉草庐文录》,弁以王氏所为序,同为坊本王集所无,并录于下:

珠泉草庐诗文，余皆得而读之。诗乔皇中宫音，尝决其非乡曲穷愁文士。文因小见大，务为有用之作，不甚雕绘，颇取韩退之气盛言宜之说，沛然而来，忽然而止，于今所谓古文家者，皆有合焉。余之得奉教也，由陈右铭。右铭罢官旅湘，为余亟称廖君能文词；及其抚湘，乃倚以主矿政。余窃意文人不耐杂，不虞君之肯为用也。既而右铭罢去，矿利大兴，海内皆推廖君所主为第一，直省无敢比者，无有称其文诗者矣。独张子虞、柯凤荪前后督湘学，稍知其能诗。余虽勉与君唱和，于古文义法未之窥也。昔归熙甫论王元美，以为庸妄巨子，余之不见屏而猥承相与论文，岂非幸欤？退之非薄六朝，余不敢擅论八家。盖人各有能有不能，而余之论君文，曾不敢谓当君意也。丙午小寒日，王闿运题。

又有阎镇珩所为序云：

前明茅氏八家之选，议者或疑其未公，近世益之为十家，然李之学优于孙，而其才实非子厚匹也。明嘉隆诸子，貌为秦汉，当时已不厌人心。惟震川自比介甫、子固，至今犹师法之不已。然未有齿及王李者，盖文章贵真不贵伪。王李之效秦汉，伪也。震川之为八家，真也。惟真则可久，其伪者特蜉蝣之旦暮而已。与震川同时有摹效史迁者，震川为文讥之，比于东里效西施之颦。夫人才之高下不同，古今之时变亦异，必欲舍我而效人，如邯郸学步，直匍匐而归耳。善夫曹子桓之言曰，文章者人之精神。形躯有时而敝，精神终古不泯。学者诚知文章为吾之精神，则必实道其胸中之所得，使真气沛然，不可抑遏。如是，虽欲无久于世，得乎？廖君荪咳，积其所为文成一巨册，间使人走遗予，且俾商论。予读之，真气充溢，绝不为俗儒摩拟之习。至其状写景物，尤出之以自然，廖君其深于古者欤。然吾闻文章之体莫尚乎简洁而精严，望溪标举义法二字，原出于《史记》年表序。百余年来，人人诵言义法，然为之而能简洁精严者盖亦少矣。姬传之才，不逮八家远甚〔甚〕，惟其善于修饰，工于淘洗，故古光油然，为世所宝重。廖君诚能于此求之，其必有进乎今之所得者矣。丙午小阳月，石门阎镇珩序。

王序涉及义法及八家之类，似即针对阎序而发者。

（民国二十六年）

（二）

廖氏有自订年谱，稿藏于家，未经刊印。曩承其外孙梅君节录见寄，虽未获其全，得此亦大足供览。兹移录于次，以公诸世：

　　光绪二年丙子三十七岁　七月，长沙录科列第一名。九月落解归。义宁陈公右铭由镇箪道解任回省主营务，约明年司其笺牍,兼教读。新主纪元,州县例举孝廉方正,知县唐公步瀛拟以树蘅应之,自知不称力辞,唐公亦不另举。

光绪三年丁丑三十八岁　是岁馆陈氏闲园,在长沙局关祠右。学生三人,陈公次子三畏,兄子三恪,侄婿黄黼丞。时公以内艰辞去戎政,无笺奏之烦,专主课徒。公营葬平江。公子三立,字伯严,同居园舍。五月,隆无誉观易与湘乡王文鼎来家。无誉有秔绍之痛,遁迹梅山二十年。此次为怨家牵涉,拟游关陇避之。予引之闲园,与宁州父子相见。宁州赏其诗,为之序行,所谓《罘罳山人集》也。临别赠诗。七月,因事暂归,伯严赋诗两首。十一月二十五日,雪,梦至山,下有寺院,与一同行者立山上,赋诗一首。醒时残灯未烬,亟起录之。初宁州公喜谈矿,著有馈贫一策,予读之未敢以为然也。及公抚湘,丙申正月以常宁水口山银场见委。则山中景物,与梦中所见无异。事兆于二十年前。以予不乐谈矿,偏以相属,亦若苍苍者故以此相靳。凡事前定,岂非然哉?

光绪四年戊寅三十九岁　是岁馆闲园。三月,丰城毛庆蕃实君来湘,同寓园庐。四月,伯严邀同实君作麓山游,作游记一首。六日复与两君游衡山,寓祝圣寺,听默安〈上〉人谈禅。七月回长沙,作游衡山记。腊月,伯严送其弟就婚永州。解馆归。

光绪五年己卯四十岁　是岁唐公步瀛官益阳知县，具书招司教读，兼阅课卷。三月赴馆。作书寄伯严云："与子之别，八易弦朏，日月不居，思之成痗。虽音书往复，不废存问，而风雨萧寥，终伤遐阻。离索已来，鄙吝弥甚。方干射策，一第犹悭。阙泽傭书，半菽不饱。嘉平旋里，方拟抱汉阴之瓫，耕谷口之田。盱庭柯以怡颜，拥图书以适性。上奉老母，左顾儒人。窃此余闲，以苏劳轴，而乐山明府谬采虚声，远贻书币，必欲率率顽钝，供其指臂。重违其意，欲罢不能，始以今日达于署园。山桃方华，覆压芳榭，池水解冰，照我尘容。而牙琴罢张，柯笛辍响，顾念昔者，味同嚼蜡。安得与吾子举酒命觞，一续坠欢也！仆生三十九年矣，昧道懵学，有靦面目。惟无耻之耻，粗知奉教于子舆，不德之德，雅愿观型于太上。即长此终古，亦无闷焉。自非亲昵，不敢宣言。鲍子知我，如何如何？尊公名业，群流仰镜。民之秉彝，好是懿德。明德之后，必有达人。时时读书，盛勖光采。"四月，闻罘罳山人没于县人喻太守光容宁灵官舍，已逾岁矣。至是得其寄予与伯严诗，盖绝笔也。读之不胜哀惋。诗云："秋风又到天心阁，乡思遥连地肺山。九日黄花开渐淡，经年白雁去无还。奇文欣赏荒凉夜，才子声名顾及闲。早晚日归犹未得，离亭衰柳共跻攀。"山人在宁灵有《西征前后集》《宁灵消食录》，光容均为付刊，派人护其丧回湘。后予丐湘潭王先生壬父撰传。其诗集则予与义宁父子所校刊也。

光绪七年辛巳四十二岁　七月，陈公右铭赴河北道任，至省送行。

光绪九年癸未四十四岁　是岁三月，刘君朴堂邀赴杭州访义宁陈廉访，不果。

光绪十年甲申四十五岁　周军门达武请撰其蜀黔两省战事，辞之不获，勉诺之。

光绪十一年乙酉四十六岁　是岁家居。三月葺西园茅庐，浚池种树。陈考功三立撰《珠泉草庐记》。四月将甘泉赍来《武字营军牍编志略》二卷，托名周君自撰，徇其意也。八月，挈基植秋试，假寓福源巷。右铭廉访自武林免官来湘，偕罗惺四太守来寓。本届四书文题《而尽力乎沟洫》，予文取资《沟洫志》《河渠书》，右公极赏之。

光绪十二年丙戌四十七岁　四月，陈生三畏暴亡，寓通泰街蜕园。父兄均不在，余临其丧，一衰出涕。九月，《武军志》成。右铭廉访笑谓何必借名领军，徒使周老五得名，然人莫不知出宁乡廖秀才手也；尤以弁言为工，谓雅似古微堂文。

光绪十三年丁亥四十八岁　是岁馆罗氏。时义宁公父子居蜕园，相距甚近。罗顺循、曹籹庵、杜元穆、王伯亮、陈伯涛、文道希常来陈宅。文酒之会，几无虚日，每会必驰函相召。

光绪十五年己丑五十岁　三月寓书伯严考功，托为罙罳山人世兄蓼荪谋事。回报巳交新化邹代钧录入测绘学堂。

光绪十九年癸巳五十四岁　是岁居玉潭书院。二月巡抚吴大澂巡阅过县，书《小雅·鹤鸣于九皋》两章手卷，后书"癸巳暮春书奉笙陔明经以致思慕之忱"。公工小篆，此帧尤极斯邈之能。先询知县郑之梁，拟造庐相访。之梁以乡居隔城远，始以篆轴交郑转付。余与公素未谋面，自来不曾奔走声气以希当道之知，不识何以过蒙殷勤。据郑云，盖欲邀余至求贤讲舍也。十一月，发长沙，拟游明圣庙。至武昌，值陈公右铭以明日赴直隶藩司任，即夕见之。明日与通州范当世送之登舟。居数日，雇轮东下。

光绪二十一年乙未五十六岁　二月，由上海换江轮返汉口。过江访伯严，留居旧邸，招饮菱湖楼。伯严为予序诗，劝刊行。十一月，陈公右铭抚湘，奏兴矿务，属为襄事。诺献岁赴省面商进止。

光绪二十二年丙申五十七岁　是岁正月往长沙省

城。巡抚陈公右铭委以常宁水口山矿务,素乏讲求,未敢自信,重违其意,勉诺试办。先与公约,既经信委,请饬官局勿荐人,勿掣肘,勿以意度未曾经临之事谕办;有效幸也,无效自行投劾,不烦举错。公题之。以二月二十八日由省河角解缆,儿子基植随侍。三月初四日抵衡州。十一日至隔水口山十里之松柏市。市濒湘水,距衡州府城百五十里。初至傀何姓市楼以居。常宁故耒阳分邑,矿场居钟湘两水之间。钟水入湘之口,名荩源,宋时于此置荩源银场监。明薛文清瑄亦尝职此。距此三里许,有山名龙王,形势嵯峨,高出云表。奇石错立,有高至数丈者。石为磺气所蚀,玲珑如太湖灵璧,色深黝。山腰石硿,纵横穿凿,深入无间。峰势欹斜,若将堕落,开始不知几千百年也。时吾县喻光俊仙乔奉檄主办此山之矿。水口脉络,由龙王山来,产矿之所曰余家田,土人呼平垄曰町,亦名町里。纵横不过数十丈,后左右略有小阜,前有小港,直达溪河,无所谓山也。历年山氓都向町里开挖,千疮百孔,积潦渟淤,已成病块。左阜曰铜鼓墈,右曰锡坑,亦间有开硿口者,特不如町之多。环町草棚鳞次,以百千计。大都借拾遗矿为名,窝娼聚赌,贩卖鸦片,生事召闹,靡所不为。居既稠杂,气候埋结。夏秋之交,疾疫繁兴,火警亦频。遍谕棚户,予以搬迁之费,令于山口另行搭盖。并清查户口，编造保甲，颁发门牌。设立垲长，以时稽查。惟废洞交午，町地受戕已深，不将朽壤揭去，必如山氓办法，春夏便当停采。因思长沙以下，煅灰采煤，均有明窌暗窌两种。暗窌者如本山现行之法，掘洞支木深入地底是也。明窌则敞开大口，刨去疏恶之土，略同山农开挖塘池，聚四山之潦于一泓。舍竹筒车笨宜之制，改用农家龙骨车，一条可抵竹车六条之用。水潦既尽，另于槽底隧地深入，而垲坑两山之水既有所归，更可多开窌路，是为事一而两得。筹度既定，削牍上陈。时官矿总局提调用事，牍上报允，且多嘉奖之语。不知因何见忤，悉翻前议，竟舍暗就明，古今中外无此办法，为之必无成。督过之严，几同骂座。余始知官习之难除，先请之不能蒙贷也。既已兴工，欲罢不能。上书争之，仍不纳，直待邹君代钧奉院委来山，目击情形，极力赞成，始免纷纭。计自八月见矿，九月刨出，十月则所获更多。事既粗有眉目，重以磺气蒸蚀，水土恶劣，无日不病，遂以十月赴省面辞。比奉抚院批云："该绅开办水口山，用心良苦，收效亦最速，且于地方民情，亦甚惬洽。平时久负贤能之望，临事益征名实之符，佩慰何已！该绅学识优长，性情诚笃，方将发掘素蕴，宏济艰难，矿务特其见端耳。本部院不自忖量，创为此举，所望二三君子共相赞助，以底于成，何得遽思高蹈,翱翔云霄之表乎?尚期勉竟前功,以副勤望。所请应毋庸议。"是日陈公大宴官士于庭,笑问树蘅曰:批语何如? 余曰:米汁虽甘,然鼹鼠腹小,恐不能吸尽西江也。座客与公皆大笑。余时犹怀去心,友人张琳、杨鼎勋均劝其不必固辞,遂仍回银场。

　　光绪二十三年丁酉五十八岁　是岁正月在松柏。初二日晓起,儿子基棫猝问天禧是何年代。语以宋真宗辽末帝皆以此纪年,汝何以及此? 具云:顷梦至市南古樟下有宅,极宏丽,门署"延室"二字。右有跋云:"保此令名,以全其德。惟彼汶汶,不受污蔑。不丰不俭,是为先生之宅。噫,微斯人孰能若此。"末署"天禧四年谦叟"。考辽天禧只一年,宋真宗五次建元,天禧属第四次,凡五年。此云四年,其为真宗时可知。而梦境迷离,末由推测,姑录于籍,以纪其异。二月,棫回家。市商议建神庙于樟下,以余稍谙修造,请绘屋图。计长十三丈,横八丈。凡为屋二十间,有室有门,有楼有厦,凡如庙制罔不备。四月破土开基,则地下故有石址,与图绘靡分寸之不合,众咸讶焉。明年棫复来,览之惊异。以谓梦中所见,与此无殊,惟南北异向耳。吾尝以此索解于人,不可得。又十年,为丁未岁,湘潭王闿运壬甫来观水口山银场,夜宿松柏,闻此一段因缘,谓寇平仲谪道州,在天禧四年,当日建宅,盖以馆菜公也。回衡州,手书"延室"二大字,并原跋,撰文记之。夫梦幻境也,幻极而真机露焉。余一生悲愉欣戚,皆先有梦兆。如丁丑十一月二十五日,闲园梦中所拟七言长句其一也。(原诗刊集中。)今基械之梦尤奇。岂非事皆前定,足以澹人世计较之心哉?二月,巡抚陈公阅边,由永州便道来山视矿,适余就山筑屋成,县尹龙起涛即于局所置顿,厨传极腆,陈公一茶而去。三月,以晶莹矿石五枚上之巡抚陈公,媵之以诗。(诗刊集中。)

光绪二十四年戊戌五十九岁　是岁在水口山银场。二月赴省吊陈中丞夫人之丧。县人周汉,恶外邦见凌,著书诋之。臬使黄遵宪言于巡抚陈公,将其二品衔道员咨革,下狱。余为缓颊,公意已移。汉字铁真,人称为铁道人。性倔强,不愿出狱。道人以此蒙祸,诚属无谓。然当道恕此灌夫,亦未必成绝大交涉也。施者受者,所见各殊,无从解纷。五月得选授宜章训导之信。八月陈中丞因事去位,承其任者为山阴俞公廉三。十月赴省辞矿差,公未允,遂乞假还山度岁,场事暂交儿子基植照料。

光绪二十五年己亥六十岁　是岁俞公以宜章隔常宁远,不能兼顾矿场,咨调清泉训导。清泉缺较优美,余辞焉。公不可,曰:与君无私,无庸辞也。晤前任梅君鉴,亦曰此席谊当属君。吾之莅此也,曾于梦中得句云:"湖海句留十二年"。吾由湖南海防例入粟得此职,今恰一纪,宁非数乎? 余遂以四月挈眷履任。自是一年强半居官,命儿子植分管银场事。学署在小西门外,与衡阳学〈宫〉同在一隅。右为先圣庙,衡清未分治时所立也。再右为西湖书院、西湖观、文昌阁衡清书院。崇楣巨栋,绵亘湖埂;荷田十顷,连成一汙。湖水清泚,以在西郭外,遂蒙西湖之称。视杭之明圣,具体而微。学署之右,有濂溪祠,为茂叔外家郑向故宅。方志载元公寓此最久。余题学署楹柱云:"此间亦号西湖,十里烟波千柳树;遗构犹邻茂叔,一庭芳草万荷花。"又客座联云:"午榻梦初圆,小雨凉生乌帽影;水风香不断,白莲花是窈丝魂。"时湘潭王先生壬甫主讲船山书院,余弱冠即闻声思慕,至此始接笑谈。先生谓联语不类校官所拟,且不似湖南人吐属。赠诗云:"林屋比邻高露山,却因远士识屏颜。卅年诗句吟边马,一笑闲官似白鹇。尊酒未遑寻竹石,荒崖且为辟榛菅。喜君暂出酬知己,但炼金砂莫闭关。"后书"荪畦先生与予邻近,而初未相见,数于陈右铭处闻之。陈来抚湘,以矿务为累,以荪畦一矿有效。承命索诗,辄成奉赞"云云。

 光绪二十六年庚子六十一岁 是岁在清泉学署。郡人经商衡州者卅余户,议设会馆潇湘门外,请湘潭王先生壬甫与予主任其事。购买某氏废祠，撤故营，新增其式，廊中庭，设李瞿两真人神牌，以其皆长沙人也。十二月，巡抚俞公廉三赴矿场阅视。时采出之矿运鄂售与洋栈者，入银以百余万计，场上犹皑素山积。公谕省局于余利项下提银五千两充本山之赏。总局区分此款，以四分之三作常宁通县积谷书院之用，并分及该县散职佐弁，与汉口、松柏两处委员，其及银场者甚少。事为巡抚所闻，以为不应滥及场外人，檄树蘅将数核减。余上书辞焉。

　　光绪二十七年辛丑六十二岁　是岁在清泉学任。正月，奉院令下省。衡州因教案停学政试五年，拟衡清附长沙考试。中丞召商一是，虚怀询问，属勤攻其短，有贤者风矣。

　　光绪二十八年壬寅六十三岁　是岁在清泉学任。三月，柯学使劼忞按部永州。时衡州停考，仅留一宿。索余近作，谬相推许，谓近体湘绮不能过。用纨扇写所作七律三首见赠，诗甚佳，录之左方。诗云："嶙峋霜崖抱郡楼，旗竿晚掣朔风遒。地分二陕桃林近，水逆三门竹箭流。望气应知行在所，论都再见帝王州。潼关近得平安报，父老迎銮涕泪收。"（陕州作。）"殿前折槛尚嶙峋，欲挽滔滔又乞身。百二山河秦得地，五千甲盾越无人。论都事大关宗祏，抗疏名高动缙绅。见说曹羁三谏去，不堪西望属车尘。"（送夏伯定乞假归。）"赑屃春寒析酒醒，长安二月雪填城。青山海上无田里，白首天涯有弟兄。道远衣裘常恨薄，名高官职不嫌轻。东坡底事悲清颍，十日匆匆已送行。"（家兄敬儒入觐行在将归，以诗送之。）四月，挈儿子杰栋回长沙应学院试。七月毕考，归珠泉草庐。八月朔，赴衡州，杰儿随行。一日抵湘潭，取道南岳。至祝圣寺，访默安上人。日尚早，上人坚留宿。遍约福严上封诸方丈入席，以檀施见称。余愕然。具道戊寅六月，余与陈三立、毛庆蕃同来宿寺中，殿宇岌岌将颓。时主修岳庙者为李方伯元度，赖余介义宁陈公一言，求庙工竣后分盈羡重新此寺，坚致视前有加，山上同参，无日不感发踪之力，相与尸祝也。事隔卅年，回首前尘，如烟如梦，非诸辩才说出因缘，几忘之矣。作诗二首赠默公。抚院俞保举经济特科凡六人：三品衔内阁中书浏阳欧阳中鹄，署山西宁远县通判江宁举人吴廷燮，宜章县训导宁乡廖树蘅，举人湘潭梁焕奎，山阴副贡生傅以潜，湘潭县廪贡生王代功。树蘅考语："学问渊博，践履笃实，性情爽直，条理井然，经史而外，中西政艺讲求有素。调署清泉县训导，委令就近办理常宁水口矿务，已著成效。臣于前年赴衡州阅兵，亲往查看，见该山横亘十余里，厂屋栉比，丁夫数千，悉以兵法部勒，井然不紊，足征威足御众，力能任事。"其时学院柯特疏加保，随由排封催赴省领咨，有毋得勒系一官章负破格求才之意云。自顾疲钝，不能应召，具启辞之。

光绪三十二年丙午六十七岁　是岁在长沙矿局。正月初九日王湘绮先生自省城来，邀作沩山游。十一日启行，宿横市。十二日黄材早尖，申刻抵密印寺。（寺门楹联云：雷雨护龙湫，洗钵安禅，昨夜梦伽蓝微笑；松花迷鹿径，鸣钟入定，何人知节度重来。）十三日方丈寄云陪观伏钵昙花泉。春晴水涸，非复飞花溅雪之观。未刻下山，宿横市。十四日渡沩水，经滩山铺穿麦田，未刻至灰汤关庙。饭后偕湘绮观汤泉。夜宿庙中。十五日早起，与湘绮分袂，回云湖桥，计百里。予以午后归家。连日湘绮皆有诗索和，余不工步韵，勉应之。（诗刊集中。）笠云上人和韵云："瘦骨曾从访月山，嵚如蜀道喜追扳。净瓶早岁成高踦，吟砚何年对碧鬟。世外桃花云卷蔫，梦中飞瀑水回环。吁嗟末路艰难日，谁为降龙置钵间。""问法求寻湘水西，沿流归梦不曾迷。俯参白足千年迹，记踏丹崖万仞梯。埋骨塔高存古寺，回心桥在枕寒溪。鼻头牵出沩山牯，往事从君得再提。"湘绮见余和韵，笑曰：诚如柯凤荪云近体无以过君。及见上人作，驰函相告曰：和尚压倒廖王矣。石门阁镜蓉镇珩，以所著《北岳山房文集》〈交〉其门下陶履谦致赠，旋来相访，畅论文章风会得失，甚有意识。惜其目眵难久视，步履亦艰，不能常晤谈。随以历年所为散文乞序。明日至寓所遐龄庵报步，已脱稿矣。（文刊集首。）

光绪三十三年丁未六十八岁　是岁，巡警道赖承裕属拟上岑抚院，请释周汉出狱禀稿云："敬禀者：已革二品衔陕西候补道周汉，湖南宁乡人。光绪某年为传刻单片诋毁外人，经督宪张委员来湘，毁其板片，奏请革职。不料二十四年，外间仍有讪詈泰西人揭帖，署名周孔徒。时当议款初成，前院宪陈恐因此肇生衅隙，饬将该革员发司羁管，无非假惩儆以图保全。不谓该革员入狱之后，激于忧愤，言动失常。庚子八月以后，忧愤愈剧，绝粒纵饮，以祈速死不得。七年以来，仅以瓜果菜茹充食，米汁未尝入口，无谷气养脏，致便溺频数，视息仅存，其愚可悯，其苦可矜。查该革员髫龄入学，弱冠从戎，涉历艰难，屡濒危险。其从刘襄勤出师西徼，硖口达坂城等役，与士卒植立冰天炮弹间，往往彻夜不曾收队，坚忍卓绝，至今湘军将士犹能言之。甄叙微劳，得保今职。该革员笃于天属，痛其故父生员周瑞西死难广西，终身疏布菲食，不肯赴人宴会。同怀弟周浑同居襄勤幕中，感疾而殒，创痛益深。由此绝意进取，牒请开去本官，以所袭云骑尉世职咨归湘标候补。事虽过中，亦因感愤太深，为此不情之请。回湘之后，专刻善书，到处散发。其劝妇女不缠足，与今所行天足会略同。徒以不顾利害,干冒世忌,致撄法网。在该革员早拼一死,无所顾忌。惟以宽仁敦大之朝,独令此忠近于愚之人身填牢户,良用惜之。查该革员年已七十,衡以古礼耄悼不加之义,亦在矜宥之条。况当日徒有愤戾之空文,尚无挑衅之实害。某等谊托交亲,居同州壤,欲为讼冤,匪伊朝夕。合亟仰恳宪恩,疏求宽释。想该革员难后气平,年齿夙暮,必不再丛世忌,重烦廑虑矣。某等无任屏营待命之至。"牍上,即允用像从送出。汉不肯行,逾年始归,病殁于家。

又《宁乡县志》列传云:

廖树蘅,字荪畡,廪贡生。祖含章,性孝友,亲没哀毁尽礼,与兄景福析居有年,复合爨,并让产之半与之,乡里称焉。父新端,以廉正见重县令,咸丰时檄使治一方之事,亭决可否,一秉至公。树蘅生而英迈豁朗,自幼读书,即厌薄科举,毅然思有以自立。为文劲气郁勃,曲折当事理,尤留心邑故,所述多表彰文献之作。诗则芬芳悱恻,俪然意远。服膺宋张宣公告孝宗晓事者难得之言,及近代顾亭林所述孔子"博学于文、行己有耻"二语,以此自勉,亦以励人。主讲玉潭书院时,仿桐城姚鼐,义理考据词章,分门课士,学风丕变。家既中落,益务自刻励,未尝以贫困干人。光绪丁丑,义宁陈宝箴官湘中,闻树蘅名,招之课子。宝箴深器重之。乙未，宝箴复巡抚湖南，大兴矿务，委树蕲主常宁水口山。山与龙王山接壤，其地甚狭，多积潦。土人用暗硐开采。春水汜滥，妨工作。树蕲创开明硐法，决一大口，上哆下敛，令水归一壑，用田家龙骨车戽之。议上，众大哗。宝箴令以便宜从事，遂毅然行之。未数月，效大著。树蕲先以训导注选，未几授宜章训导。宝箴檄移署清泉，兼治矿务。在事八年，赢利六百万。会诏开经济特科，巡抚俞廉三、提学柯劭忞举树蕲以应，辞未赴试。赵尔巽继为湘抚，调树蕲绾总局，湘矿益大振。最后巡抚岑春蓂奏叙前劳，乃以主事分部加三品衔给二等商勋。改革后，退老于家。邑中日月多故，其忧伤憔悴之旨悉寓之于诗，未尝一问世事，闻者叹其高致。平生孝友睦姻任恤之行，称于宗族乡党者甚众。卒年八十有四。子六。长基植，字璧耘，附贡生……后乃佐其父治矿水口山，趋公之暇，按时读经文，精录《礼经》成帙，皆于工次成之。树蕲绾矿省局，大府以基植能，令继其任，保训导，给四等商勋。在事亦八年，以国变归，先树蕲数年卒……

家世生平，略具于斯。其以宜章训导调署清泉训导，传言巡抚陈宝箴檄，据谱实俞廉三在湘抚任内事也。（檄由藩司下，为通例，特此由巡抚主张耳。）又传谓"巡抚岑春蓂奏叙前

劳,乃以主事分部加三品衔给二等商勋"。若主事由保案而
得者,其实调主省局之后,以训导官卑,乃援例入赀为分部主
事(并加四品衔),倘崇体制,与保案无关。(其《珠泉草庐诗
后集》卷一诗题中有云,"癸卯,赵公尔巽继任,檄余莞省局事
……丙午,大府以校官难统治全矿,命捐分部主事加四品衔,
非余意也。")农工商部奏定商勋之制,廖氏办矿著效,以有功
实业经奏保而得二等商勋三品衔之奖。(其子基植亦得四等
商勋,应予五品顶戴,此亦一时制度也。)又据行状(次子基械
述),所著书已刊行者曰《珠泉草庐文集》二卷,诗钞四卷,诗
后集二卷,《茭源银场录》二卷,《武军纪略》二卷,《祠志续
编》三卷,未刊行者读史录二卷,文后集一卷,杂著一卷,书牍
十卷,笔记二十二卷,骈文一卷,自订年谱二卷。《茭源银场
录》,吾所见惟署卷一之一册,为水口山办矿之公牍。而别有
《茭源银场诗录》一册,为咏矿事者,并刊列友好之赠诗,未知
是否即以诗录作卷二也。

　关于廖氏之主事与三品衔,又按桐城姚永朴《三品衔分
部主事宁乡廖君墓志铭》所叙云:"最后由宜章训导叙前劳以
主事分部加三品衔",亦混两事为一。姚文叙事著"据状"字
样,廖氏次子基械所撰行状乃谓:"巡抚岑公春蓂以府君有功
湘矿特奏保举,……再疏请,以分部主事得赏三品衔二等商
勋。"虽省略主事所由来一层,而言以分部主事得赏,何尝如

姚氏所云乎？（"以分部主事"与"以主事分部"不同）姚氏之为古文，渊源家学，讲求义法，有名于时。此作文字亦颇清适，而于此实不免疏舛焉。廖氏父子商勋之奖，关乎当时制度，姚氏略而不书，殆以其名不古雅，然亦为不应漏略者。（古文家叙事，往往省所不应省，而谓之雅洁，实为非宜。）

（民国三十二年）

谈隆观易

隆山人名观易，字无誉，别号卧侯。宁乡畸士，诗才清妙。交廖树蘅，因并与陈三立及其父宝箴相识，均爱重之。宝箴为刊其《罘罳草堂诗集》，弁以序云：

> 宁乡隆君无誉，诗人也。其里中友笙陔廖君，既馆于予，乃数为予言无誉之人之诗。无誉伏处穷山中，无名声于时，一卷啸吟，冥思孤往，憔悴而专一。其为诗垂三十年，屡变其体。所得诗逾六七千首，今存者亦千首有奇。然无誉尝一游秦中而归，故今诗言边事者为多焉。今年九月，无誉复有秦陇出塞之行，假道长沙，过宿笙陔斋中，予得与相见。接其论议，读所撰著文字，根柢郁茂。其经世之志，略见于斯矣。既而取阅其《罘罳草堂诗卷》，则逢源杜与韩，语言之妙类大苏，而似归宿于吾乡山谷老人，世之号为能诗者未易而有也。无誉自言，向读朱文公《中庸注》至静深而有本之语，恍然悟诗教之宗。故其诗淡简以温，志深味隐，充充乎若不可穷。往尝论今之为诗者，大抵气矜而辞费，否则病为貌袭焉。而窃喜子瞻称山谷御风骑气以与造物者游之言，谓为得其诗之真，而颇怪

世少知之而为之者,盖乡先辈声响歇绝,殆千数百年于兹矣。读无誉诗,其庶几遇之也。无誉将行,予与笙陔以其诗无副本,虑亡阙于道里之险艰,相与尼留其稿。而略为择录若干首,付之剞劂,兼以质无誉塞外云。光绪三年嘉平月,义宁陈宝箴。

是编营始丁丑之冬,寻以人事牵迫,辄舍去。今年春夏,以手民劣恶,别录为编,选良董成,历月凡五,用既厥工,未几而无誉之讣至。盖无誉已于戊寅冬十月病没甘肃之宁夏官幕矣。呜呼!以无誉之才之学之年,而不获竟其志业,以大白诸世,而遽以客死,岂非其命邪!抑无誉斁精力于吟咏声病之间,而因以戕其生邪!独恨懒漫侵寻,未克寄无誉是编,商略取置,使一及见之。然亦不谓无誉之遽止于此也!抚校遗编,为之雪涕。己卯夏五月,宝箴附识。

三立与王闿运各为作传,其文如下:

三立《隆观易传》:隆观易,字无誉,长沙宁乡人也。幼奇慧,年十三以诗谒湘乡曾文正公,由是数从曾公游,遂通经史百家之书。父艺虎为里豪所中,陷于狱。艺虎故才士,亦曾公所引重也。观易乃阴干曾公,豪闻而惧,私念艺虎交厚曾公,罪当出,即出当杀我,遂贿狱卒毙艺虎。观易哀愤,穷日夜谋杀豪,以死无恨。未几豪病死,于是观易谢绝人世,斁精力呕血为诗歌。斗室空山,憔悴枯槁,其志深故其道隐,其怨长故其词约而多端。同治中,县人喻光容者官甘肃狄道州,招观易。光容起自兵间,为牧守,顾雅好儒学,与观易相得甚欢,为留二年而归。当是时,相国左公次第定回疆,规善后。观易客游其间,就所知陈书相国言边事。相国高才素嫚,又观易乡里后进,而相国更事久,益儿子畜之。得观易书,笑曰:"隆氏子亦上书言事耶!"然观易所言实良策,后相国所施设,竟多与观易合云。观易既归,益放其意为诗,自比苏轼、陈师道。光绪三年,复就光容于宁灵,至数月卒,年四十一。观易少负气跅弛,喜言大略,议论踔厉纵横,机牙四应,无不人人绌伏。后更摧挫抑敛,惴惴如处子。人有称誉,则惶恐引避;有毁之者,必谢过,曰:"死罪!诚如公言。"终不复辩。卒后,湖湘间颇重视观易诗,后生学徒,多效其体,观易之名寖昌矣。所著书曰《禹贡水经考》《经义知新录》《六百日通》《西征续舣》《西征续集》《宁灵消食录》《罘罳草堂诗文》,凡若干卷。赞曰:业业隆生,狂狷之间。固穷无恶,猎艺斯专。观俗秦坂,咏志湘川。风犹孔硕,留规后贤。

　　闿运《隆观易小传》:隆观易,字无誉,宁乡人也。父任侠,为里豪所仇。观易年十余,避走衡阳,易姓名,居莲湖书院,从生童诵读,颖异劬学,诗文幽苦。衡阳欧阳生时为馆师，察异之，诘其自来，具诉其冤。生女夫曾国藩适以侍郎治兵衡州，移文宁乡，悉反其事，捕系其父所怨家数十人，欲穷治其狱。时骆秉章为巡抚，以国藩侵官权，固不乐。里豪乃遍诉其县吏士，因左宗棠告巡抚，逐下檄用便宜斩其父，事又大反。观易甫归，遇奇变，即又窜走山谷间。有廖翁者，知其冤，客舍之，资其衣食。观易学亦日进。既逃死不敢出，唯与二三相知不涉世事者以诗写其忧，不袭于古，自发抒其愤，所遭际然也。岁久，事益解，而怨家犹盛，不敢入城市者二三十年。县人文武达者皆无因与相识，后乃识廖树蘅。树蘅奇其才，哀其遇，稍稍言于官士间。义宁陈宝箴，好奇士也，得见观易，特以为诗人之穷者，又隐陋不自拔耳。然尤喜其诗，为之刊行，间以示人，人亦未之问也。观易既久抑不得奋，思游关陇从军绝塞以自振。光绪初过宝箴寓邸，辞而行。行未至嘉峪，道卒，年四十一。妻某氏，困约时所娶也。有子某，贫不能自存。树蘅合其友数人经纪之，出其诗以示王闿运。

王闿运曰：自军兴以来，搜求振拔文武之材多矣。曾侯尤好文，一介之士，一语之善，未尝不知赏也。余居家亦汲汲于遗才，自谓无遗焉矣。乃初不知有隆生，知之矣，不知其陋穷之由。夫文章易见耳，当吾之身，百里之内,而使斯人颠倒侘傺以终,可不悲乎!

　　廖树蘅曰:湘绮此文,较骈枝室尤佳,波澜格局略同,高老过之,学以年进也。论词得史公之遗,令人往复不尽,卧侯不死矣!

其人其诗,于一序二传,可知其概。闿运所叙,与三立间有异同。观易父之死,陈传谓里豪贿狱卒毙之。王传则云骆秉章下檄斩之,其事不侔矣。(树蘅子基械,于宁乡县志传观易,此节谓:"观易……乞援曾公,诺之。仇闻而惧,观易未及反,而艺虎已先毙矣。"传末附叙其子云:"子志毅,诸生,未几亦卒。")王传(坊本《湘绮楼文集》未载)树蘅特加称叹;文固佳,然论词与寿树蘅七十序之"当东南鼎沸之时,天下披靡。而独有湘乡曾侯倡为求人才分国忧之言,于是左胡和之,虽走卒下吏,一艺之长,得以自达。闿运弱冠亦与其议论,湖外人才搜访遍矣。宁乡近邑,廖氏名族,有荪畦先生者,与刘克庵兄弟游,称名诸生,竟寂然不相闻",略嫌词义近复,似均不无矜气。(寿廖之作,时期似在传隆之后。)

　　　　　　　　　　　　　　　(民国二十六年)

谈吴士鉴

（一）

钱塘吴绱斋（士鉴）近卒于里，清季词臣中著淹雅之誉者也。光绪己丑举人，壬辰榜眼，以翰林院编修直南书房，官至侍读。历充癸巳、甲午顺天乡试，戊戌会试同考官，江西学政，资政院议员。著述颇富，尤致力于史。（著有《晋书斠注》等。）其壬辰会试之获售，盖几失而得之。卷在同考官第六房吴鸿甲手，头场已屏而不荐。迨阅第三场对策，乃叹其渊博精切，深得奥窔。始行补荐，竟获中式。时先研甫兄亦与分校（第十五房），闱中知其事也。揭晓后，鸿甲语人："绱斋头场文，复视亦甚工，不知初阅何以懵懂一时也。"乡会试专重头场（四书文），久成惯例。头场不荐，二（五经文）、三（对策）场纵有佳文，房考亦多漫不经意，难望见长。同光间潘祖荫、翁同龢为大臣中讲学问者，屡掌文衡，矫空疏之习。每主试，必属房考留意经策，于策尤重条对明晰，以瞻实学而劝博览。是科同龢为正考官（祁世长、霍穆欢、李端棻副之），绱斋以第三场文特工得隽以此。考同龢日记，是年三月十五日云："策题：论语古注，新旧唐书，荀子，东三省形势，农政。"闻绱斋第三题文最为同龢所赏云。

先研甫兄与绚斋交甚厚,其诗,辛卯有《和吴公詧》云:

后起英流近有无,少文情愿屈张敷。

文章气谊莺求友,学问渊源辔画涂。

藏室相将探柱下,选楼何必坠江都。

无端引入西州感,接响谋觞谓可须。

结语谓潘尚书。《次吴公詧韵一首》云:

年辈平亭亦复佳,论交杵臼素心谐。

通经早陋桓荣说,谭艺如亲辔地侪。

愧我呤痴终俗学,美君作健有高怀。

纠唐刊汉无穷事,此事还须戒撋埋!

《偶成四绝索吴公詧和》云:

文通揽藻笔花吐,高密研经带草舒。

欲向谁家丐膏馥,白云窗下一踟蹰。

议家聚讼总支离,坐雾懵然讵有知?

尽揽天光归眼底,可能不被古人欺?

宗英闲世每相望,索隐书成补子长。

孝穆鸿篇楚金传,岂宜便作鲁灵光?

文章自昔论流别,我溯宗风爱六朝。

读史缀成文笔考,起衰一语太浮嚣。

壬辰有《仲夏贻吴公詧》(公詧先以纸属书,即书此归之)云:

吾郡有先正,伟哉孙与洪。放眼观谟觞,合志犹巨邛。

媚学不知倦,孟晋相磨砻。当时投赠篇,谓与元白同。

修途奋长辔,身约道自丰。纂著各逾尺,林苑光熊熊。

湛卢烛牛斗,联步登南宫。丁未及庚戌,五色云呈空。

信夫和氏宝,三献无终穷。春华而秋实,稽古荣厥躬。

羽琌山人言,科亦因人崇。矫矫延陵子,崭然头角雄。

绮年奉庭诰,诵书犹拨犙。铅察五官技,时或笺鱼虫。

纠谬复刊误,磊落怀宗英。遗篇网典午,著录观其通。

缀文擅均体,色如汉时红。倾盖欢平生,英石初叩桐。

所居数廛隔,晰夕相过从。滞义得诠解,旷焉发我蒙。

间以唱酬乐,飞章走诗筒。昂藏逸天骥,仪曜占远鸿。

金门授笔札,孤黑出深丛。长安千丈尘,马蹄疾于虹。

袭迹翔紫霄,风矩开良弓。未壮掇高第,姚声迈终童。

顾余不舞鹤,内镜渐怔怔。延对误蝇点,失次成笾东。

浮荣亦何介?出门忻有功。虽异七年长,石交契深衷。

敬以一言赠,努力弹飞翀。观水必观海,陟山必陟嵩。

益揽天禄储,便腹还求充。宏裁兰台令,朴学丁孝公。

师旷亦有言,盛年日方中。积德比于玉,砥行方诸铜。

蔚为庙堂器,名实俱宠炊。平津与卷施,倘克追乾隆。

长谣尘清听，献乐操土风。细书不嫌疥，义在他山攻。

想见友朋唱酬切磋之雅，而于所学亦可略睹焉。绹斋诗，庚寅有《酬徐缦愔》云：

> 幽州万士几人佳？把臂先知凤好鹴。
>
> 清鉴每从高构定，微讴愿与薛谭侪。
>
> 西京师法陈经义，北极风云拓壮怀。
>
> 莽荡平原一凭吊，台荒燕草久沉埋。
>
> 卷葹才调百年无，振笔看君盛藻敷。
>
> 蛙紫烦罱今贯俗，文章流别古分途。
>
> 群言要使归函雅，十载何当共炼都。
>
> 为抱冰弦弹瑟瑟，游鱼六马漫相须。

辛卯有《缦愔小剧诗以询之》云：

> 徐生江海姿，笔锋骋道健。高哦扬天葩，新篇辄盈寸。
>
> 俗音洗于遮，繁条割藟蔓。金精匪贵多，魁纪一斑见。
>
> 我时从之语，轻师觊挑战。鼓喑复强捾，旗靡冀仍建。
>
> 多君善诱敌，欲使倾心献。异器处甘酒，殊筐居调饭。
>
> 良谭高晷移，一豁尘襟闷。谒来君敞门，为苦头风眩。
>
> 思深摧肝脾，毋乃耽吟倦。流观千金方，静检服石论。
>
> 医理与药瀹，然反自不变。持养贵得宜，勿使荣卫困。
>
> 我亦病烦郁，欧温致墩混。上药渺石芝，下药再三溟。
>
> 神气不能王，六籍未搜遍。鸿笔思前贤，笃艺昆叶彦。

但期葆岁寒,窥道破颅顿。高名非所希,千载亦风电。
可合看。

己未(民国八年),䌹斋序先研甫兄《涵斋遗稿》云:

> 光绪戊子、己丑间,海宇无事,朝廷右文。一二名公巨
> 卿,主持风会。凡以科目进者,多闳通渊赡之才。记者谓
> 嘉庆己未而后,得人以己丑为最。余以是年冬公车入都,
> 始识徐君缦愔,继获交江君建霶。二君以己丑入词馆。缦
> 愔治经史词章,建霶精目录金石之学,皆得其乡先生邵叔
> 宀、顾涧薲之遗绪。三人者,月必数见,见则钩铇辨析,移
> 晷忘倦。而缦愔之群从艺甫、莹甫与其姊婿言謇博,又皆
> 潜心竺学,如骖之靳。壬辰余获馆选,于二君为后辈。文
> 字觞咏之会,始〔殆〕无虚日。甲午东事起,缦愔刿心时变,
> 与余纵览迻译之书,博考裨瀛之事,颇有志于用世。会建
> 霶视学湘中,广开风气,迂旧之儒,咸诋諆之,而余与缦愔
> 曾不以此稍挫其志。丁丑缦愔入湘,继建霶之任,于此始
> 与缦愔别。国门执手,百感苍凉,盖已知朝局之必有变也!
> 明年政变勃兴,缦愔落职,建霶亦牵连罢斥。缦愔奔母丧
> 还都,相见呜悒,仍以致用相期。无何,庚子乱作,余间关
> 赴秦。旋至南昌,即闻缦愔之讣,哭不成声,作诗吊之。
> (按其诗云:“修门榛梏首相知,别后江湖香梦思。太岁龙
> 蛇天地黯,文人鹏鸟古今悲。伟高诀别谁为友,阳羡无田

尚有儿。后死非才徒负负,欲呼阊阖望迷离。")三两年间,建𥘵赛博先后下世,而朝野蜩螗,国事隳坏,驯致有辛亥之变。莹甫颒顁怫郁,亦以不起。回忆当年雄睆高谈,屦綦相错,其豪迈隽爽之气,如在目前。独余犹苟活人间,百无一效。艺甫则试吏汴中,湛冥廿载,亦可想见其意气之消沮矣。缦愔有子曰肖研,能读父书,蒐辑遗诗,录为一卷,余又以遗文一首归之。芝焚兰瘁,馨烈犹存,缦愔生平交游学术,略具于斯。因述余两人交谊之终始,弁诸简端。缦愔之诗,清丽遒逸,能函雅故,与乾嘉学人相近。(下略)

情文相生,言之有物,不徒足见两人交谊也。绠斋辛卯有《简徐艺甫即送还宜兴》诗云:

> 清时綵履盛高宾,欲访槐街迹已陈。[1]
> 我辈耽吟犹有癖,矮笺秃笔斗清新。
>
> 由来杞梓推南族,岂独何家大小山。
> 疑义就君如折狱,金根伏猎不须删。
>
> 豹台说礼今谁嗣,湖海填词旧有图。
> 百载宗风能继起,伫看闲气跃锟铻。
>
> 善卷洞外碧云披,想见图成瑞应时。
> 欲剔苔封摹旧篆,与君同访国山碑。

王伯恭《蜷庐随笔》云:"庚寅五月,余应学正学录试,吴子修太史亦为其子士鉴买卷入场。榜发,士鉴落第。亡弟仲高适在京,谓余曰:'是儿若中进士,决可问鼎。'盖士鉴为仲高之表内侄,固深知之也。壬辰士鉴果得榜眼及第,仲高亡已二年矣。士鉴旋入南书房,屡得试差,子修亦恒掌文衡。父子同时为名翰林,洵为嘉话。子修尤为福人也。"盖绚斋未捷会试之前,人已以鼎甲期之矣。子修先生(庆坻)先于丙戌入翰林,相距仅六年。(授职编修,相距仅三年。)

上文述及其壬辰会试获售之几失而得,顷见其子秉澂承湜等所为《行状》,记其乡会及殿试时事云:

戊子乡试,以先王父官词林,入官卷,典试钱樨庵阁学桂森甚赏二三场经策,以额满见遗,深致惋惜。时先王父修《杭州府志》艺文志、儒林、文苑传未成而入都,府君并续成之。己丑乡试,中第四十四名。典试为顺德李仲约侍郎文田、衡山陈伯商编修鼎。撤棘时,先七叔祖宝坚先中三十四名。监临崧镇青中丞骏谓:"官卷只两名,乃中在一家!"命取试卷磨勘,无瑕可指。陈编修以卷出己手,不敢与争。李侍郎乃言:"浙江官卷,二三场无如此之博雅者,且功令弥封,凭文取士,更无官卷不准中在一家之例。"故府君述及此事,常有平生第一知己之感。冬间奉先王母挈眷入都,谒李仲约侍郎,始告以治舆地之学。次年复试,取列一等第一名。阅卷大臣为番禺许筠庵督部应骙、嘉定廖仲山尚书寿恒、瑞安黄漱兰侍郎体芳。府君至是声誉益起，日下知名之士，咸愿折节与交。会试报罢后，益专心舆地之学，尽阅张鸟斋、何愿船、徐星伯诸家之书。又于暇时讲求金石，遍搜厂肆，得拓本益多。考证地理官制，积有跋尾若干通，是为《九钟精舍金石跋尾》之创始。壬辰会试，中第三十七名，出吴唱初编修房。总裁为常熟翁叔平师相同龢、寿阳祁子禾尚书世长、宗室霍慎斋阁学穆欢、贵筑李苾园尚书端棻。吴编修阅第一场制艺，初未呈荐。及见二三场，已三月杪，以示袁忠节。忠节曰："此人必非自田间来者，吾知其人。"以浙卷不敢言。因举三场条对东三省舆地甚翔实，遍告同考诸君。相率踵吴编修室，询此卷荐否。后经监试谢南川侍御隽杭怂恿，始于四月朔呈诸翁相。时浙卷二十四名已定，翁相以府君卷为通才，不忍抑置。最后始撤去一卷，以府君补之。尝语同官曰："吴某某实吾门之马郑也！"及殿试，策问四道，第一道为西藏地理，府君卷独条晰无遗。读卷大臣为钱塘汪柳门侍郎鸣銮。故事，读卷八人，依阁部官阶先后为位次，各就其所读卷分定甲乙。待标识定毕，乃由首席大臣取前列十卷进呈御览。然诸大臣手中各有第一，初不相谋，仍依宪纲之次序为甲第之高下。及胪唱，府君以第二人及第，则又翁相力主之也。（按读卷八人次序为额勒和布、恩承、翁同龢、李鸿藻、启秀、薛允升、汪鸣銮、陈学棻。)

所叙会试情事,可与拙稿印证。至其著作,《行状》云:

> 生平著述,有《补晋书经籍志》四卷,《晋书斠注》一百三十卷,《九钟精舍金石跋尾》甲乙编各一卷,《敦煌唐写本经典释文校语》二卷,《㮾吉轩经眼录》一卷,《含嘉室诗集》八卷,文集四卷,《商周彝器释例》一卷,《西洋历史讲义》若干卷。惟文集及《经眼录》、《彝器释例》、《西洋历史讲义》尚未刊行,余者悉已付梓。《晋书斠注》尤为府君极意经营之作,盖此书撰自甲辰,复得吴兴刘丈翰怡承幹之助,成于甲子,刻于丁卯,经历二十余年,而从事搜讨,则远在癸巳甲午间也。

其《西洋历史讲义》为进呈之作。《行状》云:

> 宣统元年……奉命轮班撰呈各国历史讲义。初次进呈,召见于养心殿东室。翌日明谕褒奖,谓:"所进讲义,尚属可观。"其时进讲者凡十四人,每日二人轮班。各进一篇,七日一周。府君所撰西史讲义,皆亲自属稿,于历次交涉之失败及强国凭陵之前事,痛切言之。

关于纂修清史,《行状》云:

> 甲寅夏,清史馆长赵次珊丈尔巽聘府君为纂修。时馆事草创,亟待府君商订体例,搜集材料。犆就侍,奉先王父召归。既而赵次丈以列传事有所商榷,手书敦促,并厚致

薪糈及聘金,府君皆却不受。终以史事重要,重来京邸,担任总纂,未观厥成,复以先王父母年高多恙,仍回绪里养。

吴氏撰有《纂修清史商例》,见民国五年出版之《中国学报》。

（民国二十二年）

注释

1　自注：君居上斜街，即查初白顾侠君诸先生倡和之地。

谈陈夔龙

　　陈夔龙筱石,胜清之显宦,民国之遗老也。当辛亥革命之起,方在直隶总督任,颇力为清室保境。国体变更,引疾去职,遂为上海租界之寓公,度其优游之岁月。今年八十一矣。其离任时,有《乞病获请赋此留别》诗云:

茫茫难问梦中天,草草劳人暂息肩。

赐履忝居群牧长,挂冠犹及国门前。

仓皇铤走中原鹿,哀怨空闻蜀道鹃。

七十二沽春水绿[1],烟波一曲好停船。

惭愧苍生留雨霖,十年旄节主恩深。

揭来大陆浮云幻,忍见虞渊白日沈!

谁为两间留正气? 剧怜一病负初心。

河桥多少新栽柳,雪后婆娑感不禁。

多谢群公卧辙劳,早从市上识荆高。

能创霸业先延隗,萧愧无规赖有曹。

秦地十城求赵璧,吴淞一水试并刀。

眼前无限沧桑恨,此地寻源或种桃。

艰难回首又庚辛，祖帐今多去国臣。

华屋顿添知己泪，布衣犹是秀才身。

百年养士宁无报，一柱擎天别有人。

寄语幽燕诸父老，彩幡仍报汉宫春。

又其《水流云在图记》下册《津沽留别》一则云：

辛亥六月，余病瘍苦剧，卧治官书，心窃苦之，累疏乞请开缺，未邀俞允。迨八月而武昌变起，各省响应，土崩瓦解，驯至不可收拾。岂天心之易醉，抑人谋之不臧。直隶为北门重镇，屏蔽京师，筹饷征兵，关系最为紧要。余以病躯尸位，智力几穷，誓以一身报国；幸文武共济和衷，绅民咸知大义，屡濒危险，卒庆安全，诚非初愿所及，而余病莫能兴矣。嘉平望后，蒙恩赏假三个月安心调理，十八日交卸督篆，稍息仔肩……回忆信睦尊俎，骋怀风月，时局变迁，抑郁其谁共语耶！

又其《梦蕉亭杂记》卷二有云：

直隶一省，于全国分崩离析之秋，卒能烽火不惊，诚属徼天之幸。直至逊诏将下，余适乞病获请，得以完全疆宇还之朝廷。痛定思痛，肴余恫焉。

均见遗臣之口吻，而其自明为故主保境之劳，亦情见乎词也。

民国成立以后，胜清旧臣，愿比殷顽，以遗老自待者，穷乏憔悴者不少。夒龙则以久膺封疆脮仕，宦囊较丰，故生计颇为饶裕。楼名"花近",友联"逸社"。(社友余肇康和夔龙感旧诗所谓"桃源尚是人间世,花近楼高且纵观"也。)声伎遣意,诗酒怡情,娱老有方,耄而犹健。晚境之佳,侪辈罕能及之焉。

夔龙为贵州贵阳府(今贵阳)人。(其家本非黔人,父以知县官黔省,卒于黔,夔龙兄弟占贵阳籍。)幼年丧父,家境颇艰,实以寒士起也。《水流云在图记》上册《机声课读》一则云:

> 同治甲子六月,先光禄公捐馆侨舍。越明年乙丑十月,嫡母杨太夫人亦见背。龙兄弟三人,迭丁不造,露立茕茕。先母姜太夫人辞甘茹苦,伤亡念存,特延师课读于家;虽饔飧不给,而馔食必丰。或劝使余兄弟弃学就贾,太夫人应曰:"一息尚存,不忍使廉吏之子沦于驵侩也!"时烽火四达,斗米千钱,太夫人以纺绩得赀,借供馆谷。往往机杼之声,与余兄弟诵读之声彻于(按疑是"宵"字笔误)达旦。虽陶称截发,欧美画荻,曷以逾焉……

厥后夔龙与兄夔麟、夔麒均以科第入仕。夔龙官至总督为最显。

夔龙以光绪十二年丙戌成进士(时年三十),美风仪,能文词。由兵部主事历迁郎中,以敏干为上官所赏,兼充总理各国事务衙门章京,佐理外交,亦有能名。以总理衙门保案擢内阁侍读学士,遂跻京堂之列。荣禄长兵部,并直总署,夙嘉器之。比总统武卫全军,引入幕府。庚子之乱,夔龙方以顺天府丞兼署府尹,有地方之责,颇濒于危。旋调署太仆寺卿。(《梦蕉亭杂记》卷一纪此云:"余以署任人员,日在枪炮林中,力顾考成,代人受过,太觉不值。言于文忠,请令王君培佑回府尹任。文忠初不允奏,嗣以端邸与余有意见,恐蹈危机,因奏饬王培佑回本任。太后谓:'陈夔龙署事以来,百废俱举,且经手承办要件甚多,何能听其交卸?'文忠谓:'陈夔龙奉办各要件,已有端倪,既有本任人员,似应令其到任历练,俾免旷职。'太后始允;既而曰:'陈夔龙办事得力,无端令其交卸,未免面子太下不去。'文忠谓:'诚如上言;查王培佑现署太仆寺卿,亦系三品大员,可否即令陈夔龙署理?'旨曰可。余遂于七月十二日卸府尹任。迨二十一日北京不守,两宫西狩,余无守土之责,获免清议,惟有惭汗而已!"当危疑险棘之时,赖荣禄之力,得卸艰巨之任而居闲职,深自幸也。而荣禄对夔龙之爱护,亦足见一斑。所谓端邸与有意见,指端王载漪曾封奏请诛十五人。首李鸿章,次王文韶,而殿以卸〔夔〕龙。经荣禄面奏其谬,得解。事亦详《杂记》此节。)

外兵入京,两宫出走,派大学士崑冈等为留京办事大臣,夔龙与焉。又拜顺天府尹之命(署理,旋即真除)。庆王奕劻、大学士李鸿章奉命为议和全权大臣。奕劻随扈,由怀来县折回,先鸿章到京。奏派夔龙偕侍郎那桐随同办理。故《辛丑和约》之订立,夔龙亦参与其间。《水流云在图记》上册《严城决策》一则云:"庚子辛丑间,余以京兆尹兼留京办事大臣,并随办和议。时九门以内,敌军驻守,九门以外,拳势犹张。镇抚之宜,万端棘手。议款一日不定,则联军一日不撤。忧宗社之震惊,悯生民之涂炭。中宵起舞,悲愤填膺。亭秋谓余曰:'各国处连鸡之势,欲偿款而非在侵略明矣。盍将所侦敌情密以上闻,使九重深知其艰,庶诸公得伸其志;不然,筑室道谋,纷纷无益也。'余亟以白两全权大臣,佥韪其说,属即创草,达于行在。由是天心厌祸,各国亦如约缔盟,诚非始愿所及。故寿亭秋五十诗云:'十丈红尘照直庐,连鸡九国快驱除。艰难行在馀清泪,辛苦危城伴索居。客邸幸安同幕燕,敌情先察见渊鱼。留台驰奏和戎策,烧烛深宵代检书。'盖纪实也。"(亭秋为其妻许氏之字。如所云,夔龙于此,甚得内助之力焉。夔龙初娶于周,再娶于丁,又继娶于许。辛亥武昌起义后,袁世凯谋再起,奕劻辈援之,授意夔龙奏保,夔龙不允。据闻亦从许言。)

辛丑回銮,先期派夔龙与左都御史张百熙等充承修跸路大臣。(时夔龙已简授河南布政使,尚留府尹任。此项工程,正阳门城楼未即修复,后夔龙在漕督任内捐银一万两倡修之。)未几擢署漕运总督,乃为开府大吏矣。迎銮途次,拜命真除。癸卯(光绪二十九年)移河南巡抚。(翌年甲辰,充会试知贡举。此差外吏例不能充,兹以借闱开封,得以巡抚充之,深以为荣。)丙午(光绪三十二年)调抚江苏。翌年丁未擢授四川总督,请假回籍省墓,未即之任,翌年戊申调督湖广。翌年己酉(宣统元年)复调督直隶,至辛亥革命去职,其略历如是。

光绪丙戌进士,官总督者三人,为同榜中最红者。丁未三月,徐世昌以民政部尚书外简新设之东三省总督;七月,杨士骧以山东巡抚升署直隶总督(翌年真除),夔龙以江苏巡抚升补四川总督,同在一年。(此总督指地方总督;漕运虽亦总督,地位与巡抚相等。)盖同年进士而为同年总督矣。(士骧卒于直隶总督任,世昌清末官至大学士内阁协理大臣。)三人之中,徐、杨均翰林,夔龙则部曹,而显达最早。当其为漕督时,士骧不过通永道,世昌犹翰林院编修耳。士骧之得补道缺,据夔龙所述,实赖其提挈。《梦蕉亭杂记》卷二云:

> 丙戌同年杨莲甫制军,向官京师,所居相距窎远,不常把晤。仅于春秋期会,尊酒言欢。君以编修改官直隶道员,庚子随李文忠公来京议款;余时官京尹,襄办和议,与君时相过从,患难论交,情非恒泛。岁杪通永道出缺,藩司〔周〕玉山方伯言之李文忠,请以君奏补。张幼樵学士时在幕府,亦为君说项。文忠终以君到直资格太浅,未经允诺。犹记小除夕日君匆遽造余,详述前事。以余系府尹,此项奏件例会衔,并述周张二君语,谓非余力向文

忠陈说，难冀有成，且时甚促，一过新年，正月初五文忠寿辰，保定署桌司某君来京祝釐，资格较深，恐文忠意有所属。语次情形极为迫切。余以同年至好，又系分内应办之事，允于除日往见文忠。讵到时文忠正会晤德公使……迨德使去后，文忠拟暂休息。余揆此情势，恐难进言，而莲甫守催不已，只好姑为关说。文忠谓："莲甫虽系翰林出身，第官直日浅，此缺尚有尽先应补之人，长官亦须稍存公道。"余谓："公言诚是；直省候补人员虽多，但从公于患难中者，目前仅莲甫一人，劳绩亦不可没。公昨谓行在诸公均蒙优叙，然则从公于贤良寺者不应得优叙乎？"公笑曰："我已知莲甫托君前来说话，君与彼为同年，又系大京兆，例须会衔。我若奏补他员，恐君不肯画诺矣！请如君议。"余亦笑对曰："某所言实系力崇公道，并非专顾私交。"此时窗外环而听者多人，知事已谐。玉山方伯趋而前曰："稿已办就，请即书奏。"余亦列衔书奏讫，与方伯退入莲甫室。适吏部尚书嘉定徐颂阁先生在坐，闻之，谓余曰："莲甫得缺太便宜，但须说明如何应酬我，否则，交部议奏时我必议驳！"余笑曰："公喜食福全馆，莲甫治具尤精，多备盛筵饮公，余亦得叨坐末，何如？"均各大笑。讵知莲甫官符如火，奏到竟邀特允，不交部议。尚书挟持一饭而不可得。厥后余抚汴，莲甫任

直隶,拟保升豫藩,为余臂助,项城阻之。不数年,莲甫已
继项城为直督。而余督直反在其后,功名迟速,庸有定
乎! 莲甫归道山,未经国变,可谓全福。公子辈承其余
荫,各自成立。长者尤恭谨,克世其家。故人有子,为之
欣喜不置。

通永道兼为直隶总督暨顺天府尹所属,故夔龙以府尹之资格,
为请于李鸿章(大学士领直督)。士骧之官直督,先于夔龙,夔
龙叹其功名之速,以直督兼北洋大臣,为各督之领袖。夔龙留
别诗所谓"赐履忝居群牧长"。(自设东三省总督,列衔曾在直
督之前,惟直督为畿辅重臣,事实上犹居"群牧长"之地位。)"故
人有子",言之若有馀美。盖夔龙无子,颇引为缺憾耳。(世昌
亦无子。)至对于世昌,则以满清遗臣之立场,对其为民国之国
务卿且居大总统之位,深表不满。辛酉十二月下旬(民国十一
年一二月间)所为诗有句云:"龙头休浪执,腹尾会平分。"用华
歆与邴原管宁之典,以示异趣。自注云:"同年生有曾厕清班,
膴肬仕,迄今仍觊踞高位者;余与尧衢则当日之两曹郎也。"时
世昌在大总统任,所指显然矣。尧衢为长沙余肇康字,亦其丙
戌同年,以部曹官至江西按察使,因教案罢,起为法部参议,又
缘事黜免。入民国后,侨民〔居〕海上,以遗老与夔龙唱和于逸
社。然如己未(民国八年)诗题有《寄谢齐照岩中丞杭州》(并
怀沈冤士中丞山东)等语,齐耀珊、沈铭昌清季均仅至监司,不

能有中丞之称,盖以浙江省长、山东省长准浙江巡抚、山东巡抚而称之,是对民国总统下之高位亦未尝漠视。

世昌为壬午(光绪八年)举人。士骧为乙酉(光绪十一年)举人。夔龙则乙亥(光绪元年)即已中举,时年甫十九,其进学在壬申(同治十一年),年十六。民国二十一年,又届壬申,于旧例有重游泮水之典。赋诗(用赵翼重游泮宫诗韵)云:

其一

五夜书灯映柳塘,弱龄初采泮芹香。

道人再作游仙梦,老衲重登选佛场。

发箧莫寻陈蠹简[2],压箱犹剩旧萤囊[3]。

园桥此日如观礼,谁识当年瘦沈郎![4]

其二

龙门百尺溯前游,温峤甘居第二流[5]。

齿亚洪乔宜把臂[6],才输颖士愿低头[7]。

漫劳门左争题凤[8],差免墙东学偻牛[9]。

幸拾一衿聊慰母,焚膏犹记夜窗幽。

其三

风景河山举目殊,江关萧瑟负终缥。

凡才敢诩空群马,晚景翻怜过隙驹。

白发慵搔非故我,蓝袍重著感今吾[10]。

举幡又见新人贵,老谢盐车悔识途。

其四

数仞墙高许再循，检场灯火最相亲。

桐宫献艺狂书草[11]，蓁阁观光利用宾[12]。

旧揭浮签留示客[13]，同题团榜慨无人[14]。

假年还向天公乞，桂籍秋风杏苑春[15]。

原唱及和作刊为《璧水春长集》，以获赏匾额曰"璧水春长"也。其乡举在光绪乙亥，时年十九，至今年乃甲子一周，因是恩科，循旧例准上届正科(同治癸酉)。以民国二十二年癸酉为重宴鹿鸣之期，是年又有诗。

其一

白发依然举子忙，耄荒惭对五经房[16]。

甫看荄莫新年绿，回忆槐花旧日黄。

棘院又来前度客，苹筵重上至公堂。

孔怀顿触令原恸，不共吹笙并鼓簧[17]。

其二

当年恩榜庆龙飞，奉使双星曜锁闱。

毕卓通才便腹笥[18]，张华博物副腰围[19]。

浓阘墨笔兼蓝笔[20]，暗点朱衣赋翠衣[21]。

岂有文章惊海内[22]，科名草绿报春晖[23]。

其三

园桥碧水爱春长[24],又逐秋风战士场。

年比看羊苏典属[25],才输倚马左文襄[26]。

月宫在昔香飘桂,云海而今劫换桑。

高会倘延三益友,他题请试互评量[27]。

其四

宦迹东西印雪鸿[28],龙门跋浪鲤鱼风。

梁园造榜人犹在[29],罗甸观场我尚童。

明镜双看衰鬓白,公车五踏软尘红[30]。

头衔乍换渐非分,雅什重赓句未工。

一时和者尤夥。以夔龙两诗可为科举旧闻之谈助,故录之。(其"假年还向天公乞,桂籍秋风杏苑春"之句,望于重宴鹿鸣之后,更能及旧例重宴恩荣之期,时在民国三十五年丙戌,年正九十矣。)夔龙与秦炳直(清末以臬司迁提督)同以重宴鹿鸣,获太子少保衔之赐,和者因多以宫保称之云。是年陈、秦及高树、杨志濂而外,吴郁生(元和人,字蔚若,似亦邀加衔)、缪润绂(正白旗汉军人,字东麟)亦光绪乙亥举人,旧例同有重宴鹿鸣之资格者。秦、高、杨、缪诸同年和作,并录如次,俾汇览焉:

秦诗:

科名早达多成毁,甲第迁移变屈伸。

惟有圣皇宠造士，必推元命乐嘉宾。

三章观始赓宵雅，一德能终信老臣。

黔楚风云联属久，宫袍双著拜恩纶。

高诗：

其一

奔驰皇路半生忙，老耄归田昼闭房[31]。

君或理须饶茜碧[32]，时当举足踏槐黄。

丁年赴省观苹宴[33]，亥岁登科别草堂[34]。

两姓弟昆全盛日，一门唱和沸笙簧。

其二

丹诰荧煌御翰飞，天惠宠渥到秋闱。

庄书悬壁金泥饰，大笔如椽玉带围。

白下今留黄阁老，蓝衫昔换紫罗衣。

长春行在褒耄旧，万里晴光望彩晖[35]。

其三

秋闱四赴首途长，席帽芒鞋屡入场。

嗜古尊经开学校，怜才爱士遇文襄[36]。

生资固陋嗤高叟，赋命清寒类子桑。

一路荣华到开府，何堪郡守并衡量！

其四

何时北雁语南鸿，捷报传来耳畔风。

例举先朝谈贡举，门旌罗甸励儿童[37]。

老臣谢表孤衷白，贺客盈庭醉面红[38]。

自笑江淹才早尽，口占俚句未能工。

杨诗：

其一

千门看榜万人忙，瑞来珠联星聚房。

已入网珊量尺玉，不嫌伏枥骋飞黄。

黔灵秀出牂柯郡，绿野花添丛桂堂。

今日鹿鸣诗再赋，九州几辈协笙簧。

其二

鱼跃登龙鹢退飞，升沈途判系春闱。

樗材我分青毡守，花兆公宜金带围。

贡举兼知持节钺，疆圻遍历挂冠衣。

科名草已无根久，犹托苔岑映碧晖。

其三

黄发丹忱眷眷长，宫花簪自少年场。

臣称耆老命重巽，天焕文章耀七襄。

待得春归还染柳，宁因河改悔栽桑？

齿居三益蒙何敢，山海壤流窃忖量。

其四

望公遵渚逐飞鸿，迎侍鼋头趋下风。

韩尹〈推〉敲宠岛佛，宋人献颂愧辕童。

居夷舣梦萦甜黑，入洛车尘忆软红。

恨昔未为梁苑客，巴词不获附邹工。

缪诗：

其一

乡闱回首捷三场，花信番风过眼忙[39]。

碑字未堙先圣庙[40]，艺文曾刻聚奎堂[41]。

名标北榜邀魁选[42]，遇感南丰爇瓣香[43]。

惆怅种桃人去远[44]，重来仙观有刘郎。

其二

凌云发轫路先探，洄溯名场述美谈。

家庆幸登恩榜再[45]，公才杰出鼎元三[46]。

音传鹊报邀亲喜[47]，会际龙飞沐泽覃。

荣被宠光臣草莽，记陪秋宴酒尊酣。

其三

贤登天府数同俦，问有晨星几个留。

炊熟黄粱寻昨梦，香分丹桂快前游。

歌诗恍听群鸣鹿，策杖偕来健倚鸠。

自信黔中声望卓[48]，湘潭[49]无锡[50]更泸州[51]。

其四

易名偶比宋司空[52]，敢道扬云异曲工[53]。

五上春官叨馆职[54]，九膺民牧剩清风[55]。

济南流寓惭高隐[56]，海内同年有巨公[57]。

懋典优隆天万里，白头双对夕阳红。

旧梦重温，情态宛然。

夔龙宦途腾踔，世颇以巧宦目之。而其自叙有云（见《梦蕉亭杂记》卷一）："……丙戌一榜，同年置身青云，亦未有如余之早者。然余仕途升阶，仍系拾级以进，初无躐等之获，捷径之干。此无他，时会不值，则一第如登天之难；遭际适逢，则入座如拾芥之易；其中殆有天焉，非人世恒情所能揣测者也。"盖所历多系应升之阶，未为超擢不次，惟官符如火，迅疾过于同侪，故人惊其速化耳。（五上公车，始成进士，故言登第之难。）

其官督抚，无赫赫之名，而为政尚以稳静见称。其《自叙》有云（同上）："所可以自慰者，厥有三端：一不联络新学家；二不敷衍留学生；三不延纳假名士。衙斋以内，案无积牍，门少杂宾，幕府清秋，依然书生本色。连坼僚友，有讥余太旧者，有笑余徒自苦者，甚有为以上诸流人作介绍者，均一笑置之，宁守吾素而已。"盖自示为保守一派，而不赞成并时之号为时髦督抚一流，争藉所谓新政以出风头者也。

至其由京职外任，其间几生波折。辛丑既简放河南布政使，几内升外务部侍郎，夔龙深幸未成事实。《自叙》有云（同上）："外部徐进斋侍郎忽焉病逝……先是李相宣言：'陈筱石外放藩司，我不赞成。目今外交人才少，此人应留京大用。'闻之，切切私虑，以汴藩夙称优缺，京僚获简，不啻登仙。若改京职，依然清苦；讵事有出意外者。武进某京卿，外交、财政均其所长，而尤醉心督抚，一闻进斋之耗，恐被特简，特密电西安政府，谓那琴轩侍郎曾任斯职，必堪胜任。进斋遗摺上，琴轩果奉简矣。"

斯时夔龙不耐久任京职之清苦，亟思外用，俾饶家计。侍郎位虽高于藩司，亦甚不乐为焉。纪昀《滦阳消夏录》二，谈八字有云："无锡邹小山先生夫人，与安州陈密山先生夫人，八字干支并同。小山先生官礼部侍郎，密山先生官贵州布政使，均二品也。论职，布政不及侍郎之尊；论禄，则侍郎不及布政之厚，互相补矣。"以夔龙论，河南布政使与外务部侍郎，"厚"与"尊"二者不可得兼。夔龙宁愿舍"尊"而取"厚"。未几迳擢漕督，抚豫苏，督鄂直，固"尊""厚"兼致，名实俱优矣。使果以外务部侍郎而长居京秩，宦囊殊为减色耳。"武进某京卿"，指盛宣怀。宣怀未遂督抚之愿，致审〔富〕则由于官营实业，又当别论。其家财之巨，自远非夔龙所及也。

庆王奕劻继荣禄而为枢臣领袖，以贪庸为清议所鄙。庚戌（宣统二年）正月，御史江春霖以"老奸窃位，多引匪人"劾之，词连夔龙及朱家宝（云南人），谓："直隶总督陈夔龙则其干女婿,安徽巡抚朱家宝之子朱纶则其子载振之干儿。"奉旨诘其"果何所据而言"。复奏谓:"陈夔龙继妻为前军机大臣许庚身庶妹,称四姑奶,曾拜奕劻福晋为义母。许宅寓苏州娄门内,王府致馈,皆用黄匣,苏人言之凿凿。夔龙赴川督任,妻畏道难逗留汉口,旋调两湖,实奕劻助力。朱纶拜载振为义父,系由袁世凯引进。光绪三十四年二月,朱纶曾到其父吉抚署内,购备貂褂、人参、珍珠、补服等件送礼。朱家宝每于大庭广众夸子之能,不以此事为讳。现犹不时往来邸第,难掩众人耳目。"奉旨斥以"毫无确据,恣意牵扯,谬妄已极","莠言乱政,有妨大局","任意诋诬"、"轻于诬蔑","实不称言官之职",命回原衙门行走(春霖本由翰林院检讨迁御史)。当是时,春霖直声震朝野。宣武门外北半截胡同广和楼酒肆有不署名之题壁诗二首云:

> 居然满汉一家人,干女干儿色色新。
>
> 也当朱陈通嫁娶,本来云贵是乡亲。
>
> 莺声呖呖呼爹日,豚子依依恋母辰。
>
> 一种风情谁识得? 劝君何必问前因。
>
> 一堂二代作干爷,喜气重重出一家。
>
> 照例定应呼格格,请安应不唤爸爸。
>
> 岐王宅里开新样,江令归来有旧衔。
>
> 儿自弄璋翁弄瓦,寄生草对寄生花。

谑虐之甚,一时哄传焉,或谓罗惇曧所作也。《梦蕉亭杂记》卷二有云:"庚戌正月枢臣南海戴文诚逝世,辇毂之下,喧传余将内召入辅。憨余者嗾使言官某侍御以不根之言妄行参劾。仰荷圣明垂鉴,令该御史明白回奏。卒以妄行诬蔑不称言职,从宽饬回原衙门行走。"即对此项参案之自辩。(至关于由川督改授鄂督,据云实乖本愿,有"鄂省财政枯窘,债台高筑,较之川省财力丰富,不啻天渊,岂可以此易彼"及"张文襄公督鄂垂二十年,百废俱举,规模宏肆。第鄂系中省,财锚只有此数,取锚铢而用泥沙,不无极盛难继之感"等语。亦见《杂记》卷二。)

(民国二十六年)

注释

1 自注:卸篆日适值立春。

2 自注:童时书院课卷,曾请弢庵太傅题句,旋复失去。

3 自注:往日上学书包,由先姊亲制,迄今尚存。

4 自注:赵诗末韵,他本押长字,当是初刊本。

5 自注:榜发名列第二。

6 自注:余年十六入庠,齿最少,同岁同榜有殷君诰。

7 自注:榜首萧君射斗,后中甲戌进士。

8　自注：与伯兄少石、仲兄幼石先后得科第。

9　自注：先光禄公弃养，余始八龄。家贫，有劝学贾者，先妣姜太夫人未允，力延师课读。

10　自注：黔俗，新秀才释菜日，例著蓝衫拜客。

11　自注：试题"於桐"二字，极枯窘，同试有阁笔者。

12　自注：学使刘藜阁检讨青照，极荷青睐。

13　自注：蒋劢堂相国有赋童试浮签诗，广征题咏。

14　自注：考录先发团榜。

15　自注：明年重宴鹿鸣；重宴恩荣之期则在十年后矣。

16　自注：定制，房考入闱，各分一经。

17　自注：先兄少石先生癸酉孝廉，惜已仙逝。

18　自注：正考毕东屏师保釐，蕲水人，庚申翰林。

19　自注：副考张兰轩师清华，番禺人，乙丑翰林。

20　自注：考房谢小蓬师绍曾，南康籍，贵州拣发知县，壬子举人。

21　自注：试场诗题："山色朝晴翠染衣"。

22　自注：用成句。试场首题："焕乎其有文章"。

23　自注：赴宴归来，先母姜太夫人率子祀先，喜极而涕。

24　自注：昨岁重游泮宫，荷颁到"碧水春长"御书横额。

25　自注：十九岁获中。

26　自注：湘阴左恪靖侯相国，壬辰乡举三场试卷硃墨本十四，至今完好。近日文孙乞余题词。

27 自注：今年重宴鹿鸣者，近日所知，尚有湘潭秦子质军门炳直、沪州高蔚然太守树、无锡杨小荔太守志濂。

28 自注：余宦游行省。

29 自注：癸卯河南乡试，余充监临。 是科撤棘后，乡举遂废。

30 自注：五上春官，始成进士。

31 自注：住卧室闭门不出。

32 自注：树须发皆白，公必不然。

33 自注：树十六岁入学，十八岁丁卯赴乡试。

34 自注：乙亥登科，游浣花草堂归里，未北上。 两弟中举后乃偕赴京。

35 自注：泸县数月阴雨，近日晴。 此首诗望我公重赴鹿鸣有恩旨。

36 自注：乙亥张文襄调树入尊经书院。

37 自注：公之罗甸及沪上大门，应悬匾以鼓励后辈儿童。

38 自注：公届时当置酒酹客。

39 自注：时年二十四。

40 自注：乡试恩榜例于文庙前树题名碑，与进士同。

41 自注：首艺并诗俸与闱刻。

42 自注：名次第八。

43 自注：房师鲁芝友，南丰人。

44 自注：毛旭初、崇之山、殷谱经、徐荫轩四座主化去已久。

45 自注：先堂叔祖际唐公举咸丰纪元辛亥京兆榜。

46　自注：丙子曹竹铭、庚辰黄慎之、癸未陈冠生三殿撰并同是科京兆榜。

47　自注：先母爱新觉罗太恭人盼子成名心切，闻报喜极。

48　自注：公籍隶贵阳。

49　自注：秦子质军门炳直。

50　自注：杨小荔太守志濂。

51　自注：高蔚然太守树。　三人均乙亥同年，寿八十以上。

52　自注：绂榜名裕绂，散馆后改。　宋庠本名郊。

53　自注：公乡举名亦与今异。

54　自注：癸未丙戌丁丑三科未赴试，及壬辰始登第，与馆选。

55　自注：改官山左，洊擢临清直牧，膴民社者凡九。

56　自注：国变解冠客历下。

57　自注：公前开府北直。

谈段祺瑞

段祺瑞于十一月二日卒于上海,以系"三造共和"之民国元老,闻者多致嗟悼焉。段氏早有知兵之名,佐袁世凯治军北洋,共王士珍、冯国璋称北洋三杰。其后当时势之推移,崭然有以自见,遂跻高位,执国柄,举措设施,动关大局,蔚为民国史上有声有色之人物。天津《大公报》三日短评《吊段芝泉先生》有云:"段先生对于中华民国的关系之大,为孙中山先生及袁项城以外之第一人。"盖的论也。文学非所长,然颇留心翰墨,所作亦有别饶意致者。如民国十五年在临时执政任时所撰《因雪记》云:

> 丙寅正月五日卯正,披短衣,著下裳,净面漱口后,念净口真言。披长衣,念净衣真言。整冠,取念珠,放下蒲团,跏趺西向坐,冥目宁神,虔诵佛号,廿转数珠,合掌读愿文。顶礼已,启目,垂手,收念珠入袋中。起身,去蒲团。五年余如一日也。持烟及盒,排闼穿房,入外客厅。刘玉堂、周尧阶、汪云峰拥坐奕案,俱起逆余。云峰让一坐。尧阶久不奕,欲先试之,让三子。两局俱北。云峰继之,所负之数与尧阶两枰等。适点心至,馒首两碟,食其

一，又尽麦粥两盂。刘谓雪似嫌小，举目视之，屋垣皆白。遂出念珠，默诵而行。出后门，过上房，赴后园，沿荷池，循引路，搴衣登山。安仁亭近在右侧，但不能穷千里之目。转而左向，更上，至正道亭。旋视远迩，一白无边，苍松翠柏，点缀摇曳，清气袭人，爽朗过望。因思厉气久钟，不雨雪已数月。既雪矣，乖戾之意大杀，人民灾劫或可豁除；然环顾豫鄂鲁直临榆张北，阴云惨淡，兵气沉霾。自顾职之所在，不免忧从中来。纲纪荡然已久，太阿倒持有年，人事计穷，欲速不达。心力交瘁，徒劳无补。惟有曲致虔诚，默祷上苍，由无量之慈悲，启一线之生机已耳。越涵慧亭，俯首降阶，遵曲径，穿小桥，傍石洞，绕山阳。过宅神祠，归坐内客厅。如意轮王咒百十一遍，往生咒倍之，大明王真言、往生真言等，接续诵毕，完一日之课程。遂援笔志之，以启发儿曹之文思。

一篇短文，有叙事，有写景，有感慨，有议论。以文家境诣言，虽尚欠功候，而无冗语，无华饰，真率而具朴拙之趣。本非文人，不必以文人之文绳之也。

时当大局风云日亟，政府地位，危疑震撼，若不可终日。段氏身为执政，忧念中犹有悠闲之态。盖果于用人，己惟主其大纲，不必躬亲诸务，亦其素习然也；惟责任则自负，政治上无论成败，从不诿过于下耳。（临时执政制度，本不设国务总理。后为应付环境,始增置之。若代负责任者,不过权宜之计,非段氏真不肯负责也。)又尝闻人谈其任边防督办时轶事。欧战既停,段由参战督办改称边防督办。其机关则由督办参战处改称督办边防处(所练参战军亦改称边防军)。处中事务,向委僚属处理,惟大事至府学胡同私邸启白而已(时吉兆胡同巨宅尚未建成)。一日雪后,偶至街头散步,顾谓随行之小僮曰:"边防处距此远否?"对以不远。曰:"可导我往彼一视。"比至,欲入。卫士见此叟步行而来,衣冠朴旧,因厉声呵止。僮斥之曰:"此督办也,汝等何敢尔!"卫士愕然请罪,阍者亟报处中重要职员,恭迎入督办室。众以今日督办忽莅,不知有何大事,肃侍静候训示。段微笑曰:"街头步雪,乘兴闲游至此;诸君不必在此招待,可即各治其事。"众乃爽然而退。段在督办室小憩,旋就处中巡览一过,仍由小僮待〔侍〕送,缓步而归。其暇逸之度,尤可概见。

李鸿章为段之乡前辈,以声望之隆,当晚清同、光、宣之际,一言"合肥",皆知所指为李氏也。自入民国,段氏乃继之而起。专"合肥"之称,先后若相辉映。段有《先贤咏》云:

昆仑三干脉,吾皖居其中。江淮夹肥水,层峦起重重。

英贤应运起,蔚然闲气钟。肃毅天人姿,器识尤恢宏。

勋望诚灿烂,宛如万丈虹。盛年入曾幕,文正极推崇。

发递据白下,十三秋复冬。分疆且不可,遣军犹北攻。

开科巳取士，坛坫以争雄。公奋投笔起，淮将征匆匆。

移师当沪渎，神速建奇功。一战克大敌，中外咸靖恭。

全苏勘〔戡〕定后，抚篆摄旌庸。助攻金陵复，鸟兽散群凶。

还师定中原，捻匪无遗纵〔踪〕。分军靖秦陇，归来戍辽东。

卅载镇北洋，国际庆交融。甲午败于日，失不尽在公。

寅僚不相能，未除芥蒂胸。力言战不可，枢府不相容。

巳筹三千万，意在添艨艟。不图柄政者，偏作林园供。

海军突相遇，交绥首大同。损伤相伯仲，几难判拙工。

策画设尽用，我力巳倍充。胜负究谁属，准情自明通。

及至论成败，集矢于厥躬。继起督两粤，远谪示恩隆。

庚子拳乱作，权贵靡从风。德使竟遇害，八国兴兵戎。

转战迫畿辅，无以挫其锋。銮舆俱西幸，都城为之空。

联军客为主，洞穿乾清宫。责难津津道，要胁更无穷。

仰面朝霄汉，气焰陵华崧〔嵩〕。环顾海内士，樽俎谁折冲？

五洲所信仰，惟有李文忠。国危而复安，深赖一老翁。

雅有劲气，亦未可以诗人之诗绳之（诗中叙李事，间有未尽谛处，无关宏旨），要见其对乡先贤钦慕之意耳。段在职时之肯负责任，盖有李氏之风。

鸿章子经方与段稔交，观其与客奕，有诗云：

俨同运甓惜光阴，镇日敲棋玉漏沉。

代谢几人称国手，后先一著见天心。

漫争黑白分疆界，转瞬兴亡即古今。

局罢请君观局外，纵横南北气萧森。

段和韵云：

孜孜闻道惜分阴，国势飘摇虑陆沉。

颠倒是非偏鼓舌，踌躇枢府费机心。

纲维一破那如昔，虞诈纷争到直今。

恶贯满盈终有报，难欺造物见严森。

又有一首云：

披裘玩雪不知寒，庭角初春赏牡丹。

放眼天空观自在，关心国势敢辞难？

众生且愿同登岸，沧海何忧既倒澜？

砭痛契深瘳厥疾，回环三复竟忘餐。

题为《伯行枉诗且有颂不忘规之语次韵奉答》；原唱未详。

段之《策国篇》，为十年以前自抒经国抱负之作，亦可觇其志也。诗云：

乡镇聚为邑，联邑以成国。国家幅员广，画省为区域。

民与国一体，忍令自残贼？利害关国家，胡可安缄默？

果具真知见，兴邦言难得。民智苦不齐，胸襟寡翰墨。

发言徒盈庭，转致生惶惑。政府省长设，各国垂典则。

邑宰如家督，权限赖修饬。统治成一贯，筹策纡奇特。

政不在多言，天健无休息。晚近纲纪隳，高位佥人弋。

武夫竞干政，举国受掊克。扰攘无宁土，自反多愧色。

往事不堪言，扫除勿粉饰。日新循序进，廉耻继道德。

农时失已久，饥寒兼忧逼。民瘼先所急，务令足衣食。

靖共期力行，百司各循职。良善勤讲诱，去莠惩奸慝。

言出法必随，不容有窥测。土沃人烟稀，无过于朔北。

旷土五分二，博种资地力。兵民移实边，十省两千亿。

内地生计裕，边疆更繁殖。道路广修筑，交通无闭塞。

集我国人资，银行大组织。独立官府外，经理总黜陟。

发达新事业，随时相辅翊。输入减漏卮，制造精品式。

肥料酌土宜，灌溉通沟洫。比户余粟布，孝弟申宜亟。

既富而后教，登峰务造极。国际蒸蒸上，谁复我挫折？

关怀国事之忧，溢于言表。

（民国二十五年）

谈徐树铮

徐树铮为民国史上有名人物，与政治、军事均有重要关系。誉者钦其壮猷远略，毁者病其辣手野心。而其人起家诸生，雅好文事，与柯劭忞、王树枏、马其昶、林纾、姚永朴、永概诸人游，盖有儒将之风。阅《视昔轩遗稿》，其文及诗词，颇有功候，不乏斐然之作，不仅以人传也。《致柯凤荪王晋卿马通伯书》云：

> ……读《易》后，发愿总集群经，遍为点读。年来奔走四方，形劳而神豫，无时无地，盖未尝不以丹铅典籍自随。近十三经中，惟余《公》《谷》未毕，非不知贪多之为害，特以不能详博，何敢返约，故亦不惮其繁也。尝考十三经之称，传记训诂，杂羼并列，未为的当，拟提出《尔雅》，仍以《大学》《中庸》还小戴之旧，而以大戴并立，附《国语》《国策》于《左氏传》后，合为十五经。再于《尔雅》后增取《方言》《释名》《说文》《广雅》，共成经训二十科。中国经世大文，殆可包举无遗。读者各尽资力所能，专治其一二，或普读其大凡。国家兴学育材，此为之基；立贤行政，此为之准。然后益以艺事之学，分门隶事，群智得其范围。古今

两无偏泥，神州决溜，庶免陆沉之惨，特不知何日能观厥成耳。诸子、诸史、骚赋、诗歌、填词、南北曲、八比文，皆中国文学粹腋，不可不各有最辑。拟定为目录，广求名宿耆贤审慎抉择后，刊布于世，俾勤读之士有所依归。近日文人之恶孽，著述之芜秽，或不至永为人心大患，亦治世之要也。此事重大，尚未敢轻有所表著。然权富可剥，功名可弃，此则毕生以之，穷通决无二致，非外物所得而夺矣……闻叔节病颇殆，每念及辄为之累日不怡；倘竟不起，宁不又少一人！天果欲仍以文化起吾中国，甚愿天之先有以起吾叔节。一粒之谷，食之不足饱，种之则可推衍陇亩，蕃育万方，非细故也。

又《上段执政书》云：

> ……反政以来，文教废坠，道德沦亡，读书种子，日少一日。如柯先生劭忞、王先生树枏、马先生其昶，经术词章，为世所师，皆已年逾七十。若姚永朴、胡玉缙、贾恩绂、陈汉章诸先生，年辈差后，亦皆六十内外。其他政论家流，虽有富赡文学者，然操行杂驳，于公私邪正多不能自持。而海内宿儒为树铮所不及知者，尤不知凡几。此数叟者，蛰居都门，著书讲学，矻矻罔倦。拟恩厚赠禄养，矜式国人，并饬梁秘书长鸿志、张帮办伯英、正志学校张校长庆琦，时为钧座存问，俾各身心安泰，保此斯文一脉。

林畏庐与姚叔节两先生先后病殁，至为痛惜。树铮辟地频年，奔走南北。兄姊亲爱，死丧迭仍，皆为私痛，未至过戚。惟两翁之殁，不能去怀。每一念及，辄复涕零。两翁者于钧座有旧，从学满天下，身后清苦，请饬存恤其家，使遐迩共歌钧座崇儒重道之雅，争奋求学，文化庶几复兴。钧座不欲重整吾华厚施当世则已，如欲之，舍昌明经训无他术也。为长治久安计，练百万雄兵，不如尊圣兴学信仰斯文义节之士。袁、黎、冯、徐诸氏，能取之而不能终之，可为殷鉴。物质器械，取人成法即足给用；礼乐政刑，非求之己国不足统摄民情。且各邦政学皆在我经训下，二十年之后，全球大小诸国不尊我经训为政治最精义轨者，树铮不敢复言读书妄论天下事矣。惟钧座及时图之。

二篇均其晚年文字，治学之志尚，经国之意见，与夫慕重师儒之情怀，大抵可睹。此种议论，自不免以思想迂旧见诮，而致力甚勤，信持极笃，要为自抒所是。至如《谢龚郅初赠倭刀》诗云："横海归来壮，风云变态多。宝刀堪赠我，世事竟如何？击楫会宵舞，逢人莫浩歌。为君勤拂拭，明日斫蛟鼍。"则表露其武健之本色。而《〈平报〉周年纪念日感言》云：

　　……余军人也。军人之天职在保民，在卫国。而保民之良法在去暴，卫国之能事在却敌。然则军人者杀人之人耳。夫彼人祖宗数十世延传之祀续，而我以利刃斩之;彼人数十寒暑艰苦化生以有其身,而我以顷刻死之。然则天下至不平之事孰有过于杀人哉?而余顾悍然为之,然则余殆不平之人耳。虽然,一家哭何如一路哭?惩一劝百,杀以止杀,非圣人之所谓仁术者乎?毋亦平天下之道固有赖于是者乎? ……故愿为记者进一言曰:我国破坏之馀,建设未集,法纪荡然,道德扫地。元凶巨憝,间出扰害,贤路未尽登庸,宵小或仍窃政。朝野隐痛,常郁郁多不平之气。暴之不除,良何由安?故欲平国民不平之气,非余辈保国卫民之军人杀人不可。欲杀人而仍不失人心之平,非扶持正论之记者倾注余辈军人杀人之目,参仿余辈军人杀人之腕,以著笔著述鼓吹杀人之事业不可。《平报》素详军事,语皆翔实。执笔者之性理似于余辈军人为近,或者不以余言为河汉也。余请拭目以观后效。

其个性尤充分呈见,觉杀气满纸矣。其师段祺瑞清末官江北提督时,曾自制长联,悬诸廨园,有"好一派肃杀情形"之句(见沃丘仲子费行简《段祺瑞》),殆可移作此文评语。俞仲华(万春)《荡寇志》结子云:"话说那嵇仲张公统领三十六员雷将,扫平梁山泊斩尽宋江等一百单八人之后,民间起了四句谣歌,叫做:'天遣魔君杀不平,不平人杀不平人。不平又杀不平者,杀尽不平方太平。'这四句歌乃是一个有才之士编造出来的,一时京都互相传诵。本来不是童谣,后来却应了一起奇事……"此文此歌合看颇有相得益彰之趣。（又按此"四句歌谣"实本于陶宗仪《辍耕录》卷二十七所载扶箕诗。）

又此文之开端云：

> 偶忆昨为民国二年十月三十日之夜，畏庐老人招饮，座客多《平报》记者，偶谈及越朝十一月一日为《平报》周年纪念日。于是群谋所以为《平报》祝者。畏庐老人谓余曰："子雅与《平报》诸记者善，殆不能无言矣。"此以昕夕卒卒，未敢诺于口也。顷自外归，足甫及书斋之槛，则十月三十一日《平报》又已衰然置案头。念余素性不喜读报，又时殊剧忙，虽余常御之案，中西京外报纸数十种，堆置靡弗备，而其得阑入余目，分其秒刻之暇，翛然以餂余者，《平报》外无一也。然则，《平报》周年纪念日，实余读《平报》周年纪念日也。《平报》周年纪念日，余固不必有言，余读《平报》周年纪念日，余又乌可以无言……

自道与《平报》之关系如此。按《平报》在并时诸报中，有特别之色彩，群称为陆军部机关报。时段祺瑞为陆军总长，树铮以次长实主部务，故又见称树铮之机关报。主编辑者为臧荫松，林纾则排日为撰笔记，曰《铁笛亭琐记》。是时树铮与诸文人交游日浅，渐染未深，文事造诣，不逮后此。此文以"以观后效"作结，既登报端，阅者或传以为笑，谓此徐次长对《平报》之训令也。迨祺瑞、树铮见猜于袁世凯，《平报》遂停刊。

（《铁笛亭琐记》曾由平报社出单行本，后归商务印书馆出版，改名《畏庐琐记》。）其后又有一小型报曰《平报》，名适同而已。迁都以还，"平报"复为北平各报之通称，犹之称津报、沪报等矣。

（民国二十四年）

谈孙传芳

佛堂溅血，一棺戢身，十年前威震东南之孙联帅遂长已矣。其事迹有足述者。

入民国后，北洋系大将山东人为多，吴佩孚、孙传芳其后起而负重名者也。传芳之视佩孚，知名于时尤较后，盖受佩孚赏拔而始得所凭借，浸以大显焉。传芳久在鄂，隶王占元部下，洊至第二师师长，犹若碌碌未有奇节。占元解职，传芳自结于佩孚，得拜长江上游总司令之命，稍露头角矣。然是官仅领空名，无土地，无人民，养望而已。旋承佩孚之命，统兵定闽，因任福建督理，乃得膺封疆重寄，而犹觉偏隅不足以大有为；且虑此役有功之师长周荫人亦欲一握疆符，遂以闽督让之（先已保为帮办），而己以闽粤边防督办之空衔，聊示兼圻之意。江浙齐卢战起，以闽赣联军总司令之名义攻浙，借内应而直抵杭州，乃代卢永祥作督，抚循军民，声闻日著。时曹锟为总统，除令督浙外，且授以闽浙巡阅使之头衔，名实均为兼圻重镇，与苏皖赣巡阅使齐燮元并称东南大帅焉。凡是均与佩孚有息息相通之关系。未几，锟被囚，佩孚丧师。段祺瑞为临时执政，永祥以宣抚使挟奉军南下，燮元、传芳组织江浙联军以拒之。(齐称第一路总司令,孙称第二路总司令。)燮元军当前敌,战不利。传芳见几撤兵自全,不与燮元同败。执政府仍以浙江军事善后督办界之。迨奉将杨宇霆督苏,传芳一面虚与周旋,一面密与诸将结合。准备既成,突发讨奉通电,率师入苏。宇霆仓皇退却,传芳遂奄有江苏。盖得浙得苏,咸如发蒙振落之易,其智略良有过人者也。

传芳既得江苏,且乘势而逐去皖督姜登选,亦奉将也。执政府即令传芳督苏,而传芳则先已自称苏皖赣浙闽五省联军总司令。盖兼有两巡阅使之地盘(亦即清代两江、闽浙两总督之地盘),五省将帅,悉秉号令,意气发舒,声威远播,"联帅"之称自此始。虽势力范围较佩孚"洛阳虎视"(康有为祝佩孚五十寿联语)时,尚有未逮,而结合之坚实则过之矣。闻当时苏省某巨绅致传芳贺电有云:"钱武肃开府十三州,吴越奉其正朔;郭令公中书廿四考,朝野仰若天神。"亦可略见威震东南群流翕附之一斑焉。此为传芳最得意之时代。

佩孚再起后,党军由湘入鄂。佩孚势不支,促传芳由江西出兵攻湘相援。传芳陈师江西,军容甚盛,而迟迟不发。迨佩孚败退,始与党军接触,屡战受挫,遂失赣省。既退归南京,知颓势难挽,乃微服赴津谒张作霖,俛首输诚,蕲共御党军。作霖许之。能伸能屈,传芳有焉。旋传芳地盘尽失,乃至山东依张宗昌,宗昌兄事之。作霖为大元帅,以传芳为第一方面军团长;宗昌为第二方面军团长,共任津浦线之军事。传芳曾一度乘蒋介石宣告下野之机会,将选锋反攻南京,血战于龙潭,以众寡不敌,卒大败。传芳逃而免,部下几无一生还,当时皆作殊死战也。事虽不成,宗昌及褚玉璞皆服其勇。传芳则痛哭曰:"精锐已丧,后无能为矣。"玉璞召集部曲训话曰:"你们算得什么队伍,像孙联帅的兵,那才真是队伍呢!"

其后党军进攻山东,传芳军视张褚所部,犹为劲旅。遂由济宁规取徐州,颇有进展,丰沛均入掌握,而宗昌正面奔溃,由韩庄退至泰安。传芳归路断绝,率部奋勇冲回,晤宗昌后,面责其偾事。宗昌惟自批其颊,连称"该死"。迨退出济南,传芳先至北京谒作霖,谈作战计划。(相传作霖诘以"你的仗是怎么打的"? 传芳答:"打得不错,已去徐州不远。如效坤正面不生变化,徐州早已取得。"问:"部下损失若干?"答:"无损失。"问:"枪械尚有多少?"答:"每兵两杆。"作霖诧问何以,传芳曰:"效坤兵溃,沿途遗弃枪械,俯拾即是。惜一人只有两手,若三手,则每兵三杆矣!"作霖大笑,慰劳甚至。)张学良劝作霖罢兵。作霖曰:"馨远尚言能战,何遽服输乎!"传芳经学良设法婉劝,始不再言可战。未几作霖出关遭难,学良亦遵国府电令东归,约传芳同行。传芳召集所部重要将领郑俊彦、李宝章等,征询善后意见。俊彦等先请示主帅有何成算。传芳曰:"我军现只有两条路可走:一即在关内占据地盘,与直鲁军（张褚所部）相呼应，静待机会，再图发展；一即投降党军耳。至全军随同奉军出关，则为事实上所办不到。因奉方已苦兵多，势难强其兼为我军筹饷糈也。"俊彦等不置可否，惟谓将士疲惫已甚。传芳喻其意，即曰："士各有志，我不相强。"于是全军向党军投降；传芳仅率学兵一营赴奉，由学良代为安插。从此"联帅"不掌兵符矣。

当传芳与学良及杨宇霆等同车离北京时，沿途虑有危险，随时试探前进。车行极迟，空中且时有党军飞机侦察，车中人多有惧色；传芳则言笑自若，弗改常度。遇车停时，每下车散步，若甚暇逸者，同车者皆称其胆大也。既抵奉，学良优礼之。传芳雄心亦尚未已，后鉴于宇霆之死，恐以锋芒取咎，乃深自韬抑云。近岁作天津寓公，共靳云鹏等逃禅诵经，法号智圆，若与世相忘者。本月（十一月）十三日在居士林为施从滨之女剑翘枪击陨命。一代英物，遂如斯结局。天津居士林为云鹏所发起组织，林长即彼。《大公报》载其十四日谈话有云：

> 馨远系余劝其学佛，平日作功夫甚为认真，诚心忏悔。除每遇星期一、三、五来诵经外，在家作功夫更勤。每日必三次拜佛，每次必行大拜二十四拜。所以两年以来神色大变，与前判若两人。其夫人亦作功夫甚勤。立志改过，专心忏悔，而犹遭此惨变，殊出人意料之外，几使人改过无由，自新亦不可得。（靳氏言至此，不觉拍案叹

息。)……此风万不可长……人非圣贤,谁能无过,要在知过改过。若努力改过犹遭不测,则无出路可想。

传芳学佛之近况盖若是,云鹏伤类之感亦足睹。施从滨者,宿将,久官鲁省,历任镇守使等要职。传芳略地苏皖时,张宗昌以鲁督出兵与战而败,从滨被俘,传芳杀之。其后孙、张弃怨成好,共事一方,而从滨则既死矣。以学佛之有名军人而遭暗杀,传芳盖与张绍曾同;以有名军人而被暗杀于报仇,其事又若与徐树铮、张宗昌相类焉。兹四人者,虽有等差,要皆民国史上得占一席地者也。

传芳由闽入浙,抵杭州之日,雷峰塔崩圮,谈休咎者以为不祥之征,而传芳无恙,驯且以浙江为根据地,一跃而为五省联帅焉。在浙时收拾民心,与地方感情颇不恶。比至苏,首裁附加捐税,民誉大起。农田以负担减轻而涨价,闻最贵者至每亩值一百五十元云。某绅献策,请行亩捐,每亩征银二角,以助军费,传芳弗许也。(至赴赣督师时,以军用浩繁,乃行之以应急。)失败后,在江浙尚无去思,亦自有因耳。至其在赣顿兵不动,自老其师,坐失机宜,以取覆败。说者谓,初意盖不欲已尽其力而使吴佩孚收其功(传芳已尊显,佩孚犹以部曲将视之,传芳意不能平),且有与党军妥协之一种幻想云。

(民国二十四年)

谈胡雪岩

　　杭人胡光墉(字雪岩)以商业称霸,名著中外,声势烜赫。至光绪九年癸未,所业倒闭,举国震动,实距今年癸未六十年前一大事也。其人虽以失败终,溯其生平,要为一非常之人物,其盛衰之际,令人兴感。李莼客(慈铭)《越缦堂日记》癸未十一月初七日云:

　　　　昨日杭人胡光墉所设阜康钱铺忽闭。光墉者,东南大侠,与西洋诸夷交。国家所借夷银曰洋款,其息甚重,皆光墉主之。左湘阴西征,军饷皆倚光墉以办。凡江浙诸行省有大役大赈,事非属光墉若弗克举者。故以小贩贱竖,官至江西候补道,衔至布政使,阶至头品顶戴,服至黄马褂,累赏御书。营大宅于杭州城中,连亘数坊,皆规禁御参西法而为之,屡毁屡造。所畜良贱妇女以百数,多出劫敚。亦颇为小惠,置药肆,设善局,施棺衣,为馈饙。时出微利以饵杭士大夫,杭士大夫尊之如父,有翰林而称门生者。其邸店遍于南北,阜康之号,杭州、上海、宁波皆有之,其出入皆千万计。都中富者,自王公以下,争寄重资为奇赢。前日之晡,忽天津电报言其南中有亏折,都人闻之，竟往取所寄者，一时无以应，夜半遂溃，劫攘一空。闻恭邸、文协揆等皆折阅百余万，亦有寒士得数百金托权子母为生命者，同归于尽。今日闻内城钱铺曰四大恒者，京师货殖之总会也，以阜康故亦被挤危甚。此亦都市之变故矣。

初十日云：

作片致介唐，属代取现银。以今日闻四恒号将闭，山西人所设汇局皆被挤危甚也。使诸肆尽闭，京师无富商大贾，内外货贝不通，劫夺将起，司农仰屋之筹益无可为矣。

略述胡氏之为人，北京当阜康号倒闭时之景象，亦于斯可见其大致焉。李谓杭士大夫尊之如父，盖不免过甚其词。日记中对杭人每好轻诋，颇有浙东西畛域之见。

又日记同治五年丙寅四月二十三日言及胡事云：

张某，邑之大駔。庚申、辛酉间，与杭人胡雪岩操奇赢，各挟术相欺诈。银价旦夕轻重，或相悬至数百千万，钱法以之大坏，商贾遂共煽惑为观望。主军需者至持饷不发。胡倚故巡抚王壮愍，而张与前知府怀清暗，益树势倾轧。越事之败，实由两人……胡雪岩者，本贾竖，以子母术游贵要间。壮愍故以聚敛进，自守杭州至抚浙，皆倚之。遂日骄侈，姬侍十余人，服食拟于王者，官亦至监司。左宫保初至，欲理其罪。未几复宠，军中所需，皆倚取办，

益擅吴越之利。杭之士大夫有志行者皆贱之，不肯出共

事，故益专。其材盖出张某上远甚……亦牵连记于此，以

验其他日之败。

可与癸未所记合看，盖李于十余年前已言其必败矣。

文协揆，谓协办大学士刑部尚书文煜，素有富名者也。给事中邓承修旋劾文煜存阜康银号银数至七十余万之多，请饬查明确数，究所从来，据实参处。十九日奉谕"著顺天府确查具奏"。顺天府兼尹毕道远、府尹周家楣查复，奏称查核阜康号票根簿内有联号开列银四十六万两，第一号上注明"文宅"字样。除前江西布政使文辉，呈请究追阜康银款十万两称由文煜代为经手外，其余三十六万两簿中只注"文宅"字样，云云。二十五日奉谕"著文煜明白回奏"。文煜奏称由道员升至督抚，屡管税务，所得廉俸历年积至三十六万两，陆续交阜康号存放，云云。二十六日奉谕："所奏尚无掩饰，惟为数较多，著责令捐银十万两，即由顺天府向该号商按照官款如数追出，以充公用。"文煜饶于财，此外当尚多。以追银十万两归公了事，不予深究矣。（又有前驻藏帮办大臣锡缜，以报捐八旗官学用款，请将阜康商号存银万两饬追归公，于十二月上奏。初九日奉谕："所奏殊属取巧，著将原折掷还。"给事中郑溥元，劾锡缜前在户部与姚觐元、董焞翰、启续等表里为奸，家称巨富，请派员查参，云云。十四日奉谕："锡缜久经告病开缺，

已往之事,姑免深究。惟该给事中称其任意渎奏,实属咎无可辞,锡缜著交部严加议处。至所称告病未经销假人员应否呈递奏折之处,著请部查明具奏。"二十五日谕:"锡缜著照兵部议降四级调用,不准抵销;并折罚所兼世职半俸九年,免其降调世职。至告病人员,虽据查无不准递折明文,惟究于体制未合,嗣后凡告病未经销假者概不准自行递折奏事。"其事亦可附述。姚觐元辈昔为户部司员,官至司道,上年壬午阎敬铭任户部尚书后,以在部旧事被劾褫职;锡缜亦曾官户部司员者也。)

胡受左宗棠知遇器使,筹饷购械,左氏深资其力。(为借洋款,以助西征,亦中国外债史初期可特书者。光绪三年五月左氏奏明借定洋款——由汇丰银行借银五百万两——一折,言每月一分二厘五毫起息。)屡经奏奖,俾邀异数。其称道之词,见于奏议者,如同治五年十一月《附陈胡道往来照料听候差遣片》,谓:

> 道员胡光墉素敢任事,不避嫌怨。从前在浙历办军粮军火,实为缓急可恃。咸丰十一年冬杭城垂陷,胡光墉航海运粮,兼备子药,力图援应。载至钱塘江,为重围所阻,心力俱瘁。至今言之,犹有遗憾。臣入浙以后,委任益专,卒得其力。实属深明大义不可多得之员。惟切直太过,每招人忌……臣稔知其任事之诚,招忌之故。

同治十年九月《办理粮饷各员请奖片》,谓:

布政使衔福建补用道胡光墉,设局上海,购运西洋军火枪炮,转运东南协饷。每遇军用艰巨饷需缺乏之时,不待臣缄续相商,必设法筹解,以维大局。

同治十二年四月《请赏道员胡光墉母匾额折》,谓:

浙江绅士布政使衔在籍福建候补道胡光墉,经臣奏派办理臣军上海采运局务,已逾八年。转运输将,毫无缺误。臣军西征度陇,所历多荒瘠寒苦之区,又值频年兵燹,人物彫残殆尽。本省辖境,无可设措,各省关欠解协饷,陈陈相因,不以时至。每年准发足饷,先犹以两月为度,继则仅发年杪一月,而犹虞不能如期收到,转散各营。每年岁事将阑,辄束手悬盼,忧惶靡已。胡光墉接臣预筹出息借济缄牍,无不殚诚竭虑,黾勉求之。始向洋商筹借巨款,格于两江督臣非体之议中止;继屡向华商筹借,均如期解到,幸慰军心。去冬华商借款不敷,胡光墉勉竭己资,并劝各亲友助同出借,计借十万两,以副期限,不取息银。其力顾军需深明大义如此。上海为洋商会集之所,泰西各国,枪炮火器,泛海来售,竞以新式相耀。臣于闽浙总督任内,饬胡光墉挑择精良,不分新旧,惟以便利适用为要。嗣调督陕甘,委办上海转运局务兼照料福建轮船事宜。胡光墉于外洋各器械到沪,随时详细禀知,备陈良楛利钝情形,伺其价值平减,广为收购,运解军前,臣军实资其用。其购到普洛斯后膛螺丝开花大炮及后膛七响洋枪，精巧绝伦，攻坚致远，尤为利器，各军营竞欲得之，而价值并未多费。其孜孜奉公如此。同治十年，奉伊母胡金氏之命，以直省水灾较广，捐制棉衣一万件。嗣复添制棉衣五千件，并捐牛具籽种银一万两。以津郡积潦未消，籽种不齐，续捐足制钱一万串，以助溲水籽种之需。此外办运浙江赈米，奉委采办闽米，运送上海，装载赴津。迭经直隶闽浙督抚臣先后奏明在案。去年臣以甘肃苦寒，兵燹之余，百货昂贵。种棉织布之利，土民向所不谙。无衣之患，甚于无食，而边地降雪最早，每值严寒，冻毙者所在皆是。现值饷需奇绌，势难分兵勇御寒之具遍惠寒民。因念江南布棉价廉，人多好义，爰檄饬该道劝捐棉衣，并许俟集有成数专折请奖。旋据该道禀称，伊母年届七旬，屡饬该道毋以宰割为寿，令将平日节缩所存，捐制加厚加长棉衣二万件，以给边荒穷窭；并亲率家属，逐件按验，其有制办未善者，立令更换。该道又另劝捐棉衣裤八千件，均于去年七月间运交臣军后路粮台，输解前来。臣去冬转饬散给，所全甚多。

又光绪四年三月《胡光墉请予恩施片》，谓：

浙江在籍绅士布政使衔江西补用道胡光墉，上年闻陕省亢旱成灾，饥民待赈孔亟，拟捐银二万两白米一万五千石装运赴汉口飞挽入秦。臣因道远运艰,饬改捐银两。
兹据禀称改捐银三万两,共捐实银五万两解陕备赈。即
前截留备购东洋米之洋款三十万两,亦已改银轻赍到甘。
并据该道呈开,捐输江苏沭阳县赈务制钱三万串,捐输山
东赈银二万两白米五千石、制钱三千一百串。又劝捐新
棉衣三万件,捐山西赈银一万五千两,并捐河南赈银一万
五千两。只因目击时艰,念灾民饥饿流离之苦,竭力捐
助,不敢仰邀奖叙等情前来。臣维胡光墉自奏派办理臣
军上海采运局务,已历十余载,转运输将,毫无遗误。其
经手购买外洋火器,必详察良楛利钝,伺其价值平减,广
为收购。遇泰西各国出有新式枪炮,随时购解来甘。如
前购之普洛斯后膛螺丝开花大炮,用攻金积堡贼巢,下坚
堡数百座;攻西宁之小峡口,当者辟易。上年用以攻达板
城,测准连轰,安夷震惧无措,贼畏之如神。官军亦羡为
利器,争欲得之。现在陆续运解来甘者,大小尚存数十
尊,后膛马步枪亦数千杆。各营军迅利无前,关陇新疆速
定,虽曰兵精,亦由器利,则胡光墉之功实有不可没者。
至臣军饷项,全赖东南各省关协款接济,而催领频仍,转
运艰险,多系胡光墉一手经理。遇有缺乏,胡光墉必先事
筹维,借凑预解。洋款迟到,即筹借华商巨款补之。臣军
倚赖尤深,人所共见。此次新疆底定,核其功绩,实与前

敌将领无殊。臣不敢稍加矜诩,自蹈欺诬之咎;亦何敢稍从掩抑,致负捐助之忱。兹就胡光墉呈报捐赈各款,合计银钱米价棉衣及水陆运解脚价,估计已在二十万内外,而捐助陕甘赈款,为数尤多。又历年指解陕甘各军营应验膏丹丸散及道地药材,凡西北备觅不出者,无不应时而至,总计亦成巨款。其好义之诚用情之挚如此。察看绅富独力呈捐,无如其多者。

由此三奏所云,左对胡之知赏倚重与胡之功状可睹矣。

其见于左氏书牍者,如壬申(同治十一年)答杨石泉,谓:胡雪岩,商贾中奇男子也。浙人始訾之,近亦无甚议论。又见于家书者,如乙丑(同治四年)三月与孝威(其长子),谓:

胡雪岩人虽出于商贾,却有豪侠之概。前次浙亡时,曾出死力相救。上年入浙,渠办赈抚,亦实有功桑梓。外间因请托未遂,又有冒领难民子女者被其峻拒,故不免蜚语之加。我上年已有所闻,细加访察,尚无其事。至其广置妾媵,乃从前杭州未复时事。古人云:人必好色也,然后人疑其淫。谓其自取之道则可耳。现在伊尚未来闽,我亦未再催。尔于此事,既有所闻,自当禀知。但不宜向人多言,致惹议论。

可与同治五年奏片所陈招忌一节合看。左氏排物议而器使之,倚以集事,可谓能度外用人者已。至胡以好色贻讥,其后来商业上之一败涂地，亦颇因奢淫之故也。

曾劼刚(纪泽)《使西日记》光绪五年己卯云：

十二月初二日：葛德立言及胡雪岩之代借洋款，洋人得
息八厘，而胡道报一分五厘。奸商谋利，病民蠹国，虽籍没其
资财，科以汉奸之罪，殆不为枉，而复委任之，良可慨已！

于胡氏为左借款事深斥之。

沃丘仲子(费行简)《近代名人小传》传胡于货殖，据云：

同治间足以操纵江浙商业为外人所信服者，光墉一
人而已，浙人，字雪岩。初学贾钱肆中，一日突有人来，谓
为湘军营官，饷弗继，欲假二千元。适主事者咸外出，唯
光墉留，贸然许之。约翌日至取资，踰时众归，闻而大哗，
主者立逐之出，然亦不敢毁约。越日其人来，如数以贷。
未浃旬，竟携资来偿，本息弗绌。唯向前慨假我资者，乃
一少年，今何不在。肆人诡以病对。时光墉已潦倒甚，偶
踽踽行河上。忽值是人，问子病当瘥。对不病。曰不病
何状若是，对无业故憔悴。其人大诧，语以肆人语。光墉
亦倾告前事，曰是则我害子矣。遂延致军中，为易衣进
餐，谓：自得资给诸卒，皆踊跃赴敌，遂克近邑。今我有资
十万皆得自贼中者，固不足告外人。钦子诚实，且坐吾
累，愿以资贷子设肆可乎？欣然承之。自是左军所至，势
若破竹，浙东西及八闽皆定。诸将既得贼中镪货多，而克

城皆置局榷税,饷入亦丰,莫不储之光墉所。及宗棠北伐
回捻,又檄令购运军食,其时肆中湘人存资过千万,乃并
治丝茶药诸业。当大乱新平,旧商零落,乃以丰财捷足,
百业并举。迄同治壬申,私财亦二千万。乃假洋债,助宗
棠出关,时已官道员,遂晋头品顶戴黄马褂。然光墉特幸
逢时会,非真有奇计雄略。既富显,唯知奢纵,用人第取
先意承志者,老成羞之。肆渐中亏,对洋商屡食言,信誉
日堕,不十年所营皆败,且亏军需帑,至褫职监追。宾客
尽散,姬妾潜逃,只堂上一衰母耳。愤死。余一药肆,为
人所得,仍其旧名,岁给资千余以赡光墉家而已。从来成
败无若其速者。

亦可备览。惟所述多不了了。胡早已受知于王有龄,商而且
官,声势颇张,岂迨左军入浙尚学贾钱肆乎?

刘声木(体仁)《异辞录》卷二云:

《清史》而立《货殖传》,则莫胡光墉若。光墉字雪
岩,杭之仁和人。江南大营围寇于金陵,江浙编〔偏〕处
不安,道路阻滞,光墉于其间操奇赢,使银价旦夕轻重,遂
以致富。王壮愍自苏藩至浙抚,皆倚之办饷,接济大营毋
匮。左文襄至浙,初闻谤言,欲加以罪。一见大加赏识,
军需之事,一以任之。西征之役,偶乏,则借外债,尤非光
墉弗克举。迭经保案,赏头品衔翎三代封典,俨然显宦,

特旨赏布政司衔赏黄马褂，尤为异数矣。光墉借官款周
转，开设阜康银肆。其子店遍于南北，富名震乎内外，佥
以为陶朱猗顿之流。官商寄顿赀财，动辄巨万，尤足壮其
声势。江浙丝茧向为出口大宗，夷商把持，无能与竞。光
墉以一人之力，垄断居奇，市值涨落，外国不能操纵，农民
咸利赖之。国库支绌，有时常通有无，颇恃以为缓急之
计。先文庄抚浙之初，藩库欠光墉资二十万，尚不知其为
何如也。光墉见，称述中堂不置，而莫明其为谁，问之乃
湘阴也。笑而遣之。未久光墉以破产闻。先是，关外军
需咸经光墉之肆，频年外洋丝市不振，光墉虽多智，在同
光时代，世界交通未若今便，不通译者每昧外情。且海陆
运输，利权久失，彼能来我不能往，财货山积。一有朽腐，
尽丧其赀。于是不得已而贱售，西语谓之"拍卖"，遂露
窘状。上海道邵小村观察本有应缴西饷，靳不之予。光
墉迫不可耐，风声四播，取存款者云集潮涌，支持不经日
而肆闭。光墉有银号一、典二十有九、田地万亩，其他财
货称是。上海、杭州各营大宅，其杭宅尤为富丽，皆规禁
御仿西法，屡毁屡造，中蓄姬妾辈十余人。先一日光墉由
沪而杭，尽呼之集一堂，自私室出立即下键，予以五百金
遣去，不得归取物，有怀挟者任之。光墉选艳，惟爱幼孀，
以为淫佚恣意之便，本无一人崇尚名节。故一哄而散，毋

稍留恋。次日光墉将其业产簿据献于文庄，不稍隐匿。在落魄之中，气概光明，曾未少贬抑。文庄为设局清理，令候补州县二十九人接收各典，皆踧踖莫知所对语。文庄谓此二十九人者曰："诸君学古入官，独不思他日积赀致富设典肆以谋生乎？收典犹开典也，不外验赀查账而已。"文协捃存款三十五万，疏请捐出十万报效公帑，其余求追，以胡庆余堂药肆之半予之。孙子授侍郎乃文庄庚申同年也，有万金在其银肆内。张幼樵学士来书云："子授得失尚觉坦然，而家人皇遽，虑无以为生计，乞为援手。"亦诺焉。其外京朝外省追债之书，积之可以丈尺计。则一时阛阓中扰乱情形，可想见已。前一岁有僧以赀五百元存于杭城典肆，肆以为方外书名不便，拒而不纳。僧以木鱼敲于门外，三日三夜。光墉偶过其处，问故，许之。及是僧至取款，不与，则敲木鱼不止。肆伙笑谓之曰："和尚汝昔以三日三夜之力而敲入，今欲以三日三夜之力敲出，不可得也。"不得已而以妇人衣裤折价相抵。僧持泣曰："僧携此他往，诚不知死所矣！"挥泪而去。其流毒类如是。是时贾商贩竖，挟胡氏物出售者，其类不可胜数，罔不显其奢丽。其屋上雕镂，室中几案，园内树石，每易一主，辄迁移以去，至于清亡而未已。光墉未几即死。其母旋亡，距七十寿辰不足一岁。杭人谑之曰:"使母早三月逝,当备极荣哀之礼。"此老妇人真以寿为戚矣。

《海上花列传》中黎篆鸿即光墉也,语焉未详。传中有女婿朱淑人,今亦无考。然光墉有后嗣,庆余堂之半仍为彼有,营业至今不衰云。虽间有未尽谛处,而大体盖〔尚〕颇翔实。(文庄为刘父秉璋谥。)

醒醉生(汪康年)《庄谐选录》卷十二云:

杭人胡某,富埒封君,为近今数十年所罕见。而荒淫奢侈,亦迥〈非〉寻常所有,后卒以是致败。兹就平日所闻者诠次于后,亦足资鉴戒矣。胡有财神之目,相传胡幼时作徒于某店,夜卧柜台上。半夜忽闻有人声,急呼众起,果得一贼,已僵矣。久之始醒。众询其故,则叩首言:贫不能自存,故逾垣入,冀有所获。不意甫入门,即见一金面神卧于桌上,遂不觉惊骇欲绝。众乃扶而释之,咸窃窃奇胡。胡后为某钱店司会计,有李中丞者,时以某官候补于浙,落拓不得志。一日诣其店告贷,众慢不为礼。胡独殷勤备至,且假以私财。某感之,誓有以报。迨后扬历封疆,开府浙江。甫到任,即下檄各县曰:凡解粮饷者必由胡某汇兑,否则不纳。众微知其故,于是钱粮上兑,无不讬诸胡。胡遂以是致富。左文襄收复杭州时,胡亦由上海回杭。或有以蜚语上闻者,左怒。胡进谒,即盛气相待，且言将即日参奏。次日胡忽进米十数舟于左，并具禀言："匪围杭城之际，某实领官款若干万两往上海办米。迨运回杭，则城已失陷，无可交代。又不能听其霉变，故只得运回上海变卖。今闻王师大捷，仍以所领银购米回杭，以便销差，非有他故也。"时东南数省，当沦陷后，赤地千里。左方以缺饷为虑，得胡禀，大喜过望，乃更倾心待胡。凡善后诸事，悉以委之，胡由是愈富。左文襄西征时，苦军饷无所出，乃令胡为贷于某银行，以七厘行息。左借此得率军出关，故不以利重为嫌。其实此款即由银行刷印股票，贷诸华人，以四厘行息，三厘则银行与胡各分其半也。忆某年银行执事人回国，香港诸西人共饯之。半坐，忽一人起而问曰："诸君今日饯某，为公事乎？为私情乎？"众曰："自然是为公事。"其人徐言曰："彼为左大人经理借款，曾告我四厘行息。我昨获见其合同底稿，乃是七厘行息，何也？"执事人色沮，嗫不能答，众亦失色而散。胡姬妾极多，于所居之室作数长弄，诸妾以次处其中，各占一室，若宫中之永巷然。胡不甚省其名，每夕由侍婢以银盘进，盘储牙牌无数，胡随手拈得一牌。婢即按牌后所镌之姓名呼入侍寝，每夕率以为常。胡酷好女色，每微服游行街市，见有姿色美丽者，即令门客访其居址姓氏，向之关说。除身价任索不计外，并允与其父若夫或兄弟一美馆。于是凡妇女之无志节者，男子之阘茸者，无不惟命是听。而其市肆店号所用之伙友，大半恃有内宠，乾没诓谝无所不至，遂至于败。胡荒淫过度，精力不继，有以京都狗皮膏献者，胡得之大喜。盖他春药皆系煎剂或丸药之类，虽暂济一时，然日久易致他疾，惟狗皮膏只贴于涌泉穴中，事毕即弃去。其药性不经脏腑，故较他药为善。然京中他店所售皆伪物，即有真者，而火候失宜，皆不见效，惟一家独得秘传，擅名一时，而有时亦以旧物欺人，伪作新者。故胡每岁必嘱其至戚，挟巨金入京监制，以供一年之用，所费亦不赀。某年有人于津沽道中遇其戚某，询以何往。彼亦不讳言，并告以制膏法，惜日久忘之矣。胡败后，自知不能再如前挥霍，乃先遣散其姬妾之平常者，令其家属领归，室中所有亦任其携去，所得不亚中人之产。迨后事渐亟，谣言将有籍没之举，乃亟择留其最心爱者数人，余皆遣去，则所携已不及前，然犹珠翠盈头绮罗被体也。暨疾亟，其家人并其所留之姬迫〔遣〕去，则徒手而出，一无所得矣。其不幸如此。江浙诸省，于胡败后，商务大为减色，论者谓不下于庚申之劫。盖其时惟官款及诸势要之存款，尚能勒取其居室市肆古玩为抵。此外若各善堂、各行号、各官民之存款，则皆无可追索，相率饮恨吞声而已。胡死之次年，值中元节，杭例有盂兰盆会之举,有轻薄子故于其居室前设一醮坛,悬蟒袍补服大帽皂靴及烟具赌具诸寓于壁,旁悬一团扇。题其上曰:"雪岩仁兄大人法正"。见者粲然,怨毒之于人亦甚矣哉!胡之母享年九十余。当胡未败时,为母称觞于西湖云林寺,自山门直至方丈房,悬挂称寿之文,几无隙地。自官绅以至戚族,登堂祝寿者踵相接。暨胡殁后,母亦继殁,则其亲友方避匿不遑,到者寥寥。其家新被查抄之命,虑人指摘,丧仪一切,惟务减杀,无复前之铺张矣。论者或比诸《红楼梦》之史太君,洵然。论曰:综胡之一生言之,抑亦一时无两人也。当其受知湘阴相国,主持善后诸事,始则设粥厂,设难民局,设义烈遗阡;继而设善堂,设义塾,设医局,修复名胜寺院,凡养生送死赈财恤穷之政,无不备举。朝廷有大军旅,各行省有大灾荒,皆捐输巨万金不少吝。以是屡拜乐善好施之嘉奖,由布政使衔候选道被一品之封典,且赠及三代如其官。外人之商于华者,亦信为巨富。中朝向之假贷,苟得胡署名纸尾,则事必成。至于委巷小民,白屋寒士,待胡而举火者,咸颂胡祷胡不置。呜呼,何其盛也!及其败也,此方以侵蚀库款被县官封闭告,彼即以伙友无良挟赀远遁告。身败名裂,莫为援手。宾客绝迹,姬妾云散,其〔前〕后判若两人。呜呼,何其衰也!岂生平所获皆不义之财,故悖入者亦悖出欤？抑务广而荒，受踰于器，人满则天概之，故及身而败欤？梁武帝有言曰："自我得之，自我失之，亦复何憾。"其斯人之定论也夫。（又卷四云："杭胡雪岩盛时，尝于冬日施丐，每人棉衣一件又钱二百文，一时托钵之流颂德不置。"）

又李伯元（宝嘉）《南亭笔记》卷十五云：

浙江巨商胡雪岩，受左文襄特达之知，赏黄褂加红顶，遭逢之盛，几无其匹。后以亏空公款奉旨查抄，文襄再三为力，脱于文网，未几郁郁而终。冰山易倒，令人浩叹。胡好骨董，以故门庭若市，真伪杂陈。胡亦不暇鉴别，但择价昂者留之而已。一日有客以铜鼎出售，索八百金，且告之曰：此系实价，并不赚钱也。胡闻之颇不悦，曰：尔于我处不赚钱，更待何时耶？遂如数给之，挥之使去，曰：以后可不必来矣。其豪奢皆类此。每晨起，取翡翠盘盛青黄赤白黑诸宝石若干枚，凝神注视之。约一时许，始起而盥濯，谓之养目，洵是奇闻。胡有妾三十六人，以牙签识其名。每夜抽之，得某妾乃以某妾侍其寝。厅事间四壁皆设尊罍，略无空隙，皆秦汉物，每值千金。以碗砂捣细涂墙，扪之有棱，可以百年不朽。园内仙人洞，状如地窖，几榻之类，行行整列。六七月，胡御重衣偃卧其中，不复知世界内尚有炎尘况味。花晨月夕，必令诸妾衣诸色衣连翩而坐，胡左顾右盼，以为乐事。或言胡尝使诸妾衣红蓝比甲，上书车马炮。有一台，高盈丈，画为方罫，诸妾遥遥对峙。胡与夫人据阑干上，以竿指挥之。谓为下活棋，亦可为别开生面矣。胡尝衣敝衣过一妓家，妓慢之不为礼，一老妪殷殷讯问，胡感其诚，坐移时而去。明日使馈老妪以蒲包二，启视之，粲粲然金叶也。妓大悔，复使老妪踵其门，请胡命驾。胡默然无一语，但撚须微笑而已。胡尝过一成衣铺，有女倚门而立，颇苗条，胡注目观之。女觉，乃阖门而入。胡恚，使人说其父，欲纳之为妾，其父靳而不予。许以七千元，遂成议。择期某日，宴宾客，酒罢入洞房。开尊独饮，醉后令女裸卧于床。仆擎巨烛侍其旁，胡回环审视，掀髯大笑曰：汝前日不使我看，今竟何如？已而匆匆出宿他所。诘旦遣妪告于女曰：房中所有悉将去，可改嫁他人，此间固无从位置也。女如言获二万余金，归诸父，遂成巨富。胡尝观剧，时周凤林初次登台，胡与李长寿遥遥相对，各加重赏。胡命以筐盛银千两，倾之如雨，数十年来无有能继其后者。

胡败日，预得查抄信，侵晨坐厅事间，召诸妾入。诸妾自房出，则悉扃以钥，已而每人予五百金，麾之使去。其有已加妆饰者，则珠翠等尚可值数千金。其猝不及防者，除五百金外，惟所着衣数袭，余皆一无所有。胡所居门窗户闼,其屈戌〔戍〕皆以云白铜镕铸而成。查抄后,当事者恐为他人盗去,悉拔之使下,堆废屋中,充梁塞栋。胡既以助筹军饷受知于左文襄公,财势盛极一时,故各省大吏之以私款托存者不可胜计,胡以拥资更豪,乃有活财神之目。迨事败后,官场之索提存款者亦最先。有亲至者,有委员者,纷纷然坌息而来,聚于一堂。方扰攘间,左文襄忽鸣驺至。先是司账某知事不了,已先期远飏,故头绪益繁乱,至不可问。文襄乃按簿亲为查询,而诸员至是皆嗫嚅不敢直对。至有十余万仅认一二千金者,盖恐干严诘款之来处也。文襄亦将机〔计〕就计,提笔为之涂改,故不一刻数百万存款仅以三十余万了之。胡之败也,亏倒文文达公煜存款七十万两,因托德馨料理,言官劾之,谓文何得有如许巨资,朝旨令其明白回奏。后以历任粤海关监督、福州将军等优缺廉俸所入为对,并请报效十万,竟蒙赏收。此项乃议以庆余堂房屋作抵,其屋估价二十万,尚余十万令胡自取为糊口之资。德之用心可为厚矣。胡豪富之名,更驾潘梅溪而上,败后以天马皮四脚袴货诸衣市,尚值万马〔余〕金。肆中裁长补短,改为外褂,到省人员多购之。后知其故,竟至无人过问。胡第三子名大均,后以知府候补某省,每年必返杭一次,为收雪记招牌租金三千两也。胡既败,分遣各妾,金珠悉令将去。

某年其第三子大均回浙，一妾依然未嫁，闻而探视。无何妾病，即卒于大均处。检其所携之篋，只珠二颗，值银一万两。他物称是。可想见胡平日之豪奢矣。胡之舆夫，相随既久，亦拥巨资。舆夫有家，兼畜婢仆。入夜舆夫返，则金呼曰："老爷回来了，快些烧汤洗脚。"一舆夫而至于此，真是千古罕闻。

又卷二云：

> 德晓峰中丞馨任浙藩时，议者多谓其篋篋不饬。然甲申年富商胡雪岩所开阜康银号骤然倒闭，德与胡素相得，密遣心腹于库中提银二万赴阜康，凡存款不及千者悉付之。或曰："是库银也，焉得如是？"德曰："无妨也，吾尚欠伊银二万两，以此相抵可也。"更遣心腹语胡曰："更深后予自来。"届时德果微服而至，与之作长夜谈。翌晨将胡所有契据合同满贮四大篋，舁回署内，而使幕友代为勾稽。后所还公私各款，皆出于是。人始服德之用心。后德谓人曰："余岂不知向胡追迫，倘胡情急自尽，则二百余万之巨款将何所取偿乎？我非袒胡，实为大局起见也。"左文襄西征之役，赖胡筹饷，得不支绌，亦与胡最契。以德调处胡事甚善，密保之，擢至江西巡抚。后以演剧为南皮所劾，遂罢官归。

凡是之类，为关于此"活财神"之传说，所述事迹，堪备节取，未宜尽信。盖或溢其量，或相牴牾，或涉不经，或杂神话，纷纭恍惚，虽云实录，(《庄谐选录》所述，盖胜于《南亭笔记》，可采处较多，叙次亦较整齐。《南亭笔记》至谓左宗棠莅杭躬为胡处理债务，真奇谈之尤。)要见"活财神"之名，震于流俗，是以众说腾播，真伪羼错，口耳相传，入于记载，其盛其衰，亦一沧桑，渲染处可做小说读也。(有[有]一章回体小说，名《胡雪岩演义》，上海出版，编者署陈得康，演其豪奢之状，并及家庭琐事，笔墨略仿《红楼梦》，惟仅十二回，篇幅无多云。)

陈云笙(代卿)《慎节斋文存》卷上有《胡光墉》一篇云：

浙江巡抚王壮烈[慇]公有龄，幼随父观察浙江。父卒于官，眷属淹滞不能归，侨居杭州。一日有钱肆伙友胡光墉见王子而异其相，谓之曰："君非庸人，胡落拓至此？"王以"先人宦贫"对。胡问"有官乎"？曰"曾捐盐课大使，无力入都。"问"需几何"？曰"五百金"。胡约明日至某肆茗谈。翌日王至，胡已先在。谓王曰："吾尝读相人书，君骨法当大贵，吾为东君收某五百金在此，请以畀子，速入都图之。"王不可，曰："此非君金而为我用，主者其能置君耶？吾不能以此相累。"胡曰："子毋然，吾自有说。吾无家只一命，即索去无益于彼，而坐失五百金无着，彼必不为。请放心持去，得意速还，毋相忘也。"王持金北上，至天津，闻有星使何侍郎桂清赴南省查办事件，乃当年同砚席友也。先是王随父任，初就傅，何父方司阍署中，有子幼慧，观察喜之，命入塾与子伴读，既长能文章，举本省贤书，入都赴礼部试，遂不复见，不意邂逅于此，即投刺谒之。何见王惊喜，握手道故，欢逾平生，问何往，王告之故。何公曰："此不足为，浙抚某公吾故人也。今与一函，子持往谒，必重用，胜此万万矣。"王持书谒浙抚，抚军细询家世，即以粮台总办委之。王得檄，乃出语胡，取前假五百金加息偿之，命胡辞旧主自设钱肆，号曰"阜康"。王在粮台积功保知府，旋补杭州府，升道员，陈臬开藩，不数载简放浙江巡抚。时胡亦保牧令，即命接管粮台，胡益得大发舒，钱肆与粮台互相挹注。胡又喜贾，列肆数十，无利不趋，兼与外洋互市，居奇致赢，动以千百万计。又知人善任，所用号友，皆少年明干精于会计者。每得一人，必询其家食指若干需用几何，先以一岁度支畀之，俾无内顾忧。以是人莫不为尽力，而"阜康"字号几遍各行省焉。咸丰五年，杭州不守，王公殉难。继者为左中丞宗棠。胡以前抚信任，为忌者所谮。左公闻之而未察，姑试以事，命筹米十万石，限十日，毋违军令。胡曰："大兵待饷，十日奈枵腹何？"左公曰："能更早乎？"胡曰："此事筹已久，若待公言，已无及矣。现虽无款，某熟诸米商，公如急需，十万石三日可至。"左公大喜，知其能。命总办粮台如故，而益加委任。时浙闽次第肃清，而陕甘回乱起，肆扰关内外，朝命左公督师往剿。左公欲贷洋款，洋人不可，计无所出，商之胡。胡曰："公第与借，某作保，合当允行。"果借得五百万金。洋人不听大帅言而信胡一诺，左公益信爱胡，倚之如左右手。屡奏称其顾全大局，积保至道员，加二品顶戴，赏穿黄马褂。胡又有慷慨名，每遇兵荒祲岁，动捐数十万金，无所吝，富而好义，人尤称之。以是京内外诸巨公囊中物无不欲以"阜康"为外库，寄存无算。不赀之富，虽西商百余年票号无敢与抗衡者，可谓盛矣。沪上大贾与外洋贸易，蚕丝为最。胡每岁将出丝各路于未缫时全定，洋人非与胡买不得一丝，恨甚。乃相约一年不买丝，胡积丝如山无售处，折耗至六百余万金。又各省号友多少年喜声色，久而用侈，不免侵渔，渐成尾大。胡知大局将坏不可收拾，乃潜遣亲信友人分诣各肆，谨视号账。一日与妻密计，设具内谳，夫妻上坐，姬妾二十四人左右坐。酒池肉林，间以丝竹，欢谳竟日。妻小倦思息，胡命继烛，与诸姬洗盏更酌。夜方半，胡语诸姬曰："吾事寖不佳，诸姬随我久，行将别矣。汝等盛年，尚可自觅生路，各回房检点金珠细软，尽两箱满装携出，此外概不准带，自锁房门，无复再入，各予银二千，或水或陆，舟车悉备，今夕即行，一任所之，吾不复问。”有数姬涕泣请留，胡亦不禁，馀姬一时星散。胡即赴金陵见左公，备陈颠末。且曰：“即今早计，除完公项外，私债尚可按折扣还，再迟则公私两负矣。”左公许之。即日电发，各省号同时闭关。俟诸密友赍各号账回，分别公私，按折归款。事毕返杭，收合烬馀，尚有二十四万金，赎回故宅三所，分居诸昆季。又十余年，夫妇皆以寿终。君字雪崖〔岩〕，浙江钱塘人。其在粮台积功事迹，见《左文襄奏议》。赞曰：王壮烈〔愍〕身殉封疆，左文襄公〔功〕在社稷，并相彪炳丹青，尚矣！胡君以阛阓中人，识王君于未遇，一念之厚，美报迭膺，遭际中兴，几于富甲天下。观其已事，虽古之猗顿陶朱未能与媲，不可谓非奇人也。何公以翰林起家，敭历中外，洊陟兼圻。溯其崛起之初，有欲比之版筑鱼盐而不得者，岂所谓醴泉无源欤？而崇高富贵，顾不如善贾者末路犹得保全，良可悲矣！

此作亦可供参阅。（何公谓何桂清。王有龄谥壮愍，在浙江巡抚任殉难为咸丰十一年辛酉事。）陈氏四川宜宾人，同光间以举人官山东州县。

《一叶轩漫笔》（撰者署沙沤）云：

绩溪胡雪岩观察光墉，贾人子。在文襄公西征，转输军食，深资其力，师捷后膺卓荐。观察盛时，理财之名大著,富可敌国,资产半天下。当事借用外债千数百万,西人得其一言以为重。起第宅于杭州,文石为墙,滇铜为础,室中杂宝诡异至不可状,侍妾近百人,极园林歌舞之盛。偶一出游,车马塞途,仆从云拥,观者啧啧叹美,谓为神仙中人。某公独曰:雪岩字义近冰山,恐勿能久耳。未几果败,公私负逋近千万,录其市肆田舍陂池之属,不能偿其半。胡遂效开阁放柳枝故事,玉人尽散,而资用乃益困。初,观察于杭州设庆余堂药肆,泡制精而取值贱,盖以济贫困者,有司独未判抵逋负,至是一家皆取给焉。为善食报,岂不然哉!

胡为杭人,盖无异词,此独曰绩溪,或其祖籍耶?

我佛山人(吴沃尧)《二十年目睹之怪现状》第六十三回(《设骗局财神小遭劫?》)有云:

……等到继之查察了长江苏杭一带回来(按谓回至上海),已是十月初旬了。此时外面倒了一家极大的钱庄,一时市面上沸沸扬扬起来,十分紧急,我们未免也要留心打点。一时谈起这家钱庄的来历,德泉道:“这位大财东,本来是出身极寒微的,是一个小钱店的学徒,姓古,名叫雨山。他当学徒时,不知怎样,认识了一个候补知县,往来得甚是亲密。有一回,那知县太爷,要紧要用二百银子,没处张罗,便和雨山商量,雨山便在店里,偷了二百银子给他。过得一天，查出了。知道是他偷的，问他偷了给谁，他却不肯说。百般拷问，他也只承认是偷，死也不肯供出交给谁，累得荐保的人，受了赔累，店里把他赶走了。他便流离浪荡了好几年。碰巧那候补知县得了缺，便招呼了他，叫他开个钱庄，把一应公事银子，都存在他那里，他就此起了家。他那经营的手段，也实在厉害。因此一年好似一年，各码头都有他的商店。也真会笼络人，他到一处码头，开一处店，便娶一房小老婆，立一个家。店里用的总理人，到他家里去，那小老婆是照例不回避的。住上几个月，他走了，由得那小老婆和总理人鬼混。那总理人办起店理事来，自然格外巴结了，所以没有一处店不是发财的。外面人家都说他是美人局，像他这种专会设美人局的，也有一回被人家局骗了，你说奇不奇？"我道："是怎么个骗法呢？"德泉道："有一个专会做洋钱的，常常拿洋钱出来卖。却卖不多，不过一二百二三百光景，然而总便宜点。譬如今天洋价七钱四分，他七钱三就卖了；明天洋市七钱三，他七钱二也就卖了，总便宜一分光景。这些钱庄上的人，眼睛最小，只要有点便宜给他，那怕叫他给你捧□□，都是肯的，上海人恨的叫他钱庄鬼。一百元里面，有了一两银子的好处，他如何不买，甚至于有定着他的。久而久之，闹得大家都知道了，问他洋钱是那里来的，他说是自己做的。看着他那雪亮的光洋钱，丝毫看不出是私铸的。这件事叫古雨山知道了，托人买了他二百元，请外国人用化学把他化了，和那真洋钱比较，那成色丝毫不低。不觉动了心，托人介绍，请了他来。问他那洋钱是怎么做的，究竟每元要多少成本。他道：'做是很容易的，不过可惜我本钱少。要是多做了，不难发财，成本每元不过六钱七八分的谱子。'古雨山听了，不觉又动了心，要求他教那制造的法子。他道：'我就靠这一点手艺吃饭，教会了你们这些大富翁，我们还有饭吃么？'雨山又许他酬谢，他只是不肯教。雨山没奈何，便道：'你既然不肯教，我就请你代做，可使得？'他道：'代做也不能，你做起来一定做得不少，未必信我把银子拿去做，一定要我到你家里来做。这件东西，只要得了窍，做起来是极容易的，不难就被你们偷学了去。'雨山道：'我就信你，该请你拿了银子去做，但不知一天能做多少？'他道：'就是你信用我，我也不敢担承得多。至于做起来，一天大约可以做三四千。'雨山道：'那么我和你定一个合同，以后你自己不必做了，专代我做。你六钱七八分的成本，我照七钱算给你。先代我做一万元来，我这里便叫人先送七千两银子到你那里去。'他只推说不敢担承，说之再四，方才应允。订了合同，还请他吃了一顿馆子。约定明天送银子去,除了明天不算,三天可以做好,第四天便可以打发人去取洋钱。到了明天,这里便慎重其事的送了七千两现银子过去。到第四天,打发人去取洋钱,谁知他家里,大门关得紧紧的。门上贴了一张招租的帖子,这才知道上当了。"我道:"他用了多少本钱,费了多少手脚,只骗得七千银子,未免小题大作了。"德泉道:"你也不是个好人,还可惜他骗得少呢!他能用多少本钱,顶多卖过一万洋钱,也不过蚀了一百两银子罢了。好在古雨山当日有财神之目,去了他七千两,也不过是九牛一毛,太仓一粟。若是别人,还了得吗?"我道:"别人也不敢想发这种财。你看他这回的倒账,不是为屯积了多少丝,要想垄断发财所致吗?此刻市面,各处都被他牵动,吃亏的还不止上海一处呢。"

古雨山即胡雪岩。受骗事亦其话柄之一。

搜辑关于胡氏之各说,未能尽也,然已可供谈助矣。略加商订,姑为披露。至更事征考而详辨之,为综括有条理之叙述,则期诸异日。

（民国三十二年）

壬午两名医

清孝钦后以太后主国事者数十年,初政负中兴大业之誉,晚节召动摇邦本之祸,实中国近代史上极重要之人物。而当光绪初年,大病几殆,使其死于是时,则孝贞既逝,德宗犹在幼冲,政局将若何演变,诚不易料。其幸而疗治获瘥,遂复绵历垂三十年之寿命,盖薛福辰、汪守正两名医之力为多。斯二人者,其关系亦殊巨已。

庚辰(光绪六年)孝钦患病甚剧(时孝贞犹健在),诏各省保举名医。前任山东济东泰武临道薛福辰,以大学士直隶总督李鸿章,暨湖广总督李瀚章,湖北巡抚彭祖贤荐;现任山西阳曲县知县汪守正,以山西巡抚曾国荃荐;均为孝钦疗疾,诊疗渐效。辛巳(光绪七年)六月以病体粗愈报大安。(孝贞已前逝于是年三月,训政之事,遂专于孝钦矣。)诏予诸臣奖叙,福辰因之得简广东雷琼遗缺道,补督粮道。守正则简江苏扬州知府,均仍留京继续医治。

壬午(光绪八年)十二月,病乃痊愈,报万安。诏谓"慈禧端佑康颐昭豫庄诚皇太后,深宫侍养,朝夕起居。上年六月间已报大安,犹未如常康复。年余以来,随时调摄。现在慈躬已臻痊愈,实与天下臣民同深庆幸。道员薛福辰,知府汪守正,与太医院院判庄守和等,由总管内务府大臣带领请脉,所拟方剂,敬慎商榷,悉臻妥协。允宜特沛恩施,以示奖叙。薛福辰著赏加头品顶戴,补[补]直隶通永道。汪守正著赏加二品顶戴,调补直隶天津府知府。均著即行赴任。太医院左院判庄守和,右院判李德昌,均赏加二品顶戴……"对于薛汪二人,除优加顶戴外,并移官近地,盖仍备将来宣召也。(道员加头品,知府加二品,均不循常例,称破格之奖;院判六品官耳,而骤加二品,则太医另是一途,又当别论也。)当是时,薛汪医名著于海内。

二人虽精于医,而经历政途,医事固非其本业,一生事迹亦不限于能医。本篇题曰"二名医"者,以其治愈孝钦之病,志其最有关系之事也。曰"壬午"者,以全功竟于是年。本年又值壬午,此恰为前一壬午之事。往迹追述,作六十年之回顾也。

关于二人,翁同龢光绪二年丙子五月二十九日日记云:"薛君福辰来。此人薛晓帆之子,号抚平,能古文,通医,十年前工部司员也。今为济东道,其政事未可知。独于洋务言之甚悉,以为中国无事坐失厘金每年千万,是大失计。又言破洋人惟有陆战。陆战之法,曰散阵行阵小阵,其守法则用滇黔地营,必可操六七成胜算也。"光绪六年庚辰六月二十三日云:"旨下直省荐医,李相荐薛福辰,曾沅浦荐汪守正,与御医李德立同至长春宫,召见请脉。"二十四日云:"薛与汪议论牴牾。薛云西圣是骨蒸,当用地骨皮等折之,再用温补。汪亦云骨蒸,但当甘平。"翌年辛巳二月初四日云:"汪子常,名守正,汪小米之胞侄。所谓振绮堂汪氏,藏书最富者也。山西阳曲县知县,曾沅浦荐医来为西圣治病者也。"李慈铭辛巳二月十一日日记:"夜云门邀同敦夫饮聚宝堂,招霞芬、玉仙。玉仙近日有山西阳曲县知县汪守正之子某,随其父入都,为詟郎,以九千金为之脱弟子籍。守正钱塘监生,巧猾吏也。去年西朝不豫,各省大吏多荐属员之知医者入京,守正其一也。晋中久大祲,而守正囊橐之富如此……此辈可愤绝也。"光绪十年甲申三月二十日云:"汪子常郡守来,以肩试不得入。汪名守正,杭州人,今为天津知府。"(时李以课所领书院士在津。)二十二日云:"汪子常来。其人老吏,倨而猾,以后不必见之。"李好诋呵,其于汪氏,所言恐不免过刻。

　　欲详知二人生平事历,宜更求之。薛福成为福辰弟,有《诰授光禄大夫头品顶戴都察院左副都御史薛公家传》,见《庸庵文别集》卷六,又觅得重修《平阳汪氏迁杭支谱》,卷五(志乘)有《子常公传略》(汉川谢凤孙撰),二人生平乃可征。兹录于下:

　　　　薛传　公讳福辰,字抚屏,别号时斋,江苏无锡薛氏……公幼习制举业,先考光禄公谓学有根柢则枝叶自茂,教以温经读史，兼览百子。熟玩朱子《近思录》，涵而操之，务俾理博才赡；又综考有明以来制艺之卓然者，而撷其华，师其意，由是沿流溯源，学乃大进。咸丰五年中顺天乡试第二名举人，援例以员外郎分发工部行走。会光禄公知湖南新宁县事，选知浔州府。未及行，卒于官。公奔走经营，归丧于乡，身留湖南，清理官逋。事未蒇，而粤寇陷无锡。太夫人挈家侨徙江北，公未得音问，偕弟福成走数千里，微服穿贼境，屡濒于危，航海涉江，始觐太夫人于宝应，相见悲喜，遂奉母乡居以避寇。公弟福成、福宝等，始皆从公学制举文，至是见时变方殷，兄弟互相切磨，研极经济及古文辞，浩然有用世之意。公入都，浮沉工部，积六七年，居闲无事，乃大肆力于医书，始宗长沙黄元御坤载之说，以培补元气为主，继乃博究群书而剂其平，出诊人疾，无疾不疗。盖公之学凡三变，初攻时文，中治古文辞，最后研医术，用力尤劬，而遭遇之隆亦终以此。累试礼部不第，居工部又久不补官，出参伯相湖广总督合肥李公幕府，积劳改知府，分发山东补用。又以治河功改道员，补济东泰武临道。越四年，丁内艰，服阙入都，格于例，不补官，将归隐矣。适皇太后慈躬不豫，遍征海内名医。伯相李公鸿章与总督李公瀚章、巡抚彭公祖贤交章论荐，供奉内廷者三年。每制一方，覃思孤往，凑极渊微，或与同值诸医官龂龂争辩，必得当乃已。一日辩声甚厉，皇太后在内闻之，问曰："此薛福辰耶，何戆也！"然由此知公益深。公援引古书，亦精核无间，诸医终无以夺也，而公之担荷亦独巨云。迭赐文绮银币金币黄玉搬指，又赐御宝云龙福寿字，又赐"职业修明"匾额及七字句对联，又赐貂裘蟒玉珠串。恭报皇太后大安，特简广东雷琼遗缺道，补督粮道。旋报皇太后万安，特赏头品顶戴，调补直隶通永道。赐紫蟒袍玉带钩，又赐福寿字及黄辫荷包，并赐宴体元殿，长春宫听戏，西厂子观灯，又赐七字句对联。当是时，公之功在天下，殊恩异数，焜耀络绎，有将相大臣所不敢望者，天下不以为侈而以为宜。荏官通永，三年擢顺天府府尹。以抨劾骫骳吏，为群小愠焉。御史魏乃勋摭琐事劾公，且请以太医院官降补，乃勋坐言事不实镌职去，寻转宗人府府丞。公夙研经世事，在山东为巡抚丁文诚公所倚任，凡整军、治狱、赈饥及防河大工，壹埤遗之。塞侯家林决口也，公综理全局，联络兵民，捧土束薪，万指骏作，穷四十五日夜之力，河流顺轨，民困大苏。通州为出都孔道，傀车者公私骈集，牙侩把持，大为民病。公创设官车局，排斥浮议，力任其难，商气称便。尹顺天时，值岁大祲，灾黎嗷嗷待哺，公精心擘画，集巨款，选贤员，濯痍嘘槁，全活甚众。为监司时，即深恶属吏之瘝官者,纠弹不少贷。伯相李公暨丁文诚公、前顺天府尹沈公秉成,屡以治行尤异密荐,天子亦自知之。顾以医事荷殊眷,而吏治转为医名所掩,颇用此郁郁不乐。公素性通敏,阅事多,于世路险峨,人情曲折,必欲穷其奥而探其隐。然天性径遂,凡人一言之善,或一事稍可人意,则倾诚推服,必逾其量倍蓰;或稍拂其意,则贱简之也亦然。其待交游与在家庭之间,莫不皆然。顾用情未协于中,则意气稍不能平,意气不平,而养生之道庾矣。会迁都察院左副都御史,而公已疾不能视事,屡疏陈请,始允开缺调理。扶疾南还,未浃月,遽以光绪十五年七月二日卒于无锡里第,年五十有八……福成曰:"余昔见公好围棋,嫂王夫人屡谏未听,则举棋局而投诸井。王夫人早卒,而公复笃好之。襄居通永道署中,见公秉烛达旦,或演棋谱,或与客对弈。其起居失时,稍致人言者,未始不用此为累。公之得风痹疾也,医者言用心过度,内受伤损而不自知,允矣。人之精力几何,公于治事用心本专,复耗之于技艺,此必不支之势也。不然,以公之遇与年,其建树讵止于此耶?由今思之,贤哉嫂也,甚矣养生之术之不可不讲也。"

汪传　先生讳守正,字子常,杭州钱塘人也。性纯孝,年十五,侍父病,刲臂肉和药以疗,卒不起,誓将身殉,以母在未果。服阕则锐意进取,博母欢心。十九受知昆明赵蓉舫学使，补博士弟子员，有声黉序。后屡踬乡闱。
闻发逆势焰焰，慨然有经世之志，遂纳粟为知县，分发河
南。时周勉民方伯屏藩中州，知先生才行，委权鲁山县
篆。鲁山产丝，为生计大宗，向苦官吏诛求。先生请于
上，举数百年积弊悉汰去。再权郾城县。郾城为捻匪出
入之冲，先生募勇训练，躬自督剿，民赖以安。有某寨主
张文刚者，素通捻匪，党众势强，为地方患害有年矣。县
官束手，莫可谁何。先生至，廉得其情，设机布弩，将擒获
之，而以蜚语去官。当是时，发逆方张，国家需才，而先生
以廉能被劾，闻者愤惋。先生顾洒然曰：一官何足惜哉！
独张文刚未获，民患方深，吾滋戚耳。方先生之去官也，
鲁山、郾城两县民如婴儿之恋慈母，或发为讴歌，以寄慕
思。及吴少村中丞抚豫，具闻其状，乃强先生起，委以军
事，以勋劳得复原官。相继抚豫者，为张文达公、李子和
中丞，皆倚先生如左右手。及张李二公去，先生乃改官
晋。晋抚曾忠襄公重器先生，犹〔尤〕加于张李二公也。
补虞乡县知县。虞乡向无书院，先生捐俸创建以造士，士
风大振。旋调平遥。平遥多土豪侵掠富户，先生威济以
恩，强梁敛迹。岁大祲，赤地千里，先生集资巨万，躬率吏
役振恤，全活无算。复设育婴堂，以养幼孩。所事条理精
密，皆先生一人手订。忠襄公益以是知先生。自是晋省

凡有大祲及一切兴作救灾之事,靡不借重先生;而先生亦罔不为之尽力,而各中其机要,于是山西之民,无士农工贾,靡不知先生名矣。先生尤精医理。当其令阳曲时也,会慈禧皇太后圣躬不豫,忠襄公以知医奏保先生。先生入内廷视药,不数月而圣躬愈,恩赏特隆。复蒙旨擢扬州府知府,未及赴任所,旋调天津。先生感恩遇,益自奋发,思所以报称。既履天津任所,则杜绝私谒,严警属吏,慨然以吏治民生为己任。沧州民以河堤溃构讼,久不决,死伤甚众。先生请款修复,宿祸以寝。法越衅起,先生创办芦团,民资保障。朝廷睹先生之才,将大用以宏济艰难。偶因政见与直督合肥李相国不合,相持不下,遂调宣化府以远之。不数岁,郁郁以终,惜哉!年六十六。赞曰:先生以一县令视疾内廷,圣眷优渥,恩赏屡加。而其才行志节又足以符际遇之隆,独以其抗直之气不自遏抑,戢翮茧翰,赍志以没,岂非命耶!虽然,是亦何损于先生哉?吾曩与先生犹子穰卿内阁晤海上,旋即别去。近复与穰卿之弟鸥客茂才同寓次,久且益亲密,为余言先生,辄娓娓不倦。先生没且三十年,能令犹子辈不忘如是,则盛德遗型,必有远过乎人者,余故乐为论次云。

二人均以医术蒙孝钦优眷,然福辰曾任监司,后官至副宪即止,未为甚显。官京尹时,为言路所论,词近揶揄,自负经世才而以医进，用致人言，中怀抑郁，以病早退遽卒，不克跻名臣之列。守正则由令而守，颇为峻擢，而以迕上官见疏，终于一郡，晚节尤形落莫焉。

薛传中所指御史魏乃勷摭琐事劾之，情事亦颇可述。光绪十二年丙戌十二月，乃勷以玉粒纳仓，福辰临期未到，上疏劾其玩视大典，援引邵曰濂事，（十一月十九日上谕："御史贵贤奏京卿衰病恋栈请旨惩儆一折。太常寺卿邵曰濂，本年春间迭次请假，至八十日之多，当差已属怠惰。现在将届恭祀圜丘，典礼綦重。该京卿又复临期请假，实属性耽安逸，旷废职守，著交部议处。"旋照部议革职。）请予严议，并谓福辰惟能医事，可改用太医院官。十一日奉谕："御史魏乃勷奏薛福辰玩视大典请旨严议一折。玉粒纳仓与坛庙大典不同，且邵曰濂获咎系因久旷职守。该御史参劾府尹薛福辰临期不到，辄谓较邵曰濂情节有加，深文周内，措词已属失当。至请以太医院官改用，尤属胆大妄言，不可不予以惩儆，以杜攻讦之渐。魏乃勷著交部议处。玉粒纳仓，向系兼尹、府尹联衔具题，届期躬诣太常寺交收。此次薛福辰因何临期不到，毕道远曾否前往，均著明白回奏。"次日福辰回奏，略谓"先得礼部知会，以十月二日辰刻玉粒纳仓。是日黎明先诣先农坛会同交收，以府署稍远，由署趋诣太常寺已交辰未"云云。未予处分。十四日即迁宗人府府丞。（宗丞、京尹均正三品，而宗丞班在京尹之上,为大三品卿之一,京尹犹小三品卿也。此系升擢,惟京尹有地方之责,事任较重,宗丞则闲曹耳。)二十日谕:"魏乃勷照部议降三级调用"。乃勷以言官弹一京卿,竟以"胆大妄言"获此重谴,则缘对福辰以疗病进用含讥刺之意,致触孝钦之怒耳。在福辰若可快意,而实难免隐憾在心,耻以医进而为人指目也。至乃勷请以京卿改用太医院官,设想颇奇,却并非无前例。如雍正九年辛亥正月十九日谕:"刘声芳在太医院效力有年,屡加特恩,用至户部侍郎。伊于部务茫无知识。上年夏秋间,朕体偶尔违和,伊并不用心调治,推诿轻忽,居心巧诈,深负朕恩。著革去户部侍郎,仍在太医院效力赎罪行走。从前所赏伊子荫生及举人,俱著革退……翼栋,朕闻其通知医理,加恩用至副都御史。乃伊识见昏庸,遇事推诿,著革去副都御史,补授御医之缺,效力行走。"此旧事之可资复按者。魏劾薛疏原文,一时未及捡得,不知亦引及此项旧例否?(刘声芳盖本由太医院官擢至卿贰者,与《中和月刊》三卷第六期载《太医院志·殊恩》一节内所述,乾隆时医官吴谦历升列卿擢任部堂,暨同治时院判李德立曾以三品京堂候补,均非恒例。又按:《院志》所称李德立以京堂候补,盖指同治十三年甲戌十一月事。时以穆宗"天花之喜"加恩,左院判李德立以三四品京堂候补,右院判庄守和以四五品京堂候补。旋穆宗于十二月遽逝,李庄均撤销京堂,并摘去翎顶。)太医院官虽亦列仕版,其堂官(院使、院判)且亦颇具京堂体制,而士大夫终以方技轻之,此是相沿一种风气,古昔实不尽然。如章炳麟《区言》一(《莉汉昌言》五)有云:"方技之官,汉人亦不贱视。《衡方碑》:方尝为颍川太守,免归。征拜议郎,迁太医令。杨淮表纪:淮从弟弼由冀州刺史迁太医令。议郎、刺史之与太医令,虽同为六百石,望之清浊,权之重轻,岂可同年而语?今世虽士人知医者,宁卖诊市上,必不屈居是职,而汉人不耻也。"可以参阅。

薛福辰、福成兄弟,一以医术著,一以使才著,而均官至都察院左副都御史。(光绪十五年己丑,福成以湖南按察使膺出使英、法、意、比四国大臣之命,开缺以三品堂候补。出国之前,奏准给假,回无锡原籍省墓。时福辰亦以中风不语开左副都御史缺归里,旋卒。福成为料理丧葬事宜。迨光绪二十年甲午,福成差竣以左副都御史还朝,六月抵上海卒。其为福辰所撰家传,作于甲午,盖绝笔云。)其名之辰与成,音亦相近。福成之入曾国藩幕,由于乙丑(同治四年)上书之邀特赏,其辛卯(光绪十七年)九月《自跋上曾侯相书》云:"同治乙丑之夏,科尔沁忠亲王战没曹南,曾文正公奉命督师北剿捻寇,并张榜郡县,招致贤才。余上此书于宝应舟次,文正一见大加奖誉,邀余径入幕府办事……文正语(李)申甫曰:吾此行得一学人,他日当有造就。又谓余曰:子文长于论事,年少加功,可冀成一家言……厥后余从公八年,前后出入幕府,共事者三十余人,多一时贤俊。余颇得晨夕晤谈,以扩见闻充器识,皆文正提奖之力也。按《求阙斋》乙丑五月日记云:'故友薛晓帆之子福成,递条陈,约万余言,阅毕嘉赏无已。'余在幕府尝见文正手稿,近阅湖南刊本,归入品藻一类,而讹为伯兄抚屏之名,想由校者之误。恐后世考据家或生疑义,故并及之。"自道遇合之由与获益于入幕者如是。盖后来建树实基于斯,并辨明成之误为辰,诚重其事也。至所云《求阙斋日记》湖南刊本,指王启原所编《求阙斋日记类钞》而言,时曾氏日记印行者仅此。福成疑其误由于校者。尝翻阅福成未及见之影印本《曾文正公手书日记》,则曾氏此节手迹(乙丑闰五月初六日),实是"阅薛晓帆之子薛福辰所递条陈,约万余言,阅毕嘉赏无已"。上书既为福成事,则仍曾氏书此一时笔误耳。

福辰善医术,而不善养生。福成所为传,慨乎其言之。(曾国藩同治十年辛未四月日记云:"近来每日围棋二局,耗损心力。日中动念之时,夜日初醒之时,皆萦绕于楸枰黑白之上,心血因而愈亏,目光因而愈蒙,欲病体之渐痊,非戒棋不为功。"亦颇可与福成所云合看。)兹附述 大臣讲养生而享大年者,其人为官至大学士(体仁阁)之全庆,卒年恰在光绪壬午也。其养生之术颇奇,乃以磕头为妙法。翁同龢壬午正月初四日日记云:"谒全师。师言:每日磕头一百廿,起跪四十次,此法最妙。"(全庆尝以工部尚书充咸丰六年丙辰会试副考官,为同龢座师。)传授此法,即在是年。同龢仿行之。据《无罣礙室随笔》(见《国闻周报》)引常熟秉衡居士《荷香馆琐言》云:"吾乡翁松禅相国,每夜必在房行三跪九叩头五次乃卧,其法传自全小汀相国庆。翁相晚年气体极健,自谓得力于此。"可见同龢于师门所授,已实行且有效矣。(磕头四十五,起跪十五次,盖行其八分之三。)全庆寿八十二,同龢则七十五也。运动肢体,为卫生之道,斯即借磕头起跪以为运动耳。类是者实古已有之,陆游《老学庵笔记》卷上云:"张廷老名琪,唐安江原人,年七十余。步趋拜起健甚,自言夙兴必拜数十,老人气血多滞,拜则支体屈伸。气血流畅,可终身无手足之疾。"是前乎全庆,宋人已早有行之者矣。(续于《文艺杂志》检得《荷香馆琐言》,已谓与张廷老事暗合。)全庆卒于壬午四月,十九日谕:"致仕大学士全庆,学问优长,老成恪慎。由道光年间翰林,受先朝知遇之恩,洊陟正卿,协赞纶扉。朕御极后,擢授大学士。历管部旗事务,迭司文柄,宣力有年,克尽厥职。前以重遇鹿鸣筵宴赏加太子少保衔,嗣因患病奏请开缺,准予致仕,赏食全俸。方期克享遐龄,长承恩眷,兹闻溘逝,轸悼殊深。著赏给陀罗经被,派辅国公载濂,带领侍卫十员,即日前往奠醊。加恩晋赠太子太保衔,照大学士例赐恤,入祀贤良祠。任内一切处分,悉予开复,应得恤典,该衙门察例具奏。伊子吏部郎中麟祥著赏加四品衔,用示笃念耆臣至意。"

寻赐祭葬，予谥文恪。大年荣遇，福命颇优也。

全庆叶赫纳喇氏，正白旗满洲人，字云甫，号小汀。嘉庆二十四年己卯举人，道光九年己丑进士，两次入阁。（同治十一年壬申以刑部尚书协办大学士；翌年癸酉充顺天乡试正考官，以举人徐景春试卷磨勘斥革，降二级调用。光绪四年戊寅，又以刑部尚书协办大学士。）光绪七年辛巳，以大学士予告，服官六十年（道光元年辛巳即以荫生官京曹）。一生宦迹，虽无赫赫之名，当时朝中老辈，盖无出其右者矣。（咸丰戊午科场大狱，全庆以兵部尚书偕怡亲王载垣、郑亲王端华、兵部尚书陈孚恩奉命查办。同治元年壬戌，追论其事，坐附和成谳降四级调用。）

（民国三十一年）

吴汝纶论医

吴汝纶以古文老师而信仰西医最深,于中医则极端诋斥不遗余力。其见于尺牍等者,有如下列:

手示尊体自去冬十月起疾,今五月中尚未平,殊为系念。吾兄体素强健,何以如此?此殆为服药所误。今西医盛行,理凿而法简捷,自非劳瘵痼疾,决无延久不瘳之事。而朋好间至今仍多坚信中国含混医术,安其所习,毁所不见。宁为中医所误,不肯一试西医,殊可悼叹。执事久客上海,宜其耳目开拓,不迷所行,奈何愿久留病魔,不一往问西医耶?岂至今不能化其故见耶?千金之躯,委之庸医之手,通人岂宜如此?试俯纳鄙说,后有微恙,一问西医,方知吾言不谬。(辛卯六月晦日答萧敬甫。)

令侄还京后,想益调摄强固。是否尚服西药?每恨执事文学精进而医学近庸,但守越人安越之见,不知近日五洲医药之盛,视吾中国含混谬误之旧说,早已一钱不值。近今西医书之译刻者不少,执事曾不一寓目,颙颙焉惟《素问》《灵枢》《伤寒》《金匮》《千金》《外台》等编,横亘于胸而不能去,何不求精进若是?平心察之,凡所谓阴阳五行之说果有把握乎？用寸口脉候视五脏果明确乎？本草药性果已考验不妄乎？五行分配五脏果不错谬乎？人死生亦大矣，果可以游移不自信之术尝试否乎？以上所言，吾将斫树以收穷庞，未可以客气游词争胜，愿闻所以应敌之说！（癸巳三月二十五日与吴季白。）

绂臣灾病应退，某岂敢贪天之功，但平日灼知中医之不足恃，自《灵枢》《素问》而已然。至铜人图则尤不足据，本草论药又皆不知而强言。不如西医考核脏腑血脉，的的有据。推论病形，绝无影响之谈。其药品又多化学家所定，百用百效。而惜中国读书仕宦之家安其所习，毁所不见。其用医术为生计者，又惟恐西医一行则己顿失大利。以此朋党排摈，而不知其误人至死者不可胜数也。今绂臣用西医收效，自此京城及畿南士大夫庶渐知西术之不谬，不至抱疾忌医，或者中上庸医杀人之毒其稍弛乎。（丁酉正月二十一日答王合之。）

中医之不如西医，若贲育之与童子。来书谓仲景所论三阳三阴强分名目，最为卓识。六经之说仲景前已有，仲景从旧而名之耳。其书见何病状与何方药，全不以六经为重，不问可也。西人之讥仲景，则五淋中所谓气淋者实无此病。又所谓气行脉外者实无此理，而走于支饮留饮等病，亦疑其未是。此殆亦仲景以前已有之常谈，未必仲景创为之也。盖自《史记·仓公扁鹊传》已未尽得其实，况《千金》《外台》乎？又况宋以后道听途说之书乎；故河间丹溪东垣景岳诸书，尽可付之一炬。执事谓其各有独到，窃以为过矣。（二月十日答王合之。）

前书言柯病新愈而咳嗽未已，近来如何？又言中西医皆不用，此似是而非。中药不足恃，不用宜也；若不用西药，则坐不知西医之操术何如，仍中学在胸不能拨弃耳。实则医学一道，中学万不可用，郑康成之学尤不可用。中医之谬说五脏，康成误之也。咳嗽一小疾，然可以误大事。中医无治咳嗽之药，亦不知咳嗽之所关为至重，此皆非明于西医者不能自养。（三月二十三与廉惠卿。）

医学西人精绝。读过西书，乃知吾国医家殆自古妄说。（十一日十七日答何豹臣。）

闻目疾今年稍加，深为悬系。又闻近服中药，医者侈言服百剂当服复旧观。前属张楚航等传语，倘已服百剂，其言不效，则幸勿再服。缘中医所称阴阳五行等说绝与病家无关，此尚是公理。至以目疾为肝肾二经，则相去千里。吾料公今所服药大率皆治肝补肾之品，即令肝肾皆治，要于目光不相涉也。况中药所谓治肝补肾者，实亦不能损益于肝肾也乎。然且劝公勿久服者，中药性质言人人殊。彼其所云补者不补，其所云泄者不泄，乃别有偏弊。而本草家又不能知，特相率承用，而几侥其获效，往往病未除而药患又深，此不可不慎防者。尊甫先生不甚通西医之说，其于中医似颇涉猎，尝钞撮经验良方，令我传钞。今若语以中药之无用，必不见信，然目疾所谓一痛耳。若因药而致他病，则全体之患矣。此不可以尝试者也！（戊戌十二月四日与贺松坡。）

汝堂上属买燕菜、鹿茸等物，一时无人携带。自西医研精物理，知燕菜全无益处。鹿茸则树生之阿磨利亚及骆驼粪中所提之阿磨利亚，皆与茸功力相等，而价贱百倍，何必仍用此等贵物乎。西医不但不用鹿茸，亦并不用阿磨利亚者，为其补力小也。汝平日不考西书，仍以鹿茸为补养之品，何其谬耶！（己亥五月二十四日与千里。）

令四弟如系肺疾，应就西医，并宜移居海濒，借海风所涵碘质以补益肺家，服麦精鱼油以调养肺体，仍戒勿用心，勿受外感。此病甚不易治，中医不解，亦无征效之药。其云可治，乃隔膜之谈。若西医用症菌细心审听，决为可治，乃足信耳。（九月二十日与廉惠卿。）

前初见文部大臣菊池君，即劝兴医学。昨外务大臣小村君亦谆谆言医学为开化至要，且云"他政均宜独立，惟医学则必取资西人，且与西人往来论医，彼此联络，新学因之进步，取效实大"等语。是晚医学家开同仁会，款待毓将军及弟等。长冈子爵、近卫公爵、石黑男爵皆有演说，皆望中国明习西医，意至恳至。东京医家集会者近百人，可谓盛会。而弟所心服者，尤在法医。法医者，检视生死伤病以出入囚罪，近年问刑衙门获益尤多。吾国所凭《洗冤录》、仵作等，直儿戏耳。恐议者以医为无甚关系，故具书此间所闻，以备张尚书采择。（壬寅六月十日与李亦元。）

敝国医学之坏，仍是坏于儒家。缘敝国古来医书列在《汉书·艺文志》者，皆已亡佚。今所传《难经》《素问》，大抵皆是伪书，其五脏部位皆是错乱。其所以错乱之故，缘敝国汉朝有古文、今文两家之学。古文家皆是名儒，今文则是利禄之士。古文家言五脏合于今日西医，今文家言五脏则创为左肝右肺等邪说。及汉末，郑康成本是古文学家，独其论五脏乃反取今文。自此以后近二千年，尽用今文五脏之说。则郑康成一言不慎，贻祸遂至无穷，其咎不小。敝国名医以张仲景、孙思邈为最善。仲景《伤寒》所称十二经，今西医解剖考验实无此十二经络。苏东坡论医专重孙思邈，今观《千金方》所论五脏亦皆今文之说。此敝国医道所以不振之由也。（同仁会欢迎会答辞。）

大孙目疾，若中药虽可见效，吾不主用，缘中药难恃，恐贪其效而忽其弊，中医不能深明药力之长短。孙儿障翳苟不碍瞳人,即可置之不问,久亦自退,较胜于用不甚知之药。观西医不见病不肯给药,则知中国欲以一药医百人,其术甚妄也。(辛丑二月二十七日《谕儿书》。)

汝纶于西医之极口推崇,于中医之一笔抹煞,其态度可以概见。光绪二十九年(癸卯)卒于里(桐城)。其所聘学堂教习日本人早川新次以报丧书寄其本国,中述延美医治疗事,谓:

> 正月九日下午,突有先生之侄某,遣使送书,报先生病状,且言先生不信汉医,专望西医之诊视,乞伴米国医偕来。小生不敢暇,即与米医交涉。十日晨发安庆,夜半到吴氏宅,直抵病床询问,见其容态已非现世之人。惊其病势之急激,知非等闲之病。亲戚辈具述疝气之亢进,腹部膨胀如石,热度高,米医不能确定病名,小生疑为肠膜炎也。是夜及次日,米医种种治疗,病势益恶。先生自觉难起……小生酬知己之恩,正在此时,与米医议良策,奈传教兼通医术之人内科非所长。先生病势益恶,至十二日早朝呼吸全绝……先生于卫生医术,生平注意……今兹之病,斥一切汉医不用,辩汉医之不足信。特由安庆奉迎西医,闻生等一行到宅,甚为欢喜。岂料米医毫无效验。米医云:“若在上海或日本,得与他医协议良法。”小生亦觉此地有日本医士一人,或可奏功。遗憾何极!

盖笃行其志,到死不肯一试中医也。壬寅在日本考察学制时,西历七月七日《日本新闻》云：

> 先生昨日午前往观医科大学,于本学附属医院见割胃癌病者。由近藤教授执刀破腹部,切割胃管,通胶皮管于下,以进饮食。先生观此大手术,颜色不变,晏然省察焉。

又六月二十二日云：

> 君……聘医亦好西医。李鸿章尝戏谓曰:"吾与执事笃信西医,可谓上智不移者;余人皆下愚不移者也!"

汝纶师事鸿章,其笃信西医之由来,殆即受教于鸿章。至观破割大手术而神色夷然,亦缘信之既深,故无疑诧之感耳。

（民国二十三年）

杭州旗营掌故

清室入主中夏，以八旗将士驻防各省要区，控制形胜，为一种特别之制度。此项旗营，在所驻之地，自成一局面，为时二三百年，其文献殊有征考之价值，而资料则颇感缺乏。三六桥（多）以诗名，家世杭州驻防（正白旗蒙古人），于杭营掌故，素极究心。己丑（光绪十五年）有《柳营谣》之作，用竹枝词体，述杭营诸事。共诗一百首，附注以为说明。时犹髫年（约十四五龄），所造已斐然可观。既见诗才夙慧，尤足考有清一代杭州驻防旗营之史迹。举凡典制、风俗、人文、名胜以及轶事雅谈，略具于斯。洵可称为诗史，研究旗营故实者之绝好资料也。

其自序云：

> 吾营建自顺治五年，迄今二百四十余载。其坊巷桥梁、古迹、寺院之废兴更改者，既为杭郡志乘所略，而其职官、衙署、科名、兵额一切规制，又无纪载以传其盛。自经兵燹，陵谷变迁，老成凋谢，欲求故实，更无堪问。夫方隅片壤，尚有小志乘语，纪其文献。吾营八旗，实备满蒙大族，皇恩优渥，创制显荣，其间勋名志节，代不乏人。倘无一编半册，识其大略，隶斯营者，非特无以述祖德，且何以

答君恩乎？童子何知，生又恨晚，窃不忍任其湮没无传，以迄于今，每为流留轶事，采访遗闻，凡有关于风俗掌故者，辄笔之。积岁余，方百事，即成七绝百首，名曰《柳营谣》。盖如衢谣巷曲，聊以歌存其事，不足云诗也。后之君子，或有操椽笔而为吾营创志乘者，则此特其嚆矢耳。己丑冬日自记。

以诗存事，旨趣可见。诗如下：

《灯词》宠赐早春时，会典房中永宝之。

何日新宬重建复，碧纱笼护御题诗。

（乾隆六年颁到御制《灯词》一卷，藏于会典房，房已毁于兵燹。）

彩毫飞落九重云，会议堂开赐冠军。

欲访三司公署地，查家衖口剩斜曛。

（会议府向在查家衖，库司左司右司并在焉。御书"冠军"二字颜其大堂，今古木衰草而已。）

喜际升平息鼓鼙，更衣宫里仰宸题。

天然凤舞龙飞笔，留幸杭城九曲西。

（乾隆十六年南巡，阅兵于大教场，筑更衣宫供诗碑焉。杭城西北昔有九曲，故一名九曲城。）

五小营门九里城，穿城河水最澄清。

临流稚子学垂钓，圣代于今休甲兵。

（营城内外计有一千四百三十六亩四分零，周围九里，穿城二里。自钱塘门而北而东南又辟五门，屏山带水，胜甲省垣。）

平南军府建高牙，二百年来是一家。

今日四夷皆我守，弓刀挂壁啸龙蛇。

（顺治二年，金大将军领平南大将军印统兵抵浙。五年议设驻防官兵共三千九百数十人，七年冬筑营城以判兵民，八年又遣官兵协防，十五年增甲兵五百副于营外，康熙八年始奉旨永不住民房。）

树石参差水竹环，倚园新作雅游还。

御书楼上凭阑眺，西背平湖北面山。

（军署向有西园，去年长乐初将军重葺，易名"倚园"，御书楼在园正东。）

艳说鱼轩两莅杭，廿年风景感沧桑。

材官齐祝婆婆福，书额"重来"仰北堂。

（将军希侯太夫人，即咸丰初年将军倭侯夫人也。重莅杭营，故于军署二堂颜曰"重来"，为彭雪琴尚书书。）

竹马争骑迓使君，新将军是旧将军。

蔼然斋额亲题处，九载重看墨尚芬。

（吉仲谦将军重镇杭州，"倚园"有"蔼然斋"，为光绪六年驻节时手题。）

都署新成涵碧亭，真如画舫水边停。

秋来妙又如书屋，雨打残荷倚槛听。

（恭问松都护今岁广葺其署，建亭沼上，颜曰"涵碧"。昔松赐亭固莲溪，两都护先后题有"停舫"、"寄庐"、"听秋书屋"、"万花堂""伴鹤轩"诸胜。）

"书巢"遗址仰流芳，敢恃聪明乱旧章？

我喜趋庭闻故事，重悬楹帖复镶黄。

（嘉道间，南尊鲁协戎任镶黄旗，颜其档房曰"书巢"，为查声山旧书，又自集《尚书》语"罔以侧言改厥度，毋作聪明乱旧章"为联。今家大人协领是旗，仍其旧句悬之。）

四旗裁去近千人，万顷沙田泽沛春。

此即盛时《司马法》，兵当无事本为民。

（乾隆二十八年，裁去汉军四旗九百余人，赐以萧山沙田，有不耕者准其外补营勇。）

同承恩泽镇之江，敢享承平志气降？

调自六州归一本，和亲康乐答家邦。

（乱后八旗调自乍浦、福州、荆州、德州、青州、四川六处，以复旧额。）

涌金门外春秋祭，忠义遗阡表八旗。

男女当年同血战,居然似死竟如归。

(忠义坟在涌金门外,哀葬庚辛阵亡官兵并妇女,列入祀典,春秋致祭。)

万古纲常未丧师,昭忠、贞烈两崇祠。

至今月黑霜清夜,恍有英风拂树枝。

(昭忠、贞烈两祠在双眼井旁,总纪庚辛死事男女。)

汉字教成满字来,两傍满汉学堂开。

宏文自是承平象,不羡弯弓跨马回。

(书院后即设满汉两官学。)

八旗学校分文武,弓箭诗书两不荒。

家艺渊源迈千古,栽培将相答君王。

(武义学曰"弓厂",乃各旗自设者。)

弓胎骅角箭翎雕,试取穿杨百步遥。

闻说将军亲选缺,争将全技献星轺。

(官制,由前锋领催挑取骁骑校,递上至于协领皆然。每一缺出,与选者齐赴教场听候考选官缺,拟定正陪,奏送引见。)

大阅争后壁上观,鼓声雷动落云端。

马蹄风卷红旗滚,两翼双开阵势宽。

(三年大阅,五年军政。)

鼓角声残大阵还，八旗兵马拥城湾。

旧时军令何严肃，一月惟教一日闲。

（道光元年奏，遵于每月朔停操一日，余则逐日轮习各技。）

旌旗处处风留影，砧杆家家月有声。

难得八方无事日，格林炮队选精兵。

（格林炮来自德国，营中购置多尊。）

霜天吹角马如飞，卅二排兵拥绣旗。

都趁晓风残月出，炮山今日试"红衣"。

（"红衣"，大炮名，年例九月试演于秦亭山西，俗呼为炮山。）

杂技营中博且专，居然骑马似乘船。

碑能直立钟能挂，倘使"随园"见早传。

（营操有杂技一门，马上尤娴，有"立碑"、"挂钟"诸名目，袁子才有《蹁马歌》。）

五年一赋出关行，远比寻常上玉京。

相马蹂来如相士，空群须比古人精。

（营例，阅五年遣员出关购马一次。）

当年花市聚群芳，叫卖声声紫韵长。

今日只遗灯夜好，看灯人似看花忙。

（迎紫门直街即南宋之花市，古名官巷。朱淑真词云："花市灯如旧"。）

红颜命薄本寻常，剩得芸编说《断肠》。

欲觅调朱施粉地，绿杨城角旧门墙。

（宋朱淑真故居，在宝康巷，今为东城筑断其半。）

二仙巷里吊诗人，我与庐陵有夙因。

目送飞鸿风瑟瑟，一张桐雅日随身。

（二仙巷在花市南神堂巷北，当即旧时东城山门巷。元张光弼移居寿安坊，胡虚白有诗云："二仙巷里张员外，头白相逢尚论诗"。余家藏古琴一张，背镌真书"桐雅"二字，其下又镌瓦当文"飞鸿延年""龙池之右"；行书"延年高雅对孤桐，与和长松瑟瑟风。不为野夫清两耳，为君留目送飞鸿。庐陵张光弼"三十三字。"凤沼之下"，有隶书"仪清阁宝玩"暨"万年少题"数十字。声音清越，断纹匀细，每抚银丝，益思尚友。）

沧海桑田几变更，"俞园"无复种香粳。

同居七世家风古，连理枝宜此挺生。

（俞家园在井亭桥南，宋时为秫田。《宋史》，民俞举庆七世同居，家园本连理。）

金山当日寓河边，周北楼租四五椽。

可惜弁阳生太早，不然得月两家先。

（元郭畀寓楼在施水桥坊。《癸辛杂识》："余有小楼在军将桥，夏日无蚊"云云。）

真珠曲阜永安桥，红白莲花共五条。

更有鳌山兼兔岭，至今何处问渔樵。

（真珠桥在真珠河上，曲阜桥在军将、施水二桥之间，西岸跨街。小永安、红莲花、白莲花三桥并在梅青院东，今俱废。鳌山头在清湖桥南新开弄，兔儿岭在坍牌楼，今罕有知者。）

朱棺悬葬是何人，翦纸无从证夙因。

何不学仙化辽鹤，百年同此蟪蛄春。

（镶红、正红两旗协署墙界下有朱棺悬诸窟室。）

城隅旧地访平章，入梦梅姬漫独伤。

一树棠阴无处憩，花公祠宇失堂皇。

（贾似道故宅在分箕兜，旧为镶白旗协领署。乾隆中，香公格任此，梦贾妾梅姬乞焚楮帛。花公禅布康熙间任此，有政绩，去后该旗感而立祠署旁。今皆废。）

何氏山林莫浪推，来观甲帐接楼台。

一邱一壑尤天巧，侍御当年此构材。

（将军署系柴孝廉故宅，其祖明侍御公构也。）

上方寺里上方池，放鸭调鹅任所之。

寄语儿童休下钓，断碑记读放生祠。

（寺在将军府西。寺废,西池尚存,有残碑两方,知为当时放生所也。）

梅花深处昔敲门,友竹交松别有轩。

阅罢金经调绿绮,禅房茶熟正香温。

（嘉庆间,梅青院僧印海善琴,所居有"友竹交松轩",为噶学山题赠。）

梅青古院好滋培,一秀才捐一树梅。

放鹤亭前人不返,十分清丽为谁开。

（院为宋林和靖未隐时所居。嘉庆五年,将军范恪慎公创为八旗士子肄业之所,见马湘湖明经《补梅记》。光绪初,掌教盛恺庭观察捐资重葺,议每入泮者栽一梅于庭。今颇成林。）

曾说城西有客行,机头蕊榜见分明。

我来织女如重遇,先问乡人及第名。

（《夷坚志》:建炎春,一士人步城西,有虹自地出,圆影若水晶,老木椏槎,闻茅舍机杼声,女子四五,绾乌丝丫髻,玉肌云质,揎腕组织。视之,锦文重花中有字数行,首曰李易,问之,曰《登科记》。）

六井于今五处无,白龟池尚傍西湖。

朱家楼阁元家宅,惟听天中唱采蒲。

（白龟池系钱塘六景之一,宋朱师占、元[元]仇远曾居是地，今惟蒲荡而已。）

井名谁把凤凰题，浪唤凰兮与凤兮。

石上都无仙翰影，碧梧枝上乱鸦啼。

（井在太阳沟，相传为凤氏所启，以故得名，并镌凤凰于井阑，今无存焉。）

辘轳甘井汲西城，簌簌松花水面生。

三十年来陵谷变，寒波空怅一盂清。

（松花井在长生桥西，昔常有松花浮水面，故名。）

一抔黄土草纷纷，鱼腹瓜刀久不闻。

短碣搜寻重建立，行人始识杜仙坟。

（坟在钱塘门内，乾隆四十二年春，正红旗协领佛公智重修，寻废。光绪戊子，家大人获其墓碑，复为封治。仙名炅，字子恭，晋人也。朱竹垞《鸳鸯湖棹歌》："网得钱塘一双鲤，不知鱼腹有瓜刀"。原注："钱塘杜子恭，就人借瓜刀。其主求之，曰，当即相还耳。既而刀主行至嘉兴，有鱼跃入舟中，破鱼得瓜刀。见《搜神记》"云。）

坟寻苏小怅诗人，何处埋香瘗玉真。

且步史君新径去，钱塘门下吊乡亲。

（钱塘门内旧有苏小墓，详许绳祖《雪庄渔唱》。又有新径，见杨蟠《西湖百咏》。）

海棠纵不是甘棠，昭谏曾栽满县香。

今日川红花事了，江东犹说圻河阳。

（钱塘县治旧在城西，曾有罗隐手植海棠花，王元之有诗。）

显忠庙里灯如海，显忠庙外人如山。

元宵箫鼓喧阗处，一架烟花散玉环。

（庙在长生桥，祀汉大将军博陆侯，每岁元宵灯火极盛。）

春宵火树灿银河，月爆星毬巧样多。

古庙尚留嘉泽号，黄沙街口几回过。

（庙祀李郫侯，向在梅青院北，今建黄沙街，亦设灯剧。）

演武场和立马来，景灵宫殿早成灰。

紫东一片如钲日，曾照宫花插帽回。

（承乾门外大教场，即宋景灵宫故址。《随隐漫录》："景灵宫谢驾回，宰相以下皆簪花"。）

蕲王赐第在河东，御笔名园纪懋功。

想见骑驴湖上去，长生桥水照英雄。

（韩蕲王赐第在前洋街，宋高宗书"懋功"名其园，今废，即长生桥东北块也。）

潘阆犹传旧姓名，一条穷巷景凄清。

低回且咏元之句，前日寻君下马行。

（潘阆巷为宋潘逍遥故居，在长生桥东。王禹偁诗："前日访潘阆，下马入穷巷"。今其地为兵房。）

　　　菩提讲寺证前因，老屋颓廊积绿尘。

　　　一径桑麻三径竹，缅怀宰相赠诗人。

（寺在八字桥西，今栽桑竹。道光八年，舅祖文吟香公读书于此，见瑞文端公《如舟吟馆诗钞》。）

　　　莲荡于今尚姓吴，莲花当日比西湖。

　　　更谁携得方池种，博取清风明月无？

（吴家荡在菩提寺东，昔时莲花最盛，今废。）

　　　旧时轩月尚如轮，不见填词入道人。

　　　行到莲池西尽处，更无矮屋奉高真。

（开元宫在吴家荡旁，为宋周汉国公主府，元时句曲外史张伯雨入道于此。外史《开元宫得月轩词》，有"环堵隘花狼藉，沟水涨云充斥，似石鱼湖小，酒船宽窄"之句。自阛入营中，惟矮屋数椽，中奉高真像而已。雍正癸卯二月十九日，厉太鸿过之，有《木兰花慢》一阕，见《樊榭山房集》。今则荆棘丛生，陈迹不可访矣。）

　　　清湖河水自西流，屋后今无载酒舟。

　　　借问题诗高九万，癖斋可在黑桥头？

（咸淳《临安志》："高九万喜杜仲高《移居清湖河》诗，有

'河水通船堪载酒'之句"。杜仲高金华人,有《癣斋集》。黑桥今名板桥。)

　　水边先后起高楼,良相名人共不休。

　　城外湖山城内见,见山且看合双修。

　　(瑞文端公故第在清湖河北岸丁家桥相近,中有"见山楼",眺尽湖山之胜,见公弟瑞雪堂观察《乐琴书屋诗钞》。按:其地似即赵松雪为祝吉甫所题"且看楼"遗址,惜无好事者复建之。)

　　浅绿垂杨两岸匀,平桥犹说石湖春。

　　轩开说虎今安在,况复轩中说虎人。

　　(石湖桥,因宋范成大居此故名,中有"说虎轩"。)

　　浅水长流过小桥,郭西风景此偏饶。

　　江郎一去无人管,欲把蕲王共手招。

　　(江学士桥,明江晓居此,得名,亦称小桥,康熙《仁和志》谓江所居即蕲王赐第。)

　　小旸谷暖远嚣尘,卧雪何须送炭人。

　　我拟消寒依样筑,纵非黍谷也回春。

　　(小旸谷,宋孔仲石筑以御冬,不火而暖,见《杨诚斋集》。址在洗麸桥西。)

　　马家桥与洗麸桥,流尽兴亡水一条。

我欲沈沙寻折戟,清湖河畔认前朝。

(马家桥、洗麸桥由吴越王屯兵得名。洗麸俗称大八字桥,桥西即清湖桥,俗称二八字桥。)

短短红墙小小门,一官虽谪亦君恩。

桥东遗署今乌有,盖代威名世尚闻。

(年大将军雍正间谪杭州,后贬至正白旗满洲防御,其故署皆围红墙,在石湖桥东折东衖内。按:年为防御时,日坐涌金门侧,鬻薪卖菜者皆不敢出其门,曰"年大将军在也"。见《啸亭杂录》。)

十官巷里道人闲,身在纷华市隐间。

遥想缥缃罗四壁,争将福地比娜环。

(宋陈起居十官宅巷开书肆,赵师秀、刘克庄辈皆有赠诗,址在鸿福桥东。)

载酒红桥绕绿云,紫云坊剩绿云纷。

数椽小屋临河辟,水竹谁家占一分。

(洪福桥,《乾道志》名洪桥,清流绿荫,为营中胜处。)

癸辛向访癸辛街,鞔鼓桥西迹已埋。

欲就草窗谈杂俎,不知何地是书斋。

(癸辛街在鞔鼓桥,宋周密居此,著《癸辛杂识》。)

杨王宅记癸辛街,瞰碧名园景最佳。

只惜紫云坊过晚，茂林修竹系人怀。

（杨和王宅在鸿福桥。《大涤洞天记》，在癸辛街，有瞰碧园，具茂林修竹之胜，紫云坊在鸿福桥西，今犹存一石柱焉。）

施水坊桥古迹存，我来偏不效争墩。

前修尚有都音保，鼎峙何妨说可园。

（《清尊集》分题《武林古迹》，施水坊桥其一也。都音保满洲人，善书，昔居桥边，见《武林城西古迹考》。即余可园左近也。）

天潢鹤俸慨然分，恤士曾传好使君。

梅院一龛应配享，王将军与宝将军。

（乾隆四十年，将军宗室富公重士恤兵，奏添养育兵，并捐廉佽焉。去后营中设生祠于梅青院。四十五年至五十年，将军王公、宝公悉宗其政体，前后垦牧田召租以济困乏。杭、乍孤寡口粮及远差贴费皆自二公始，垂惠吾营，当议共祀以报之。）

岱防御画效倪迂，收拾西湖进紫都。

博得天颜曾一笑，南巡并得卧游图。

（防御岱彭号半岭，工画，曾绘《西湖全图》进呈御览。）

一个猫儿一饼金，谁欤论画补桐阴？

牡丹不用胭脂染，家学渊源两竹林。

（黄履中字德培，汉军人，裁汰后卖画为生，尤善画猫。一猫一金，以黄猫儿称。侄儿如，以画紫牡丹得名。一夕梦古衣冠人谓之曰："汝画牡丹,当用苏木汁如制胭脂法,则绝肖。"醒而试之,果逼真。)

教棋卖字有王郎,妙墨争如学士梁?

倘使当时逢月旦,书名应并蒋山堂。

(王东冷,汉军人,裁汰后教棋卖字,游四方,书学频罗庵,能乱褚。)

军帅群钦多艺才,工棋善画漫相推。

张成风角翻新学,五两银鸡妙翦裁。

(嘉庆八年,将军宏公工棋善画,又精制器,尝以银片翦一鸡,高置竿头,占四方风信,历试不爽。)

梅花重补聘名师,教育深恩大树滋。

为语八旗佳子弟,报崇应建范公祀〔祠〕。

(将军范恪慎公礼贤下士,创立梅青书院,补梅延师,以汉学教授八旗子弟,至今因之。)

英雄原不碍风流,传说元戎艳福修。

画罢牡丹春昼永,闲凭妓阁看梳头。

(道光间,将军湘上公善画牡丹,多内宠,教之妆点,有云鬟、月鬐诸名目。)

就园都护最能文,儒雅多才更博闻。

听雨一编无觅处,天防著作掩功勋。

（双就园都护,道光间,任镶黄旗协领,升西安副都统,署宁夏将〈军〉,累著军功。后予告归杭,著《听雨斋诗文》。)

万竿苍雪绕斋齐,分照家君太乙藜。

竹牒可能重我授,并将古迹证城西。

（太夫子廷沄岩先生为吾营耆儒,著作甚富,有《城西古迹考》诗文等书,乱后多失传。)

瑞公威范震千家,百战功勋洵可嘉。

两浙灵声传不朽,忠魂甘葬万荷花。

（将军瑞忠壮公坚守旗营,屡建大功,卒以粮尽殉节于军署荷池。今建专祠在梅青院前。)

凛然忠义冠当时,蒙古家声百世驰。

足与湖山争浩气,段家桥北杰公祠。

（乍浦副都统杰果毅公辛酉杀贼阵亡,今专祠在湖上。)

我吊先贤赫藕香,不徒勋业与文章。

易名惜未邀殊典,气节千秋峙戴汤。

（赫藕香方伯由庶常改官,至江苏督粮道。庚申、在籍佐瑞忠壮公克复杭城,赏布政司衔。次年巷战阵亡,死事之烈,可与应文节、汤贞愍二公并称。著有《白华旧馆诗稿》。)

东公清节尚流芬,千里还乡恋夕曛。

不惜廉泉偏挹注,二疏而后又重闻。

（东恭介公由正蓝旗协领历升福州将军,晚年归里,尽倾宦橐分给乡党,后复总制四川,卒于道。）

八桥居士老禅房,衣钵无人奉瓣香。

副本倘留《长庆集》,他年应学抱经堂。

（外祖裕乙垣公居八字桥西,又号八桥居士。嘉庆戊寅举人,有诗名,在京供职礼部员外。寓法华寺十余年,易箦时命侍者将生平著作尽纳棺中。昔卢抱经学士父存心,藏妇翁冯景《解春集》遗稿,示学士诗云:"外祖冯山公,文章惊在宥。衣钵无后人,瓣香落汝手。"学士后梓行。）

缓带轻裘自不群,此真不好武将军。

当时翰墨淋漓处,争裂羊欣白练裙。

（将军连上公善书,得者宝之。）

都护清励雅爱才,高风犹听士民推。

公余别有怡情处,花木扶疏尽手栽。

（富兰荪都护爱士癖花,今都署花木多其手植也。）

姊妹才情一样长,题诗先后到山墙。

骚人尽解垂青眼,艳比兰芳与蕙芳。

（康熙初,白晓月、色他哈两女士多才多貌。晓月有半山题壁诗,色他哈见而和之。复有名人方苞、荀情等和诗。荀云:"新吟为我旧吟谁,姊妹遭逢一样悲。绝胜金闺楼上女,兰芳名与蕙芳垂。")

分明飞燕掌中身，娘子偏教唤玉真。

听说能知休咎事，当年不让紫姑神。

(《暌车志》：程迥居前洋街，一日飞五六寸长一美妇，自称玉真娘子，能言休咎。)

不作诗仙作画仙，李家又见一青莲。

红妆屡倩描新照，真个神从阿堵传。

(李朝梓汉军人，乾隆间居潘阆巷，工画仕女。相传其家有楼为狐所居，一日李见一清代宫装丽姝，笑请写照，为描抚入神。后屡见而屡易其装，李尽抚之。由此得名，人称之曰"画仙"。)

镜中真个自生花，对脸传红未足夸。

一片青铜今莫宝，空将奇事说陈家。

(嘉庆丙子三月，军将桥东岸蒙古陈氏家有古铜镜忽生花，半月始灭。当时诗人多歌咏之。)

地傍湖山秀绝尘，新传八景出名人。

倚园花石仓河月，费尽丹青画不真。

(湖山之秀，汇于西城，吾营尽占其胜。吾师王梦薇先生每入营必低徊忘返，尝题柳营八景，曰：梅院探春、倚园消夏、西山残雪、南闸春淙、吴荡浴鹅、井亭放鸭、仓河泛月、花市迎灯，并绘图征诗，一时传为美谈。)

修筑东西两岸隄,争输鹤俸覆香泥。

小桥官柳青青外,谁把桃花补种齐?

(光绪元年,八旗捐栽杨柳于河岸,倘再间以桃花,当更可观也。)

新妆结队过门前,为赴关爷祝寿筵。

如此英雄真不朽,馨香俎豆二千年。

(俗称关帝为关爷,五月十三日为诞期,士女多寿之。)

参差红烛间沈檀,为赛今年合境安。

齐赴毓麟宫上寿,木犀香里倚阑干。

(临水夫人庙在双眼井西,曰“毓麟宫”,亦曰“天圣母宫”,闽人尤信祀之。)

锣鼓敲开不夜天,龙灯高纵〔隼〕马灯前。

娇痴儿女争相看,坐守春宵倦不眠。

(杭俗春宵有龙马灯会,必先入营参各署,以领赏犒。)

节物于今各处殊,吾家笑作五侯厨。

荆州圆子福州饺,岁暮春初相向输。

(难后,八旗皆调自六州,所以节物各殊。)

糯粉新和红绿豆,厨娘纤手惯蒸糕。

品题何借刘郎笔,春饼同煎馈老饕。

(俗于春首用红绿豆和粉蒸糕相馈。)

湖上春深兴更悠，招邀俊侣策华骝。

诘朝要放桃花血，逐队鬆鞍到处游。

（春分前后当以针刺马颈，谓之放“桃花血”。前一日须出骑，谓之“鬆鞍”。）

盂兰古会早秋乘，锣齐家家各自称。

偏说莲花桥水活，顺流今夜放荷灯。

（军将桥一名莲花桥。）

风流犹话半闲堂，闸斗秋开蟋蟀场。

一幅红绸新赐采，将军争识大头黄。

（营中斗蟋蟀以博胜，谓之“秋兴”。）

西去人家断复连，一湾流水绕门前。

落花枯草调鹰地，暖日清风放鸽天。

（俗喜调鹰放鸽，佳者隻值数金。）

五色丝缠铁嘴巢，衔旗啄弹各相教。

忍饥就范如鹰隼，细草青缄蚱蜢包。

（铁嘴、蜡嘴皆杭产禽名，饲以青虫，教之衔绒，能解人意。）

鞭如掣电马如龙，出猎归来兴不慵。

为有双禽将换酒，背驼红日下南峰。

（秋冬之际，营人多出猎湖山。）

季冬一日最魂销，记得城池一炬焦。

为禁满城停宰杀，伤心往事话今朝。

（辛酉十二月朔为发逆陷城，今届是日，满城为禁屠宰。）

声名文物合推今，精绝诗书画与琴。

莫笑管弦闻比户，武城自古有知音。

（吾营以诗传者，赫藕香方伯有《白华馆遗稿》，外王父乙垣公有《铸庐诗草》，舅祖文吟香公有《亦芳草堂诗稿》，善雨人寺丞有《自芳斋诗稿》，贵镜泉观察有《灵石山房诗草》。以书名者，善寺丞之行书，固画臣姻伯之楷书，杏襄侯姻丈之隶书。以画名者，祥瑞亭协戎之马，家大人之山水牡丹，乔云、织云两夫人之花卉。工琴者，盛恺庭观察，外舅文济川公，家六叔保子云公，柏研香、杏襄侯姻丈，皆精绝灵妙，远近言琴者莫不以吾营为领袖。数年以来，甚至垂髫儿女尽解操缦，亦吾营中一韵事也。）

留月宾花乐事饶，声携吟屐井亭桥。

如逢水绘庵中主，尊酒论文一笑浇。

（荣竹农部郎随侍都护恭公来杭，颜其衙斋曰"留月宾花馆"，每逢佳日集吟社焉。）

谁为旗营唱竹枝，风流传遍逸园词。

吉璁去后难为和，敢比鸳湖百首诗？

（内兄守彝斋茂才有《杭营竹枝词》八首,昔竹垞太史作《鸳鸯湖棹歌》百首,同里谭吉璁和之。余则未敢窃比焉。）

自愧髫年闻见稀,池当人往又风微。

百篇吟就仍无补,数典而忘庶免讥。

六桥此诗,余所见为石印一册,盖庚寅（光绪十六年）所印,署《可园外集》,并有俞、王二序。

俞序云:

国初平一海内,以从龙劲旅分驻各行省,是曰"驻防"。大者统以将军,其次为都统,又次之为城守尉。吾浙杭州乃东南一大都会也,于是有镇浙将军,有镇浙副都统,皆驻杭州。开军府,立满营,度杭城西偏以为城。其周九里,其门有五,规模阔远矣。二百数十年来,功名之隆盛,人物之丰昌,流风遗俗之敦厚,故家世族之久长,不可胜计。而纪载缺如,无以垂示于后。中间又经兵燹,一营俱烬。乱定之后,乃调集乍浦、福州、荆州、德州、青州、四川六处驻防,重建新营,粗复旧额。入其城者,但见衙署之鼎新,廛舍之草创,欲问其故事而遗老尽矣。乃有有鋆溪协戎之哲嗣曰三多六桥者,著《柳营谣》一百首,凡有涉掌故者重以诗记之。上纪乾隆中高庙南巡之盛,下逮咸丰间瑞忠壮、杰果毅两公死事之烈。而凡杜仙之坟,凤氏凰氏之井,句曲外史之庐,临水夫人之庙,以至九月演炮，春分鬏鞍；云鬟月髻，湘公府之闺装；留月宾花，荣部郎之吟馆。事无巨细，一经点染，皆诗料也，即皆故事也，可以传矣。余春秋佳日，必至西湖，由钱塘门入城，必取道满营，如得此一编，于舆中读之，望将军之大树，观故家之乔木，其可慨然而赋乎！

光绪十六年岁在上章摄提格仲春之月，曲园居士俞樾，时年七十

王序云：

余于丙戌岁始于花市构屋以居，距杭防营仅数武地。暇辄入城，既爱其风土清淑，旋以琴酒获交其士大夫。又钦其温文尔雅，有儒将风。未几其子弟竞以文艺来从余游。有六桥世勋三多者，为有鋆谿协戎哲嗣，年少多才，且能留心掌故之学。忆杭城自顺治五年始设满蒙八旗防营，迄今垂晒六十年。其中规模创制，文物声明彪炳可风者，殆不胜数，而纪载阙如。中丁粤难，一营燔焉。克复后，合官与兵仅存四十余人，馀悉调自荆、青、闽、蜀、乍浦诸营，以复旧规。非特文献荡尽，即其坊巷风情，大非昔比。六桥惜其典则云亡，深抱数典忘祖之虑。爰为广询老成，穷搜故实，一名一物，莫不笔以载之。积岁馀，所得既多，乃仿竹枝词体，成七绝诗百首，名曰《柳营谣》，而请序于余。其诗自开国至今，大而宸章官制，勋业忠贞；小而风俗园

亭,世家古迹,厘然毕举。若讽若规,隐隐寓劝惩之思,寄今昔之慨,正不徒夸显荣存典则已也。余于防营楼游既习,思为创辑志乘,以传其盛,恒苦考证之隘,迄未卒业成书。今得是编,资我不浅。他日书成,不得不呼为将伯也,故喜而为之序。

　　光绪庚寅春,王廷鼎书于花市小筑之瓠楼
可资同览,因并录之。

　　　　　　　　　　　　　　　（民国三十一年）

阉人掘藏事述

　　光绪四年戊寅，有告退太监苏德掘得藏银一案，经言路奏陈，派步军统领、顺天府尹查复。近于吴县彭君心如处，得观其曾祖芍亭先生（祖贤，官至湖北巡抚）手写日记，是年四月记偕步军统领荣禄遵查此案情形颇详，时官顺天府尹也。兹迻录如下：

　　（初五日）荣大金吾召见后，交到军机处交片，内开：

　　"本月初五日军机大臣口传面奉谕旨：著派荣、彭刻即往查看。钦此。"又交片："有人片奏：风闻京北上地村居住内监苏德，置有拆房基一所，在沙河镇街中。去岁十月，营兵因刨挖碎砖，挖出银一缸，约有一万数千两。官员觊觎，将兵丁法取刑求，苏姓以人情势力，将银归己。今岁二月，苏姓又挖出银七缸、金一铜箱。金系条，银系宝。每宝百两，系前明'成化'、'光化'字样，约在十数万两。续又挖出银一窖，长五尺，深五尺，宽二尺。每日夜间装车载运，尚在刨挖。询问工人，据云苏姓已奏明皇太后赏给"等语。遵旨即刻驰赴沙河镇。时己酉刻，会同荣大金吾，各带司员，前往查看，并命苏德指引。据称，如有以多报少，情甘认罪。查毕取供，并取北路同知把总禀供，又派员赴上地村点查窖银秤见斤两确数。亥刻，金吾登舆回城（定例，提督司九门禁钥，不得在城外住宿），予宿于店。霸昌道续燕甫（昌）来见。

（初六日）卯刻，燕甫邀至苏姓地，开更楼门，登楼复视。回店，昌平州吴履福来见。予回城，午刻到署。陈令（嵋）带苏文兴呈验样银，开呈秤银清单。计开：

第一袋碎银九十五斤

二袋小元宝一百二十七斤

三袋小元宝一百四十七斤

四袋方锭八十九斤

五袋小圆锭七十七斤

六袋小圆锭九十二斤

七袋小圆锭七十五斤

八袋小圆锭一百斤

九袋大元宝七十四锭重二百四十二斤有乾隆年号

共一千零卅七斤计一万六千五百九十二两

外有呈样大元宝一锭方圆小锭五个不在前数之内

申刻酌定奏稿，与荣金吾删改，即缮稿缮折。

（初七日）寅刻入朝。卯刻奏事处传：折留中……恭录四月初七日奉上谕："前据御史英俊奏，闻告退太监苏姓在沙河镇置有房基一处。上年营兵在该处刨出银一万数千两，官员觊觎，将兵丁等刑求，几致酿成重案。本年又刨出金银，约银十数万两，续挖出银一窖。询系该太监奏明皇太后赏给等语。当派荣禄、彭祖贤前往查看。兹据奏称：查明太监苏德在沙河置买铺房及空院一处，共刨出银一万六千六百余两，并无数十万两之多。据苏德供称，此项银两未敢擅动；曾经奏明，奉皇太后懿旨赏给，并无刨出银窖金条等事，实系情愿报效；上年营弁王振声暨该太监遣［抱］苏文兴，均赴北路厅同知衙门呈报，兵丁张邦振等挖出银两，私自藏匿。经该同知讯断，给还地主领回，将张邦振责惩，各等情。太监苏德在伊房刨出银两，曾据奏明。惟未声明银两确数，当奉皇太后懿旨赏给。现据荣禄等查明具奏，奉懿旨：著将此项银一万四千两交顺天府，以为资遣灾民之需；余银两千六百余两，著赏给苏德。钦此。"

附录奏稿如左："奏为遵旨会同查勘沙河镇刨出埋藏银两情形，恭折复奏，仰祈圣鉴事：窃照本年四月初五日准军机大臣口传面奉谕旨：著派荣、彭刻即前往查看，钦此。钦遵。并准将附片原奏交阅前来。臣等公同阅看。查原奏内称：'风闻京北上地村居住内监苏姓置有拆房基一所，在沙河镇街中。去岁十月间，营兵因刨挖碎砖，挖出银一缸，约有一万数千两。官员觊觎，将兵丁法取刑求，苏姓以人情势力，将银归己。今岁二月，苏姓又挖出金一铜箱银七缸，金系条，银系宝，每宝百两，系前明成化光化字样，约在十数万两。续又挖出银一窨，长五尺，深五尺，宽二尺。每日夜间装车载运，尚在刨挖。询问工人，据云苏姓已奏明皇太后赏给'等语。臣荣随带员外郎倭什鉴额、铎洛苍、中军副将赵清、参将王山宽，臣彭随带治中萧履中、候补知县陈嵋，会同前往。是日申刻齐抵昌平州属之沙河镇地方，传到内监苏德。先勘得沙河镇镇街路西有铺面数间，进内有大空院一所，询是关闭当铺房屋拆卸地基，四围有院墙。查看房基地身多有刨挖痕迹，地面高下不等。据苏德指验炕箱一处，称系在内陆续刨出小缸一口，瓦罐五个。当时铁镐磕碎一坛，尚有正坛四个，约计银万余两。臣等周历勘视后，回至公所，即据呈验缸坛。并询据苏德供称，系直隶景州人，在昌平州属上地村寄居。先前充当乾清门总管太监，同治十一年十一〔月〕因病乞休，是年置买沙河镇街西关闭当铺空院一块，临街瓦房六间，租与谷姓开设烧饼铺生理。上年十月间，捕盗营兵丁由空院内挖出银两，经捕盗营把总王振声禀明北路厅，太监亦遣义子苏文兴呈报厅官。传到张姓等，追出银一千余两，当十钱五百吊，交苏文兴领回。

本年三月十九日,因盖房使用砖块,刨出小坛一个,内装银两。由是日至二十五日,三次连前共刨出银五坛一小缸,约有万余两,分为三次用轿车四辆拉运到家。太监世受国恩,得此异财,未敢丝毫擅动,情愿报效,出于至诚。是月二十八日,进内口奏,面奉皇太后懿旨,将此项银赏给太监,钦此。委无铜箱银窖金条情事。如虚情甘认罪。并据跪称,实系情愿报效,恳求转奏赏收各等语。质之该太监义子苏文兴,供俱相符。臣等饬派司员倭什鉴额等亲赴该太监寓所点视,大元宝七十五锭,余俱小宝,共方锭碎锭共计一万六千六百余两,宝上有'乾隆'年号者。臣等复加查核,仅止一万余两,并无十数万之多。且验视大元宝,每个重五十两有奇,并非百两,亦无前明'成化'、'光化'字样。此臣等现在查看讯明之实在情形也。至原奏所称'去岁十月,营兵刨挖银一缸,官员法取刑求,苏姓以人情势力将银归己'一节,臣等饬据北路厅同知郑沂禀称:上年十月二十日,捕盗营把总王振声报,该弁亲戚苏文兴在沙河镇街置有房铺空基一所,嘱为照管。九月间派令雇工鲁楞、兵丁张邦振赴院内挖砖使用,闻有挖出银两私自藏匿情事;又据苏文兴报同前由。该同知传到张邦振、鲁楞查讯,初犹狡供不承。迨经掌责押追,始据吐实,陆续追出银一千三百五十八两,又以银易当十京钱五百吊；该同知以定律所载,官私地内掘得埋藏无主之物,方准收用。今张邦振刨出银两,系在有主地中,理应给主。当传苏文兴将银钱一并具领,张邦振隐匿不报,责惩保释在案。此上年十月捕盗营兵丁掘得银两该厅讯断给还地主领回之实在情形也。所有臣等遵旨前往沙河会同查看讯明各缘由,谨合词恭折复奏,伏乞皇太后皇上圣鉴。谨奏。请旨。"

(初八日)恭录初七日谕旨,录原奏,札饬霸昌道北路厅,传知苏德,饬令遵旨将所得埋藏银一万四千两交送本府兑收,以为资遣之需。

(十二日)苏德从沙河镇送到所掘藏银一万六千六百余两,予命经历在二堂弹兑库平一万四千归库存储,以备资遣之用。余银二千六百余两交苏德领回,赏给金花红绸。

上谕中谓"苏德刨出银两曾据奏明,惟未声明银两确数,当奉皇太后懿旨赏给"云云,似有回护；苏德之呕以情愿报效为言,或亦宫中授意也。时以久旱,灾民麇集,顺天府正办赈务,兼谋资遣,故即以此款拨给充用。

(民国二十六年)

周　跋

　　宜兴徐一士先生，享盛名垂三十年，所为文史小品，散见南北报章杂志，多不胜计，然而从来不曾有过单行本的出版。爱好他文字的，不惜从整本的《国闻周报》中剪下来，再加装潢，硬面烫金，什袭而藏之。像这样的爱好者，我也见到过几位，然而零剪积，了无系统，总不成一本书。我当时猜测徐先生的心境，为什么不出几部单行本呢？像我们这样轻率为文的人，也出过几本集子，为什么一位享名南北三十年的老作家而计不出此？要是说没有出版的机会，那恐怕未必。仔细一想，唯一的理由，乃是徐先生谨慎从事的地方，把文章看得和古人的一样，不肯轻易付梓，一定要视为名山事业才能结集传后。这虽与现代的出版潮流不甚相合，但亦足见徐先生的重视他的文字和古道可风了。

　　我和徐先生神交已久，两年来书札往返，从未间断，却还没有识荆的机缘。今年春间，偶然向他建议，要他整理出一部分稿子来出版，竟蒙他破天荒地答应了。谁知他一整理就是半年，我们轻率的人半夜可以立就的事，在他的手中竟是半年！其中虽有疾病的耽搁，但也足见其将事之慎重了。我当时曾答应了他,除了校阅之外,还要写一篇序跋之文类,可是因为出版期匆促,仅有看一遍的机会,连仔细地校对也谈不到。书中误植的字很多,实在对不起读者。至于序跋之文,本来也想好些主意,预备谈一些掌故学之类,不料瞿退之先生的序文寄到一看,洋洋洒洒,令我不敢再着一字。直到出版以后,才拿起一本仔细拜读,除改正几个错字预备在再版修正外,更随便写几句,作为校阅后记。

看了徐先生的相片(我把他相赠的照片未征同意发表了)和文字,总会当他是个积学的老儒,只懂些国故旧学吧!谁知他却是念洋文的学生出身,而他的家世,还是中国开明运动的急先锋呢!他的伯父与从兄《清史稿·列传》卷二百五十一与谭嗣同、杨锐同有传。伯父名致靖,从兄名仁铸,盖乃戊戌政变要角。徐先生的父亲,照他的文章中看来,大致也在直隶、山东一带为州县,家学既厚,交游亦广,又久居日下,曾驻帝辇,以他这样的条件,来谈掌故,不特当世无第二人,恐怕继起的也要兴无人之叹吧!名之曰绝学,亦要无不可。

徐先生名这本书曰《类稿》,表示以类相从的意思。首九篇谈清末三位脾气怪僻的文人王壬秋、李莼客、章太炎,次谈清代最知名之乙科(举人)两人左季高与梁任公,次谈柯凤荪、陈散原、廖苏畹、隆无誉、吴绹斋等五位史诗文家,次谈陈夔龙、段祺瑞、徐树铮、孙传芳等疆寄武人,次谈清末巨商胡雪岩,益以薛福辰、汪守正两名医及吴汝纶论医,而殿以杭州旗营掌故及阉人掘藏事述。在徐先生原稿中,尚有所辑近人诗文书札一类为殿,因为印刷成本关系,并未把他印入,这是非常抱憾的一桩事。

从这样一张目录单上看来,我虽以此书的发行人来讲,不敢说是徐先生全部作品的精华,而是很平均地从他的著述中提出了若干分之几,而预备将来继续出版《一士类稿》乙集、丙集的。我希望这志愿能从速实现,俾使他的著作有全部问世的一日。

我虽然生长东南海滨,要谈掌故,不能如徐先生那么有好环境,但自幼迄壮,除看书外,所听闻的却也不少。大致人家所说的所写的,我都能领会,而且能辨别他们的真实与否,叫我自己下笔,则不敢着只字。历史这一门学问,要他绚烂容易,要他忠实则大难。我在十七八岁的时候,跟一位父执听一位自命掌故家(这位先生在前清干过佐杂官儿)讲李莲英遗事,形容得极尽跋扈飞扬之致,和小说上的刘瑾、魏忠贤差不多,出入起居拟于王公不必说,还说李监带了大红顶子云云。太监哪有头品顶戴之理,我那时忍不住驳了他一句。那位掌故家大为不怿,径斥我小孩子懂得什么云云。客人去后,我的父执把我嘉奖一番,认为我的话驳得有理,那时我洋洋自得极了。但是到了今日,我却没有勇气说李莲英的顶子一定不是红的。凡历史必有赖于证据，我们若仅仅看见过清宫的祖训，便以为李莲英不会戴红顶子，这是靠不住的。

徐先生谈掌故的长处，就在于平淡，而且多引他人著作，（这也就是证据），自己的话很少很少，即批评他人著作的话，也说得很少，有的时候简直就不说，让读者自己去批判，其头脑之冷静与态度之公平，凡历史家所应具备的条件，徐先生是都有了的。

这样，徐先生的文字在文采上就吃了亏，风致、活泼、俏皮等字眼，在他的文字上就加不上去。我可以说徐先生是学胜于文。但是文采的收敛，也是因为要求内容的真实性而出此，可谓两难不能并了。

最近十年来有三位谈掌故的名家，徐一士先生可谓史胜于文的，《花随人圣庵摭忆》作者黄哲维可说是文胜于史的，（哲维虽文才横溢，但所著书多不经语及矛盾处。）适于两者之间的，则有瞿退之先生。我编的刊物，遇有瞿、徐两先生合撰的文章（如《谈翁松禅甲申日记》），是由瞿先生执笔而由徐先生修正补充的，我为编辑的得拜读两位的原稿，真觉珠联璧合。瞿先生的文字流丽畅酣，间有人意处，经徐先生一补充，遂成十全十美，其苦心经营处，非读印成本的读者们所能知了。（燕谷老人的《续孽海花》亦曾经徐先生润色，我也见过徐氏修正原稿，作者虽经登进士第，然于语体文固不甚高明。）

徐先生的文字，还有一个特点，即是体例谨严，有类乎桐城文家之所谓义法，凡一题目，或谈一人，或谈一事，开首必先以数语笼括全题，试诚本书文中加以钩稽如下：

《王闿运与湘军志》："王闿运《湘军志》，虽物论有异同，要为近代杰作。"（即此十二字，于《湘军志》一书之纠纷及批评，均已笼括在内。）

《谈章炳麟》："章太炎（炳麟）高文硕学，蔚为近代鸿儒。比岁讲学苏州，不与政事，海内推为灵光岿然之国学大师。兹闻遽作古人，莫不悼惜不置。盖实至名归，非幸致也。"

《谈柯劭忞》："近代北方学者，柯劭忞亦有名人物也。"

《谈陈三立》："散原老人义宁陈伯严（三立），雅望清标，耆年宿学，萧然物外，不染尘氛，溯其生平，盖以贵公子而为真名士，虽尝登甲榜，官京曹，而早非士宦中人，诗文所诣均精，亦足俯视群流。"

《谈陈夔龙》："陈夔龙（筱石），胜清之显宦，民国之遗老也。"

《谈孙传芳》："佛堂溅血，一棺戢身，十年前威震东南之孙联帅遂长已矣。"

《壬午两名医》："清孝钦后以太后主国事者数十年，初政负中兴大业之誉，晚节召动摇邦本之祸，实中国近代史上极重要之人物，而当光绪初年，大病几殆，……盖薛福辰、汪守正两名医之力为多。"

关于本书的话说完了，忍不住要发生一些感慨。我因编刊物三年，也就和徐先生通讯了三年，于是我知道了徐先生三年来的窘况，可是并不曾与〔予〕他以什么帮助，仅仅予他以略较丰些的稿费，原因很简单，因为是个穷刊物，当编辑的且是恃副业收入来糊一家之口的，当然不能予徐先生以更多的帮助。可是徐先生的文章是经世之文，徐先生的学问是绝学，金碧辉煌的书斋中陈列了《廿四史》的大人先生们总应该知道，民国已经到了卅三年，而《清史稿》还只有一部遭禁的稿子，我们要是不把徐先生这样的人供奉起来，看将来有什么人来担这副担子！

周黎庵 古今社民国三十三年十月三十日